SUAS NOITES SOLITÁRIAS ACABAM AQUI

ADAM SASS

SUAS NOITES SOLITÁRIAS ACABAM AQUI

Tradução
Vitor Martins

Copyright © 2023 by Adam Sass
Copyright da tradução © 2024 by Editora Globo S.A.

Direitos de tradução negociados por Taryn Fagerness Agency e Sandra Bruna Agencia Literaria, SL

Os direitos morais do autor foram assegurados. Todos os direitos reservados. Nenhuma parte desta edição pode ser utilizada ou reproduzida — em qualquer meio ou forma, seja mecânico ou eletrônico, fotocópia, gravação etc. — nem apropriada ou estocada em sistema de banco de dados sem a expressa autorização da editora.

Título original: *Your Lonely Nights Are Over*

Editora responsável **Paula Drummond**
Editora de produção **Agatha Machado**
Assistentes editoriais **Giselle Brito e Mariana Gonçalves**
Preparação de texto **Théo Araújo**
Revisão **João Rodrigues e Yonghui Qio**
Diagramação **Caíque Gomes**
Projeto gráfico original **Laboratório Secreto**
Ilustração e criação de capa **Sávio Nobre Araújo**

Texto fixado conforme as regras do Acordo Ortográfico da Língua Portuguesa (Decreto Legislativo nº 54, de 1995)

CIP-BRASIL. CATALOGAÇÃO NA PUBLICAÇÃO
SINDICATO NACIONAL DOS EDITORES DE LIVROS, RJ

S264s
    Sass, Adam
    Suas noites solitárias acabam aqui / Adam Sass ; tradução Vitor Martins. - 1. ed. - Rio de Janeiro : Globo Alt, 2024.

    Tradução de: Your lonely nights are over
    ISBN 978-65-85348-60-7

    1. Ficção americana. I. Martins, Vitor. II. Título.

24-89057
    CDD: 813
    CDU: 82-3(73)

Meri Gleice Rodrigues de Souza - Bibliotecária - CRB-7/6439

1ª edição, 2024

Direitos de edição em língua portuguesa para o Brasil adquiridos por Editora Globo S.A.
R. Marquês de Pombal, 25
20.230-240 – Rio de Janeiro – RJ – Brasil
www.globolivros.com.br

Para Terry e Russell, os Coles da minha vida

NOTA DO AUTOR
(com avisos de conteúdo sensível)

Esta é a história de Frankie Dearie e Cole Cardoso, dois melhores amigos que enfrentam um assassino e, no processo, acabam virando suspeitos. Contudo, Dearie é branco e, ao se tornar suspeito, os eventos se desdobram de maneira diferente para ele comparado a Cole, que é uma pessoa negra de pele clara e de origem latina, então fique de sobreaviso que este livro ocasionalmente trata de tópicos como racismo e violência policial. Os personagens também lidam com elementos de relacionamento abusivo, como *gaslighting*, manipulação verbal e emocional e, em determinados momentos, violência física.

Tais questões não ocupam grande parte do livro e raramente são descritas na narrativa, mas a história não poderia ser contada apropriadamente sem elas, então saiba que, vez ou outra, elas estarão presentes.

Suas noites solitárias acabam aqui é uma homenagem à amizade gay. Enquanto eu me sinto mais próximo de Dearie, Cole é uma combinação de meus dois amigos mais próximos, Terry e Russell — homens *queer* não brancos que são exemplos constantes de bravura, individualidade e uma autoestima extremamente elevada. Minha missão de vida é ser um amigo tão incrível para eles quanto eles são para mim. Se você acabar amando o Cole tanto quanto eu, o crédito é todo deles.

Avisos dados, tenho o prazer de compartilhar com você as aventuras desses dois amigos lindos e debochados, Dearie e Cole.

A SÉRIE MAIS ASSISTIDA DO MOMENTO NOS ESTADOS UNIDOS

SUAS NOITES SOLITÁRIAS ACABAM AQUI:
EM BUSCA DO MR. SANDMAN

Uma docussérie baseada no
suspense true crime #1 de vendas
escrito por Peggy Jennings

CARA FEIA, BIQUINHO E CHORO? PODE ESQUECER! SE ELE VIR SEU CORAÇÃO SOLITÁRIO, VOCÊ É O PRÓXIMO A MORRER.

Entre 1971 e 1975, o serial killer Mr. Sandman, de San Diego, teve a cidade em suas mãos, massacrando aqueles que tiveram o coração partido por términos recentes de relacionamento. Qualquer gênero, qualquer idade — ninguém foi poupado. Se você estivesse chorando por ter sido abandonado, se estivesse obcecado por alguém que não te dava bola, se seu amorzinho tivesse te trocado por outra pessoa, o Mr. Sandman iria te encontrar. E, se ele pousasse os olhos sobre você, já era. Se você partisse o coração de alguém, também seria vítima da lâmina dele.

Por que o Mr. Sandman fazia isso? Alguns dizem que ele não suportava quem se fazia de coitadinho. Outros acreditavam que ele queria que as pessoas parassem de tratar as outras com tanto descaso. **"FIQUEM JUNTOS"** se tornou o grito de desespero de uma cidade que acreditou poder enganar o assassino mais ardiloso do século XX. Achavam que conseguiriam encontrar algum sentido em meio ao caos.

Na realidade, foi um banho de sangue implacável e sem sentido até que, um dia, sem nenhum aviso prévio, acabou.

Quase cinquenta anos depois, o assassino ainda não tinha sido encontrado nem identificado.

Para onde ele foi? Por que parou? Será que ainda está vivo e, se sim, será que voltará a atacar?

ASSISTA AGORA E VEJA POR QUE NÃO SE FALA DE OUTRA COISA!

PARTE UM
MR. SANDMAN

CAPÍTULO UM
Dearie

Provavelmente sou a única pessoa do colégio que não está obcecada com a tal série do Sandman. Mas não dá para ignorar completamente a existência dela. Os alunos populares, os nerds, os professores, os zeladores — desde que a série foi lançada, todo mundo virou detetive amador. Ontem, a aula de Biologia começou com quinze minutos de atraso porque o sr. Kirby estava criando teorias sobre a pegada incompleta do assassino. Ele e meu melhor amigo, Cole Cardoso, ficaram debatendo sobre como a tecnologia moderna poderia recriar a pegada melhor do que os computadores dos anos 1970 (se ao menos a evidência ainda existisse).

— Pena que o departamento de polícia de San Diego não registrou tudo direitinho antes de o FBI se envolver no caso. — O sr. Kirby suspirou.

Cole estava tentando convencer o professor de que o Mr. Sandman conhecia alguém dentro das Forças Armadas — o pai ou um amigo — que adulterou as provas. Mas o sr. Kirby apenas balançou a cabeça em negativa.

— Nunca atribua à malícia algo que pode ser explicado por incompetência.

Cole revirou os olhos.

— Corrupção *e* incompetência, então.

Meio sem jeito, o sr. Kirby deu um tempo na obsessão e começou a aula do dia, mas ninguém se importou com a distração. Pela primeira vez na carreira dele como professor, seus alunos estavam prestando atenção.

Enfim, como o Mr. Sandman nunca foi encontrado, a série fez meus colegas de classe acharem que ele estaria à espreita em qualquer esquina. Mas os massacres aconteceram em San Diego, na Califórnia, e nós estávamos em Stone Grove, no Arizona — uma cidade enferrujada e empoeirada no meio de um cânion com vinte mil habitantes. Um lugar solitário para se viver, óbvio, mas improvável de se ver o retorno de um assassino velho e famoso. Apesar disso, não culpo as pessoas por fofocarem. Elas gostam de achar que algo empolgante poderia acontecer aqui.

Mas Stone Grove não é tão especial assim.

E é por isso que não estou levando muito a sério as ameaças de morte que estão surgindo por aqui. São uma pegadinha, nada além disso. Hoje, durante o intervalo, o Clube Queer vai fazer uma reunião sobre todo o drama envolvendo as mensagens, e estou aqui para me certificar de que todo mundo pare de acreditar nos boatos de que Cole e eu estamos por trás das mensagens anônimas. Isso acontece o tempo todo — as pessoas jogarem a culpa na gente. Sermos gatos e provocar inveja é meio que o nosso lance. Mas *ameaças de morte*? Isso exige um posicionamento público mostrando que não temos nada a ver com isso.

Talvez a gente devesse arrumar um empresário! Empresário que limpa a reputação de alunos do ensino médio deveria ser uma profissão de verdade, mas, enquanto esse dia não chega, preciso fazer minhas próprias declarações. Então cá estou eu, na sala 208, o espaço reservado ao Clube Queer — onde a banda e o coral ensaiavam antes de um novo auditório ser construído. É uma sala meio anfiteatro, com mesas espalhadas em três níveis de plataforma em formato de lua crescente. Desde que o auditório foi inaugurado, esta sala se tornou um espaço multiuso, seja para clubes ou como área de estudos silenciosa — e é por isso que acho estranho estar aqui. Estudo no meu próprio tempo.

Brincadeira, estou morrendo de vontade de me formar.

Na real, isso também é mentira. Fui aceito antecipadamente na faculdade de teatro em Los Angeles que estava no topo da minha lista de opções, então é mais, tipo, *estou morrendo de vontade de dar o fora dessa cidade e começar a viver minha vida.*

— Não vi você na reunião da semana passada — diz uma garota branca, bonita e empolgada, com cabelo longo e platinado. Seu nome é Em, e ela é uma garota trans do segundo ano cujo círculo social de líderes de torcida nunca se deu muito bem com o meu, que basicamente consiste em Cole e eu mesmo.

Eu e Em esperamos na sala cavernosa, que em geral recebe dezenas de pessoas que fazem parte do Clube Queer, mas que, até o momento, está surpreendentemente vazia.

Típico. Quando finalmente volto para esse maldito clube, todo mundo decide faltar.

— Eu costumava vir nas reuniões quando estava no primeiro ano, mas hoje em dia só venho de vez em quando — admito, passando protetor labial sabor cereja. A garota assente em um silêncio constrangido, na plataforma mais alta da sala. — Eu me chamo Frankie Dearie, mas todo mundo me chama apenas de Dearie.

Em sorri.

— Eu sei. Agora você é um garotão do último ano. — Ela franze as sobrancelhas. — Garoto, né?

Mordendo o lábio, dou uma breve analisada nas minhas roupas: um cropped preto com cortes vazados nas laterais, botas de cano médio e uma bandana transparente lilás amarrada no pescoço. Solto um suspiro.

— Sim, garoto. Mas... ainda estou me entendendo.

Em me oferece um olhar de compreensão solidária.

— Sei bem como é.

Tic. Tac. Cadê todo mundo? Onde está Cole? Ele deveria estar aqui para me proteger.

Em bate de leve com a caneta na bochecha, me observando, visivelmente prestes a perguntar o que queria saber desde o momento em que cheguei.

— Sabe... tudo bem se vocês fizeram só uma pegadinha...

— MEU DEUS! — Solto um grunhido. — A gente não mandou aquelas ameaças.

Em ergue as mãos em um pedido de desculpas.

— Ei, até achei engraçado...

— Acredite, se a gente tivesse mandado, já teria assumido faz tempo. Nosso principal objetivo é chamar atenção.

Em volta a olhar para o próprio celular e eu, para o meu. Cole ainda não respondeu às minhas mensagens de SOCORROOOO, VC TÁ CHEGANDO? Abro uma captura de tela que salvei no celular, o motivo que me trouxe até esse purgatório: a ameaça de morte enviada anonimamente para dois membros do Clube Queer.

Suas noites solitárias acabarão em breve.

O Mr. Sandman costumava enviar um bilhete para as vítimas um dia antes de matá-las. Se você visse a mensagem, viraria picadinho em vinte e quatro horas. Nos cadáveres, ele deixava um segundo bilhete — *Suas noites solitárias acabam aqui* —, encerrando o ciclo mortal. Foi assim que a imprensa deu a ele o nome de Mr. Sandman. É o título daquela música bizarra da década de 1950 que fala de "noites solitárias".

Então, meio século depois e a dois estados de distância, seguindo o lançamento de uma série romantizando o assassino, a mensagem maldita foi enviada para duas das pessoas mais insuportáveis do colégio: Grover Kendall (secretário do Clube Queer) e Gretchen Applebaum (tesoureira). Agora esses dois acreditam que estão a poucas horas de serem assassinados ou que foram vítimas de uma pegadinha maldosa.

Grover, Cole e eu costumávamos ser amigos anos atrás (todes do Clube Queer costumavam ser amigues, na real), mas as coisas ficaram complicadas no final do ensino fundamental e, quando fomos para o ensino médio, Grover inventou uma briga tão feia com nós dois que agora ele nunca perde a oportunidade de falar mal da gente. Nem sei o que ele diz pelas nossas costas, mas os olhares feios que recebemos são constantes. A birra dele é tão conhecida que só precisou publicar um TikTok dizendo que foi vítima de bullying e o colégio inteiro já concluiu que somos os culpados.

Achei que aparecer com o Cole no Clube Queer daria uma amenizada nas coisas, ou que pelo menos mostraria para todos a verdade: a gente não se importa o bastante com essas pessoas a ponto de fazer uma pegadinha com elas.

E cá estou eu, sem Cole, Grover ou Gretchen. Ninguém além de mim e da Em.

— É aqui o clube L… GT… B? — pergunta um calouro negro retinto e baixinho ao entrar na sala. Um zelador com bigode grosso segura a porta aberta para ele.

Em se anima.

— Sim! — responde ela.

O garoto abraça cautelosamente a mochila abarrotada.

— Bem, por enquanto só tem G e T. — Ela ri. — Eu adoraria uma Gin Tônica, aliás.

Dou uma risadinha por educação e ela percebe. Sua expressão de divertimento vacila.

— Nunca provei. Minha mãe, hum... adora. — Ela grunhe baixinho. — Ai, meu Deus, preciso sair logo dessa cidade.

— Somos dois — sussurro em resposta.

O aluno do primeiro ano já tinha ido embora, provavelmente com medo da gente.

A porta se abre de novo e meu coração acelera. Cole Cardoso, um garoto de dezoito anos negro de pele marrom-clara, cabelo preto ondulado e um rosto angular e lindo, chega vestindo uma jaqueta castanho-avermelhada por cima de uma camiseta branca justa. Uma corrente dourada balança sobre seu peitoral musculoso. Ao vê-lo, ergo as mãos, triunfante. Em começa a pentear o cabelo compulsivamente. É, a beleza de Cole pode ser bem intimidadora.

— Ainda bem que você chegou — digo, num gemido exagerado.

— Foi mal, me atrasei. Estava correndo ouvindo minha playlist feita para extravasar — murmura Cole enquanto guarda os fones de ouvido na caixinha. A voz dele está curiosamente contida.

Ele encara Em como se ela fosse uma inimiga mortal, o que não me surpreende. Fui eu quem o arrastei de volta para o clube, que provavelmente continua sendo um lugar de debates ácidos e sem graça ou de notícias sobre os últimos projetos de lei desumanos criados pelos ogros que trabalham no congresso.

— Achei que esse clube tinha, tipo, umas dez pessoas? — debocha Cole.

— Né? — Em ri. — Essa é minha segunda reunião.

— Pelo visto, seremos só nós três — digo, abraçando meu best.

Cole está mesmo com cheiro de quem estava correndo, e suas mãos estão congelando, então acho que passou um tempo lá fora. Mesmo em uma cidade no meio do deserto, faz friozinho em fevereiro.

Cole não se senta e apenas arqueia as sobrancelhas esculpidas ao analisar a sala.

— Não tem ninguém aqui? — pergunta ele. — Fuuuuui. Dearie, vambora!

— Talvez todos estejam atrasados! — Pego o celular para mandar mensagem para Lucy, vice-presidente do clube. — Só mais cinco minutinhos e a gente vai.

Cole aperta a ponta do meu nariz.

— A gente não precisa estar aqui. Você caiu direitinho nessa mentira. Não mandamos aquelas ameaças e Grover inventou essa história de assassinato porque ele é um FLOPADO invejoso. — Meu amigo suspira, como se estivesse desapontado comigo. — O grupo de Flopades jogou a isca e você veio correndo.

Nem consigo olhar nos olhos dele de tão certo que Cole está.

— Por que você veio, então?

— Qualquer declaração que você fizesse acabaria afetando a minha reputação também.

Minhas orelhas começam a queimar. Me esqueci de novo.

Quando se tem uma amizade longa como a minha com o Cole, é fácil esquecer que vocês não são gêmeos. Bem, é fácil para o amigo branco, pelo menos. Conforme o tempo passa, cada vez mais a cada ano, sou lembrado com muita dor de que Cole não é meu gêmeo e que essa palhaçada de pessoas nos invejando tem um peso diferente para ele.

— Eu ia negar *tudo* — sussurro, entrelaçando nossos dedos mindinhos.

Sorrindo, Cole segura meus ombros frágeis com suas mãos fortes.

— Você é uma manteiguinha derretida e essas piranhas falsas conseguem farejar de longe. Iam te dizer que estão com medo, e você ia se desculpar mesmo não tendo nada a ver com aquelas ameaças. Mas não vou deixar! Se eu escutar um pedido de desculpas saindo da sua boca, vou sentar na sua cara na frente de todo mundo.

— Não faça promessas que não pode cumprir. — Dou um chutinho de brincadeira na canela dele.

Em nos encara, de olhos arregalados, e meu sorriso se desfaz.

— Ele tá brincando! — explico. — Somos só amigos.

Em ergue as mãos como quem diz *não está mais aqui quem falou*, mas Cole se pronuncia:

— Viu só? É desse tipo de coisa que eu estou falando.

— Que coisa?

— *Nós* sabemos que somos amigos que flertam de brincadeira sem levar as coisas a sério. Você se importa *demais* com o que as pessoas acham! — Estalando a língua, Cole tira a jaqueta e se acomoda ao meu lado.

Mordendo a caneta, Em pergunta:

— Mas, e aí, quem vocês acham que mandou as ameaças de morte?

— Quem? — repete Cole, tirando o cabelo de cima dos olhos. — Acho que eles mandaram para si mesmos.

— Por que fariam isso?

— Pra *chamar atenção*? — Cole bufa, como se ele fosse a última pessoa racional do planeta. — Isso é algo de que todos que fazem parte de um dito Clube Queer deveriam ser suspeites: serem desesperades por atenção. É isso que nós somos. É o que fazemos. É o que move o mundo, tirando, sei lá, dinheiro.

— Tipo, até que faz sentido… — digo. — Grover e Gretchen se sentem invisíveis.

Desde que Grover gravou aquele vídeo chorando por causa do que ele chamou de "mensagem mortal", fiquei com um sentimento de pavor e angústia entalado no peito. Grover *não é* feio, e toda a vulnerabilidade por se sentir desprezado o deixou… sei lá… senti um impulso incontrolável de cuidar dele.

Mas será que aquela era a intenção de Grover? Uma biscoitada disfarçada de medo?

Parafraseando Britney Spears, existem apenas dois tipos de pessoa: aquelas que nos atraem pela confiança e as que nos atraem por pena.

Cole era a epítome de um tipo e Grover, do outro. Por isso, estavam destinados a serem inimigos.

Em, concentrada nos próprios pensamentos, bate a caneta na palma da mão.

— Não teve nenhuma máscara teatral.

— OBRIGADO! — Cole aponta na direção dela. — Cadê a máscara teatral?!

— Peraí, o quê? — pergunto.

Cole revira os olhos para Em.

— Dearie não assiste à série.

Em sorri, parecendo feliz por finalmente ter algo em comum com Cole que eu não tenho.

— Desculpa por não ser viciado em morte como vocês — digo, brincando com meu lenço no pescoço. — Mas explica essa parada da máscara.

Cole segura minhas mãos e as leva até os lábios.

— Meu querido amigo, você vive no mundo da lua. É o pôster da série e principal símbolo do assassino. Mr. Sandman assinava todas as mensagens para as vítimas com o desenho de uma máscara teatral da tragédia. Sabe, aquela de cara feia... — Cole franze o rosto, curvando os lábios para baixo de um jeito exagerado. — As poucas testemunhas e sobreviventes o viram usando a máscara. É meio que a marca registrada dele, e *não está* presente nas mensagens falsas do cacete que aqueles Flopados enviaram para si mesmos.

— Mas... aquilo rolou nos anos 1970. Ele deve ser um vovozinho hoje em dia. E se ele não sabe mexer em um celular e decidiu mandar as mensagens assim agora, sem o desenho de máscara? — O olhar vazio do Cole me destrói mais do que qualquer palavra seria capaz. Passo as mãos pelo meu emaranhado de cachos escuros, envergonhado por estar levando esse circo todo minimamente a sério. Levantando, visto minha jaqueta de couro preta, decorada nas costas com flores hot pink. — Tá bom, chega desse papo assustador. Ninguém vai aparecer.

— GRAÇAS A DEUS! — exclama Cole.

Até Em parece grata por alguém finalmente ter tomado a decisão de encerrar a reunião, logo guardando o caderno numa ecobag e colocando a bolsa no ombro.

Deixando a sala assim como ela estava quando chegamos — porta aberta e luzes acesas —, saímos para o corredor vazio. Feixes de luz da tarde atravessam as claraboias no teto, criando sombras pelas fileiras de armários verde-militar. À distância, dá para ouvir o som abafado de passos apressados sobre o chão de linóleo, mas tirando isso, apesar de serem duas da tarde, o colégio está surpreendentemente tranquilo.

Cole e eu passamos os braços ao redor da cintura um do outro, enquanto Em nos acompanha logo atrás.

— Aff — resmunga Cole. — Era tão mais fácil lidar com Grover quando éramos crianças e eu podia só apertar as tetinhas dele até ele calar a boca.

Dou uma cotovelada em Cole e sussurro:

— Aposto que se você fizesse isso hoje, Grover iria adorar.

— Prefiro me jogar na frente de um ônibus.

— Talvez ele só precise de uns beijinhos pra se acalmar.

Cole semicerra os olhos.

— Dearie, caras que se fazem de coitadinho são manipuladores. Se você continuar caindo nesse golpe, vai acabar se casando com um babaca que vai controlar até o ar que você respira.

— Ai, não precisa pegar pesado! — Dou um peteleco na orelha de Cole e ele chia.

— Foi mal! É só que… Ai, Dearie, não inventa de começar a gostar do Grover. Ele é terrível.

— Eu sei me cuidar. — Entrelaço meus dedos frios e esguios aos dele, que são quentinhos e macios, apesar de todo o peso que ele levanta. Cole é fitness, mas também sabe cuidar da pele.

Balançamos os braços preguiçosamente. Assistindo à cena de perto, Em deve estar confusa, sem saber qual é o nosso lance. A maioria das pessoas fica.

— Relaxa — sussurro. — Só vou me casar com alguém depois dos cinquenta.

Cole sorri, mostrando as covinhas.

— Comigo, né?

Assinto.

— Pra dividir as contas.

Nossa risada é interrompida por um farfalhar de passos. A sra. Drake, uma mulher branca de quarenta e poucos anos vestindo um macacão de bolinhas azuis, passa correndo por nós, batendo com o quadril na porta dupla da saída do colégio até chegar ao estacionamento. Uma lufada de ar frio entra.

— Sra. Drake? — grita Em.

Além de nossa bibliotecária, a sra. Drake é também a docente responsável pelo Clube Queer. Independentemente do motivo pelo qual ela não apareceu hoje, algo a deixou apavorada.

— ALÔ? Precisamos de uma ambulância agora! No Colégio Stone Grove! — grita ela ao telefone.

Todos os músculos do meu corpo se enrijecem.

Quando Em, Cole e eu nos entreolhamos, os gritos começam.

Olhando para identificar de onde o som vem, vemos alunos escondendo o rosto enquanto atravessam o corredor aos prantos — fugindo de um lugar que não consigo ver direito.

— Um atirador? — sussurro.

— A gente teria escutado os tiros — murmura Cole em resposta, nervoso.

Mal consigo falar por causa de todo o medo entalado na garganta.

SUAS NOITES SOLITÁRIAS ACABAM AQUI 25

— O que a gente...?

O toque de Cole fica mais firme na minha mão enquanto nós três aguardamos, apoiados contra os armários.

Minha mãe é detetive. Se eu mandar mensagem, quem sabe ela consiga chegar aqui mais rápido. Com as mãos suadas, lentamente pego o celular para avisá-la, e de repente a sra. Drake ressurge.

— Eles não podem estar mortos — murmura para si mesma ao passar correndo por nós.

Mortos. Quem?

— Vamos embora daqui — diz Cole, me empurrando com urgência, mas me desvio dele e saio correndo atrás da sra. Drake, contagiado pela coragem dela. Preciso ajudar.

— Dearie, espera! — grita ele, me seguindo até virarmos em outro corredor.

Dezenas de alunos rodeiam alguém que está no chão, os tênis para fora da multidão como as pernas da irmã da Bruxa Má embaixo da casa da Dorothy. Os pés se mexiam no chão, então, quem quer que fosse aquela pessoa, ainda estava viva. Enquanto a sra. Drake atravessa o grupo, um garoto com óculos de aros grossos e pele marrom-clara sai correndo, aos prantos. É Benny Prince do Clube Queer. Uma mancha carmesim escorre sobre o escudo do Capitão América estampado na camiseta dele.

— Benito? — pergunta Cole, horrorizado, ao parar o garoto. — Ai, meu Deus! Você está sangrando...

— Cole, ele... — Mas Benny está chocado demais para terminar a frase. Ele sussurra algo em espanhol e Cole assente, atento.

— Então de *quem* é esse sangue?

Outra pessoa surge da multidão: Lucy Kahapana — uma garota pequena de pele marrom-clara, cabelo raspado na lateral e roupas amarrotadas de skatista. As mãos dela estão manchadas de vermelho e os olhos, inchados de tanto chorar.

— Lucy, o que aconteceu? — pergunto, entrando na frente dela.

— Precisamos de uma ambulância! — berra, antes de sair correndo.

Mas, quase na mesma hora, o tênis dela escorrega e ela cai para trás, em cima de mim. Antes que eu consiga me firmar e manter o equilíbrio, nós caímos no chão, e a dor atravessa meu ombro. Do chão, a cena do crime se torna mais explícita: duas outras pessoas do Clube Queer — Mike e Theo — estão agachadas na frente de um garoto que treme incontrolavelmente, com as costas apoiadas nos armários. Os tênis que eu vi são dele. Então reconheço o cabelo loiro e os braços fortes — é o Grover. A sra. Drake tenta acalmá-lo. Ele ainda está vivo, mas coberto de sangue, e tem um fio de arame farpado enrolado no pescoço como uma forca. Os furos transformaram a garganta dele numa cachoeira.

Fico sem ar diante da cena. Parece uma cena de *Jogos mortais*.

— Eles estão chegando, meu bem — diz a sra. Drake. — Não encosta. Não encosta no arame. Mike, SEGURA AS MÃOS DELE!

Mike obedece e pressiona as mãos de Grover contra o chão. Grover reage; ele quer muito arrancar o arame do pescoço, mas a sra. Drake tem razão. Se tirar, não será possível estancar o sangramento.

Grover balbucia, em pânico.

— Ele… ele… ele… usava uma máscara.

— Não fala mais nada — ordena a sra. Drake, ríspida. — Seu pescoço, lembra?

Ela age com confiança, escondendo qualquer vestígio de medo ou hesitação. Meu pânico e minha dúvida, porém, estão bem evidentes. Se alguém não chegar agora, Grover vai morrer — vinte e quatro horas depois de receber aquela mensagem.

Ainda no chão, Lucy cobre o rosto ao chorar. As mãos fortes de Cole envolvem meus braços e ele me levanta… mas não antes de eu avistar outro corpo.

SUAS NOITES SOLITÁRIAS ACABAM AQUI **27**

Gretchen Applebaum. A outra integrante do clube que também recebeu a mensagem do Mr. Sandman. Ela está caída ao lado de Grover, imóvel e esquecida. Os olhos abertos dela encaram o vazio, e sua maria-chiquinha loira flutua sobre a poça de sangue que escorre do arame farpado enrolado em seu pescoço.

Gretchen está morta.

Ao lado do corpo dela, há um bilhete escrito em papel--cartão pardo, apoiado sobre o chão como se fosse um convite para um jantar. Com uma caligrafia impecável, a mensagem inconfundível: SUAS NOITES SOLITÁRIAS ACABAM AQUI. Ao lado da frase, um desenho de uma máscara da tragédia teatral — o símbolo que Cole e Em disseram que estava faltando na primeira mensagem do Mr. Sandman.

As mensagens eram verdadeiras. Eram uma ameaça real.

O assassino da TV tinha atacado o Clube Queer.

CAPÍTULO DOIS
Cole

No fim das contas, o Clube Queer conseguiu se reunir. Depois que o corpo de Gretchen foi transportado e Grover foi levado às pressas para o hospital, a polícia escoltou as pessoas que faziam parte do Clube Queer de volta para a sala 208. Quase duas horas depois, ainda estávamos esperando para sermos interrogades.

Era a história do tapa se repetindo.

Quando eu estava no segundo ano, nosso professor racista de História chamou a polícia porque dei um tapa em Walker Lane — Walker, que *me* bateu *primeiro*, estava pedindo por um tapa depois de passar um dia inteiro falando mal de mim. Ele estava com inveja porque eu o tinha vencido na disputa pela vaga de capitão do Rattlers. Mas, diferente de mim, Walker foi mandado para casa rapidinho. Não cheguei a ser detido, mas o interrogatório da polícia durou horas. *Horas* por causa de um tapinha de nada. Foi o dia mais assustador da minha vida — até hoje.

Aliás, o professor racista acabou sendo demitido. Benny deu uma investigada e descobriu que o cara tinha um histórico de tuítes extremamente racistas publicados numa conta alternativa que estava conectada ao e-mail pessoal dele. Amador. E Dearie nos ajudou a vazar as informações para o superintendente — e para o público geral em sua conta privada no Instagram. Por um momento, Benny, Dearie e eu retomamos nossa amizade para acabarmos com aquele babaca.

Porém, hoje não estamos falando de tapas, mas de assassinato.

Pelo menos desta vez as atenções estão voltadas para todo mundo. Não sou só eu, sentado por horas, apavorado a ponto de nem conseguir me mexer. A sra. Drake está sendo interrogada na sala ao lado, um escritório anexo que, conforme descobrimos, infelizmente é à prova de som. Nem um murmúrio escapa daquela porta, mesmo pressionando os ouvidos contra ela.

— Poderiam pelo menos ter nos deixado limpar o sangue dos nossos amigos das mãos — murmura Mike Mancini, um garoto italiano baixinho e corpulento do último ano, com cabelo preto jogado para trás e uma barba falhada no rosto. Todos os dias, ele destrói com as próprias mãos o mito de que todo gay se veste bem.

Ninguém lhe responde. Oito alunes se sentam em silêncio e afastades ao longo das várias fileiras com pelo menos duas mesas de distância, cada ume em sua própria ilha; exceto Dearie e eu. Carinhosamente, faço cafuné nos cachos emaranhados do meu melhor amigo, algo que sempre me acalma. Ele é meu neném lindo e, depois de hoje, nós dois teremos que dar nosso pega anual, porque estou com os hormônios à flor da pele e preciso extravasar.

Acho que ele também. Quanto mais faço cafuné em Dearie, mais ele encara a parede com um olhar vazio.

Acima de nós, na plataforma mais elevada, Em aguarda ao lado de Theo, uma pessoa branca não binária, baixa e do último ano, com cabelo ruivo curtinho e uma gravata-borboleta estilosa. Elu será interrogade primeiro; seus pais vieram correndo assim que ficaram sabendo da notícia e estão esperando lá fora. O resto da turma ou tem pais pobres demais para saírem do trabalho assim tão depressa ou, como é o meu caso e o de Dearie, tem pais que de alguma forma estão trabalhando no caso. Uma das minhas mães é cirurgiã e, no momento, está operando Grover. A mãe de Dearie é detetive e está interrogando a sra. Drake. Quanto às outras quatro pessoas, o pai de Mike Mancini é dono da oficina de carros da cidade, então não consegue fechar a loja mais cedo; a mãe divorciada de Lucy Kahapana é fotógrafa de natureza e vai passar o dia inteiro em Mooncrest Valley sem sinal de celular; o pai do Benny Prince é dono do Tío Rio, um bar e restaurante local com karaokê, e está a caminho, depois de deixar o estabelecimento sob responsabilidade dos funcionários; e o último Flopado — quer dizer, integrante do Clube Queer — é Justin Saxby, um formando que eu já confundi com Grover um milhão de vezes. A culpa é da minha indiferença em relação a garotos brancos, mas os dois são altos e mais ou menos loiros. Só que Justin é muito mais gato (e simpático) e tem um trevo pequenininho tatuado no alto da coxa.

Como eu sei sobre uma tatuagem num lugar tão íntimo? Como você acha? Acorda!

— Queria saber se o Grover está bem — murmura Lucy com as mãos sobre a boca.

— Eu também — diz Benny.

— Ele vai ficar bem — fala Dearie, desanimado. — A mãe do Cole é a melhor.

Aperto Dearie com mais força. Pelo menos ele voltou a falar. O elogio dele é sufocado pela minha preocupação, pois, embora minha mãe *seja mesmo* a melhor, não sei se a medicina já encontrou uma cura para vinte ferimentos simultâneos no pescoço. Metade do sangue daquele Flopado estava no chão e outra metade está espalhada na gente. Se ela salvar o Grover

— se ele sobreviver para me irritar por mais um dia —, talvez a gente descubra quem fez isso.

Eu jurava que aquelas mensagens eram uma grande palhaçada.

Quase nunca erro. Odeio isso.

— Uma cirurgia de sucesso demora algumas horas — digo. — Então, quanto mais tempo ficarmos sem notícias, melhor.

— Hummm... — Justin solta uma risadinha debochada.

Meu radar de pessoas filhas da puta começa a apitar e eu me empertigo.

— Que foi, hein?

— Nada não. — Justin rói a unha casualmente. — Só acho engraçado você estar tentando se importar.

Seguro a vontade de rogar uma praga contra ele por baixo da mesa. Como se já não bastasse o Justin ter sido uma transa sem graça (ele só ficou deitado lá, como se eu fosse o massagista particular dele), agora ainda tenho que aturar isso?

— Eu realmente me importo — retruco.

Theo grunhe da plataforma mais alta, revirando os olhos para Em, que não retribui o gesto. Que bom que ela sabe reconhecer uma pessoa cuzona quando vê uma. Theo só vem depois de Grover na lista de motivos que me fizeram ficar o mais longe possível desse clube. Não passam pessoas conservadoras enrustidas. Só porque Dearie e eu saímos com alguns garotos de outros colégios — e *não foram* encontros para tomar milkshake —, elus nos acusam de "destruir a comunidade *queer*" (como se fosse nossa culpa elus estarem encalhades). O mesmo preconceito moralista de antigamente, só que agora com um filtro de arco-íris.

—Ah, faz favor — intromete-se Mike, me lançando um olhar fulminante. — Para de fingir que está preocupado com o Grover.

Levanto o dedo.

— Ninguém te chamou pra conversa, amor.

— Não sou seu amor.

— Não mesmo, gata.

— Muito menos sua gata!

Dearie se recosta na cadeira lentamente, dando fim ao nosso momento agarradinhos. O resto do clube espera pela minha resposta, mas apenas reviro os olhos.

— Mike... — digo, com toda a calma do mundo. — Sei que você saiu do armário há, tipo, três segundos, mas muitos de nós falam assim, então você já deveria saber que isso não quer dizer que eu tô te dando mole. Mas, se você não quer ser chamado assim, eu respeito e vou voltar para a época em que meu cérebro nem sequer registrava sua existência.

Ele me encara, boquiaberto e sem palavras. A primeira vez que o bebezinho recebeu um fecho.

— Você está nos tratando do mesmo jeito que tratava o Grover — provoca Justin. — Como insetos insignificantes que merecem ser esmagados.

— Ai, gata, pode parar — digo, com a voz bem grave. Uma voz de pai, só que não tão alta. Baixa o suficiente para não chamar a atenção dos policiais, mas firme o bastante para calar a boca de todo mundo.

Em morde a caneta e Dearie finalmente volta a prestar atenção, um tom de vermelho-vivo retornando às bochechas coradas dele. Acho que percebemos uma coisa ao mesmo tempo: o clube *com certeza* ainda acha que somos os responsáveis por aquelas mensagens.

— O filho corta o garoto todo e depois a mãe costura — grunhe Mike.

Benny e Lucy soltam um suspiro. Theo estala os dedos, apoiando Mike.

Minha garganta se fecha. Elus não acham mesmo que fiz isso, acham?

— Já chega! — grita Dearie, as bochechas ainda mais vermelhas.

Eu o encaro, sem ar. Ai, meu Deus, Dearie! Que tal não botar lenha na fogueira agora?

Mas funciona, e Mike visivelmente recua. Está na cara que o gay recém-nascido está apaixonado pelo meu melhor amigo, mas tem a mesma confiança de um filhote de veado atravessando um lago congelado. Nervoso, Mike lambe os lábios e olha para todos os cantos da sala.

— Foi só uma piada — murmura ele.

— Nossa, essa foi boa, hein? — retruco. — A Netflix vai te chamar pra fazer um especial de comédia a qualquer momento.

— TÁ BOM — grita Lucy, se levantando. Ela caminha pela sala numa tentativa frustrada de aplacar a ansiedade. — Que maravilha estar presa aqui, escutando meu programa favorito: um bando de gays maldosos reclamando!

— Cole é o maldoso da história — resmunga Justin.

— Eu sou bi — retruca Mike.

— Ai, você sabe muito bem o que eu quis dizer — replica Lucy, apontando o dedo para ele de maneira acusatória. Depois de respirar fundo, os olhos dela ainda estão marejados e ela joga o cabelo para trás. — Minha amiga morreu. Talvez meu outro amigo também morra. — Ela balança a cabeça. — Eles nunca conseguiram pegar o Mr. Sandman. Aliás, na série, disseram que o número de vítimas dele era alto porque, provavelmente, existiam imitadores dele espalhados por aí. — No centro da sala, ela dá uma volta para encarar cada ume de nós. — Algume de vocês sentiu vontade de imitar um assassino hoje?

Dearie, Mike, Justin, Em e Benny desviam o olhar. Só as pessoas mais cruéis presentes — Theo e eu — não piscam. Lucy engole em seco, com a coragem vacilando quanto mais a encaramos.

Ela respira fundo de novo e se vira para mim.

— Já que estamos aqui, quero fazer a pergunta que não consegui fazer pra você na reunião de hoje — diz ela. — Por que vocês mandaram aquelas mensagens?

A emoção atravessa a fachada durona de Lucy.

É difícil ficar na defensiva diante de uma pessoa tão devastada.

— Não fomos nós — diz Dearie, com a boca seca.

— Isso mesmo — concordo. — Não mandamos as mensagens. Nossa intenção era falar isso na reunião. Apesar de não sermos obrigados a nada.

Mike e Justin bufam diante da minha defesa, como se culpassem apenas a mim, e não ao Dearie. Óbvio. Isso aqui vai azedar rapidinho.

No canto, Benny esconde o que sente por trás dos óculos enormes. É difícil sacar o que está pensando de tão longe. No geral, ele é mais reservado.

— Você odiava o Grover — afirma Lucy, sem quebrar o contato visual.

— *Odeio* — corrijo. — Ele ainda está vivo. E é possível achar que alguém é bem babaca e ainda assim não querer que a pessoa morra. "Não gostar" e "assassinar" são duas… — Levanto dois dedos no ar. — …coisas diferentes.

Lucy ri, enxugando as lágrimas.

— Então o que você estava fazendo durante o intervalo?

Sorrindo, coço o queixo.

— Vou guardar minhas respostas para a detetive.

— Essa me parece uma pergunta bem fácil de responder — intervém Theo. — A não ser que você esteja escondendo alguma coisa.

— Não — retruco, sorrindo para mostrar minhas covinhas. — Só não quero validar a autoridade da Lucy, que está me interrogando como se eu fosse um criminoso.

Theo curva os lábios, e Em esconde uma risada com a mão.

Até que isso tudo seja resolvido, elus precisam colocar na cabecinha vitimista delus que não serei tratado como um assassino.

Enquanto Lucy ferve de raiva, Dearie se levanta abruptamente.

— Cole estava correndo, ouvindo música.

— Dearie! — rosno.

Isso é exatamente o que alertei a ele que aconteceria se viéssemos ao Clube Queer hoje. Elus tratariam a reunião como uma inquisição e Dearie cederia ao interrogatório porque quer ser visto como a versão delus de uma "pessoa do bem".

— Que foi? — pergunta Dearie. — Não é nenhum segredo.

Levanto da cadeira, me impondo sobre Dearie e Lucy.

— Só queria ficar na minha até sua mãe, a investigadora de verdade, precisar de mim. — Me viro para os outros. Em é a única que não está me olhando de cara feia. — Grover e Gretchen receberam ameaças de morte e todos vocês nos acusaram sem uma prova sequer. Isso é *sério*, gente. Dearie e eu não precisamos justificar nada para vocês.

Dearie fecha os olhos e solta o ar.

— Tem razão.

Ele volta a se sentar e eu também.

— Tenho razão mesmo. Isso é grave e, caso vocês tenham se esquecido de como fui tratado depois do tapa em Walker, coloca minha vida em risco.

Do outro lado da sala, Benny assente com tristeza. Ele entende. O restante — em sua maioria pessoas brancas — olha para qualquer direção, menos para mim, fingindo que ninguém disse nada.

Condescendência é o nome disso.

Dearie dá um beijinho com cheiro de cereja na minha mão. Diante do gesto, minha respiração se acalma um pouquinho.

Rodopiando o dedo, viro a atenção para Lucy.

— Quando *nós* estávamos aqui com a Em, na hora em que a reunião do clube deveria começar, onde *vocês* estavam? Vocês são tão perfeitinhes que me surpreende não chegarem aqui com cinco minutos de antecedência. E não deve ser porque vocês já tinham encontrado a Gretchen, senão a gente teria escutado os gritos mais cedo. E aí? Se expliquem.

Então, Lucy conta:

— Gretchen mandou mensagem chamando Theo e eu para nos encontrarmos com ela na saída do quinto período, pra gente vir juntes. — Os ombros dela caem. — Mas ela não apareceu.

Parecendo um detetive da Agatha Christie cheio de cafeína nas veias, meu olhar acusatório passeia rapidamente pela sala. Cada vez que encaro ume Flopade diferente, a pessoa se confessa de imediato.

— Grover me mandou mensagem — diz Justin. — Ele queria que Mike e eu o encontrássemos no refeitório. Disse que estava nervoso porque você viria ao Clube Queer hoje e precisava de apoio emocional.

Grover. Ninguém atua melhor que ele. Eu só acreditaria naqueles cortes no pescoço dele se colocasse o dedo nas feridas.

Agora é a vez do Benny. Ele perfura o carpete do chão com o olhar, o maxilar travado de raiva.

— Ouvi Mike e Justin conversando sobre se encontrarem com Grover — explica. — Mas Grover não pediu minha ajuda. — Ele segura o choro. — Me senti deixado de lado, afinal sou amigo do Grover há mais tempo que eles. Ah, sei lá... tanto faz. Não estava mais a fim de ir pro Clube Queer, então fui para a biblioteca. Foi quando a sra. Drake e eu escutamos os gritos.

Bela amizade, hein, Benny?

Se eu soubesse que Grover iria sobreviver, teria dito em voz alta. Benny merece apoio de verdade, e não uma amizade unilateral. Ele e eu convivemos mais fora do colégio. Nossas famílias são amigas e minha outra mãe é médica da família dele, então Benny sempre foi mais um primo distante do que um amigo. Como estou sempre com Dearie e Benny é mais tímido no colégio, Grover provavelmente fez minha caveira para ele com a intenção de manter nossos círculos sociais separados.

SUAS NOITES SOLITÁRIAS ACABAM AQUI 37

Mas, se esses dois são tão próximos agora, por que Grover deixou Benny de fora da terapia em grupo dele? Ele não precisaria do máximo de bajuladores possível puxando o saco dele?

— Então. — Bato palma. — Agora sabemos onde todo mundo estava. Dearie e Em chegaram aqui na hora certa. Eu estava correndo para espairecer antes de vir para esse clube horrível, cheio de julgamento e, pelo visto... — Olho para Benny, que abre um sorriso. — De péssimes amigues.

— Mas ninguém pode confirmar seu álibi — cantarola Justin.

Ao me virar lentamente para Justin, mostro minhas mãos abertas. Limpas e impecáveis.

— Um médico legista pode confirmar que estrangular alguém com arame farpado costuma deixar marcas.

— Já ouviu falar de luvas? — indaga Mike.

— Já ouviu falar de desodorante?

Todes ficam boquiabertes ao mesmo tempo. Mike fica sem palavras. Qualquer simpatia que eu tenha conquistado delus desce pelo ralo — mas não ligo. Óbvio, foi um comentário maldoso, mas o que fazer quando me acusam de ASSASSINATO só porque não gostam de mim ou porque sentem inveja do tempo que eu passo com Dearie? Um insulto só é cruel quando sai da boca de um garoto popular?

Suspirando, Dearie se vira com delicadeza para Mike.

— Cole não estava usando luvas. Quando chegou aqui, as mãos dele estavam congelando. Ele estava lá fora, como disse que estava.

Nós trocamos um sorriso. Fico feliz em ser vingado. Menos feliz porque Dearie continua levando o argumento delus a sério, como se fossem baseados em fatos e não em recalque, mas enfim...

Uma porta é aberta atrás da gente.

Benny dá um salto e suspira enquanto a sra. Drake sai do escritório nos fundos. Seu cabelo escuro e acinzentado está todo desgrenhado, e o macacão de bolinhas azuis agora carrega duas manchas vermelhas na frente, como marcas de pneu.

Meu coração acelera. A verdade nua e crua volta com tudo, me tirando dessa discussão mesquinha com aquele grupo de Flopades.

— Desculpa pela demora — diz a sra. Drake, com a voz fraca. — Seus pais já devem estar...

A porta da sala é aberta e o pobre Benny se assusta de novo. Um homem branco, sério e com uma barba branca cintilante, vestindo um sobretudo, entra marchando. Pela fresta da porta, vejo a polícia contendo uma multidão de familiares exaustos e desesperados. Quando a sra. Drake vê o senhor se aproximando, ela suspira.

— Leo, eles estão segurando todo mundo lá fora. Nem os pais de estudantes podem...

Ignorando o alerta, o homem a envolve num abraço, do qual a sra. Drake se desvencilha rapidamente.

— É ele? — pergunta Leo, desesperado. — Tabatha, era *ele*?

— Vou te levar pra casa. AGORA. — Segurando Leo pelo cotovelo, a sra. Drake o puxa para fora, está tão nervosa que nem se despede.

Quem é esse cara? Algo nele me parece familiar.

— Cole, querido? — Uma voz altiva porém reconfortante me chama do escritório. A detetive Dearie, mãe do meu melhor amigo, me espera à porta.

Ela é uma mulher baixa, de cabelo preto como o do filho e — embora meu amigo seja mais pálido — com uma pele sempre bronzeada. Suas unhas estão impecáveis e ela veste um terninho azul-marinho imaculado. Parece compassiva, mas é o trabalho dela fazer com que a gente acredite que, aconteça o que acontecer, tudo ficará bem.

Pelo menos é assim que ela faz eu me sentir. Minha coluna finalmente destrava ao pensar que, com a sra. Dearie no comando, hoje *não será* como no incidente do tapa.

SUAS NOITES SOLITÁRIAS ACABAM AQUI **39**

Com as unhas pintadas de lavanda, a sra. Dearie me leva para dentro do escritório, que está desocupado desde que nossa professora de Educação Cívica se aposentou no ano passado. Ao me sentar, a sala parece menos um escritório e mais um apartamento do qual alguém se mudou às pressas. As estantes estão vazias, exceto por uma cópia do arquivo de alunos do ano passado. A sra. Dearie fecha a porta gentilmente, se senta atrás da mesa e abre um sorriso amigável antes de começar.

— Como você está se sentindo?

— Atordoado — respondo, com uma risada nervosa.

— Entendo. — Ela faz um momento de silêncio enquanto afundo as unhas nos braços da cadeira de madeira. — Cole, você e Frankie são... criadores de confusão. — Ela faz uma careta brincalhona, arrancando uma risadinha forçada de mim. Eu e o filho dela somos parceiros de crime desde que me entendo por gente. Antes de continuar, a sra. Dearie arranha a mesa com as unhas. — Mas são inofensivos.

Por que ela parece estar pisando em ovos? Por que não vai direto ao ponto?

— Sra. Dearie, aconteceu alguma coisa?

— Uma garota morreu.

Assinto. Sim, Gretchen — nós sabemos. Meu coração ficou entalado na garganta desde que a vi.

— Mas tem *mais alguma coisa* acontecendo.

— Cole, você é o rapaz mais esperto que eu conheço. — A sra. Dearie solta uma risada vazia. — Então, não vou perguntar onde você estava às duas da tarde porque tenho certeza de que você terá uma resposta, e não vou perguntar por que vocês dois voltaram para o clube do nada, depois de anos zombando dele. Porque eu sei sobre as mensagens.

De repente, o clima fica pesado.

A sra. Dearie coloca uma luva azul de látex e abre a gaveta da sra. Benson, que deveria estar completamente vazia.

— Por causa dos… rumores, nós revistamos os armários de todas as pessoas que fazem parte do clube — explica ela. — Não quis desencorajar a ideia porque poderia parecer tendenciosa em relação ao Frankie. Acho que ele nem usa o próprio armário há meses.

Rio por educação, embora esteja bem perto de me mijar nas calças se ela não for direto ao ponto.

Na minha mente, o rosto feio daquele policial reaparece — gravado na minha memória desde o tapa. Tenho uma compreensão bem profunda de quando um policial está brincando com a presa. A enrolação, a falsa ignorância sobre os fatos… Não é uma gentileza da parte deles; o propósito é ser desconcertante, induzir o estresse e fazer o alvo se abrir.

Com um calafrio, me dou conta de que a sra. Dearie não está tomando meu depoimento. Estou sendo interrogado.

— Presumi que não encontraríamos nada e seguiríamos em frente — continua a sra. Dearie, soltando o ar aos poucos e estendendo a mão para dentro da gaveta. — Mas, quando abri o armário do Frankie, encontrei isso… — Por fim, ela pega o item misterioso e coloca sobre a mesa. Um celular de flip antigo, um modelo velho apesar de o aparelho ser novo. Provavelmente um celular de descarte. O ar abandona os meus pulmões enquanto o sorriso dela se desfaz. — Sabe qual foi a última mensagem que enviaram deste celular?

Suas noites solitárias acabarão em breve.

Não precisamos dizer. Nós dois sabemos que é isso.

— Foi enviada para Gretchen Applebaum — confessa a sra. Dearie, com o queixo tremendo enquanto tenta manter o profissionalismo diante de uma pista que aponta o filho dela como a pessoa que enviou a ameaça de morte. Uma ameaça que se concretizou.

Ela deve saber que aquele celular foi colocado no armário dele. Não pode estar suspeitando do filho.

Então, meus pensamentos saltam para uma conclusão lógica — e agonizante.

— Esse é o mesmo celular que mandou a mensagem para Grover? — pergunto.

Com certa frieza, a sra. Dearie estende a mão até a gaveta de novo, pega um celular idêntico e o coloca ao lado do que foi encontrado no armário de Dearie.

Os aparelhos são gêmeos lindinhos. Criadores de confusão. Melhores amigos.

— Esse aqui foi encontrado no seu armário — conta ela.

E lá estão elas. As provas que incriminam Dearie e eu de assassinato.

CAPÍTULO TRÊS
Dearie

Grover acordou.

Depois de um dia e meio cheio de suspense, Grover sobreviveu à cirurgia e voltou a falar. De acordo com minha mãe, ele não viu nada fora do comum até um homem mascarado aparecer e atacar Gretchen. Depois disso, os acontecimentos ficaram meio confusos para ele, o que é compreensível por causa do trauma.

Eu jamais admitiria isso ao Cole, mas tenho sonhado com Grover. Não são sonhos safadinhos — eu acho, pelo menos. No sonho, há apenas nós dois no corredor escuro do colégio, e Grover estava triste, como uma criança perdida numa loja. Ele é maior do que eu, mas isso só tornava a vulnerabilidade dele mais fofa. Um garoto que mais parece um labrador gigante que precisa de ajuda. Da minha ajuda. Lá, eu o encontrava, depois eu o abraçava por trás e sussurrava ao pé do ouvido dele para acalmá-lo.

— Sinto muito por não ter percebido seu sofrimento — dizia eu.

Então Grover apoiava as mãos macias sobre as minhas, grato.

Quando acordo do sonho, estou no sofá de casa, quase chorando. Tenho tirado uns cochilos rápidos de vez em quando porque não consigo dormir direito à noite. O Cole também não. A diretoria colocou o colégio inteiro em aulas virtuais até a polícia terminar de coletar evidências.

Para piorar nosso nervosismo, as únicas provas encontradas pela polícia foram aqueles celulares pré-pagos. Minha mãe nos tranquilizou dizendo que é bem suspeito terem encontrado algo tão incriminatório na cena de um crime onde não acharam nem um cílio sequer — mas, ainda assim, não é fácil saber que isso nos torna os únicos suspeitos.

Dá pra ver que isso deixou Cole muito abalado. As mensagens dele ficaram mais curtas, espaçadas e sem pontos de exclamação. Não importa quantas mensagens reconfortantes ou quantos TikToks bobos eu envie, a energia dele ainda não voltou ao normal.

— As únicas pessoas que sabem daqueles celulares são você, eu e a equipe da minha mãe — digo em uma mensagem de áudio para Cole.

Ele responde com um áudio também, soando contido e distante.

— Mas até quando vai continuar assim? A série de TV é sucesso no mundo todo. As pessoas ficarão *sedentas* pra saber quem são os suspeitos do mais novo assassinato do Mr. Sandman. Dearie, se eles não encontrarem outras pistas logo, é capaz de nem deixarem sua mãe continuar no caso. O filho dela é um dos suspeitos.

Deitado no sofá, observo o ventilador de teto girar. Não tenho ideia de como acalmar a ansiedade de Cole. A minha só está aumentando. Finalmente, respondo:

— Pessoa sob suspeitas.

Cole responde:

— Se você tivesse assistido a *Suas Noites Solitárias Acabam Aqui*, saberia que a investigação original DESTRUIU a vida de várias pessoas que estavam sob suspeitas.

O pavor toma conta dos meus pensamentos como neblina — uma versão de *Silent Hill* na minha cabeça. A solução mais saudável é procurar uma válvula de escape. Talvez uma conversa demorada com algum ficante casual...

O Colégio Tucson é, tipo, vinte vezes maior que o Stone Grove, ou seja, tem um catálogo de opções muito maior para analisar. Cole e eu temos nossos peguetes casuais de sempre, e eles servem para momentos como esse, quando a mente está a mil.

Envio mensagem no Instagram para três caras diferentes do Colégio Tucson:

Dia ruim aqui, bb, tô precisando de atenção.

Imediatamente recebo duas respostas. Uma é Ben Wally Jones, um garoto alto, negro, muito gato e meio nerd com quem tentei jogar *Dead by Daylight*, mas o jogo dá muito trabalho.

Ben: Desculpa, lindo. Adoraria te ver, mas tô indo pra Tahoe com meu pai. Aconteceu algo sério?
Eu: Nada de mais, relaxa. Leva um casaco pra viagem!

A resposta seguinte é de Griffin Bateman, um garoto baixinho, corpulento, branco e rico, com um estilo impecável. Meio sem graça, mas ele é legal e tem mãos lindas e macias (Cole me zoa por causa dessa minha coisa com mãos, mas cada um com suas taras).

Griffin: Sinto muito. Tenho um pouquinho de atenção aqui pra te dar. O quanto seu dia foi ruim? Quer conversar por mensagem ou pessoalmente?

Dou uma lambida no lábio inferior ao responder.

Eu: Pessoalmente.
Griffin: Meus pais estão jogando golfe.

Minhas sobrancelhas sobem. O volume na minha cueca também.

Eu: Nossa, que Deus abençoe o golfe. Quando eles voltam?
Griffin: Daqui a algumas horas.
Eu: Dá tempo.
Griffin: Não sei, não, Dearie. Pode acabar ficando muito corrido até você conseguir chegar aqui na cidade.

Beleza, ele quer pagar de difícil. Sei bem do que ele precisa. Com um grunhido de frustração, arranco as meias e tiro uma foto das minhas pernas nuas. No momento em que a envio, Griffin já começa a falar safadeza. Digo a ele que chego lá em trinta minutos.

É tão fácil convencer os garotos.

Estou quase terminando de me vestir quando recebo uma mensagem de Lucy Kahapana — ela está no hospital com Grover —, alegando que Grover havia pedido para eu ir visitá-lo à tarde, depois que os pais dele fossem embora, pois queria me contar uma coisa. Lucy não confirma nem nega que é algo que vai exonerar a mim e ao Cole, mas insiste que vou querer ouvir o que o amigo tem a dizer.

Minha esperança retorna, mas, quando conto tudo ao Cole por mensagem, ele joga um balde de água fria.

— Dearie, é só mais uma tentativa de manipulação — diz Cole quando ligo para ele ao sair. — Se ele tem algo que vai provar que não somos suspeitos, por que não contou pra sua mãe? E, como você mesmo disse, ninguém além da gente sabe que somos suspeitos.

— Pessoas sob suspeitas! — corrijo, passando creme pelos cachos e colocando um par de óculos com lentes vermelhas. — Sei lá, estou sentindo que pode ser bom. Se isso puder tirar a pressão de cima da gente, especialmente de cima de *você*, tenho que tentar. Grover e eu já fomos próximos, talvez eu consiga convencê-lo a falar em nossa defesa.

Ficamos em silêncio até eu entrar no meu carro. Então Cole diz:

— Bem, enquanto estiver em Tucson, aproveita pra dar uns pegas em alguém.

Sorrio.

— Já combinei tudo.

Felizmente para a minha agenda lotada, Griffin é um amante *bem rápido*, mas ele é tudo de que eu precisava agora para acalmar os nervos. Depois de sair da casa dele, pego um café gelado grande e espero no estacionamento do hospital até Lucy mandar mensagem avisando que os pais do Grover foram embora. Ninguém do Clube Queer conseguiria passar por esse momento horrível se não fosse pela Lucy, nossa matriarca não oficial. Tranquila em qualquer crise, se existe alguma novidade que precisa ser divulgada, ela assume o controle da situação. Se estamos organizando uma festa, é ela quem planeja. A mãe dela viaja muito para fotografar, então ela basicamente é uma adulta independente desde o ensino fundamental. O único jeito de desconcentrá-la é perguntando sobre *Doctor Who*; ela começa a falar da sua ordem favorita para assistir às temporadas e esquece o que estava fazendo.

Não existe pessoa melhor do que Lucy para ser a mediadora entre a cama de hospital do Grover e o clube.

No hospital, atravesso o CTI cheio de enfermeiros, policiais e repórteres. Quando chego ao quarto de Grover, Mike Mancini já está lá. Nunca percebi antes, mas ele parece uma versão de cabelo escuro do Griffin. Até que curti.

Estar na mira da polícia tem me deixado voraz.

Mike me recebe com mais carinho do que nunca. Afinal de contas, cheguei abalando: óculos coloridos, camiseta com decote cavado e cabelo bagunçado pelos dedos selvagens de Griffin. Cabelo desgrenhado sempre me faz pensar em sexo, então decidi não pentear. Chegar ao hospital desse jeito pode me ajudar na missão de ganhar o Grover — e convencê-lo a cooperar para tirar Cole e eu dessa confusão.

— Que bom te ver — sussurra Mike do lado de fora do quarto particular, cheio de policiais plantados na porta. — Você está... Hum, entra.

Passamos pelos guardas e entramos.

Não há um canto no quarto que não esteja cheio de buquês de rosas, cartões desejando melhoras e cartazes feitos à mão dizendo "você não está sozinho". No centro do altar, está Grover Kendall, o garoto dos meus sonhos, com cara de pesadelo. Seu cabelo loiro está caído por cima da testa, os olhos inchados e com olheiras, os lábios rachados e o pescoço coberto com um colar cervical de espuma. A morte bateu à porta desse garoto. Ainda assim, ao olhar para mim, ele sorri.

— Você... veio... — diz ele, com a voz embargada por causa da garganta ferida.

Retribuo o sorriso, tentando não estremecer de como ele parece estar mal.

— Eu já estava planejando vir aqui de qualquer forma, mas aí a Lucy me chamou...

Lucy sorri e me abraça, como se fosse uma pessoa completamente diferente daquela que estava na sala 208. Sem a presença do Cole, o grupo de Flopades parece disposto a me dar uma trégua em nome de Grover.

— Você tá bem? — pergunta ela, acariciando meu braço. — Conseguiu dormir?

— Não muito. — Dou de ombros e olho para Grover, que ainda está sorrindo. — Feliz em saber que você está bem.

Os olhos dele ficam marejados de gratidão, como se mal pudesse acreditar que eu me importo. Sinto um aperto no peito. Será que esse tempo todo eu vinha dando a impressão de que não estaria nem aí se ele *morresse*?

Puxo uma cadeira para o lado da cama. A vontade de segurar a mão dele — de abraçá-lo como fiz no sonho — é esmagadora.

— Grover… — digo. — Antes de qualquer coisa, queria dizer que você não é invisível para mim.

Ele engole dolorosamente. Grover quer falar, mas cada palavra deve ser agonizante.

— Gretchen também não era — digo para Lucy, que esconde as lágrimas com a manga do moletom. Aceno para Mike, que está se abraçando. — Nenhum de vocês, na verdade.

O queixo de Grover treme por cima do colar cervical.

Respiro fundo. Pode parecer loucura, mas algo me diz que esse é o único jeito de levar essa conversa adiante.

— Cole e eu não mandamos aquelas mensagens — digo, passando protetor labial nos meus lábios ressecados. — Você vai ficar sabendo de algumas coisas em breve, mas, hum… preciso que você ouça meu lado primeiro.

Sorrindo, Grover diz com a voz rouca:

— Tudo bem… eu já sei.

De repente, perco o chão.

— Já sabe o quê?

— Dos celulares — sussurra Lucy. — Foi por isso que chamamos você aqui.

— *Como?* — questiono, os dedos tremendo enquanto seguro a barra da cama. — Ninguém deveria saber que…

Lucy pressiona o dedo indicador nos lábios, mas meus pés não param de tremer.

SUAS NOITES SOLITÁRIAS ACABAM AQUI 49

— Sabemos que não foram vocês — sussurra Mike, olhando para Grover. — Mostra logo, antes que ele tenha um treco!

Tarde demais! O quarto começa a girar enquanto Grover pega o celular e procura algo na galeria. Segurando minha mão, Lucy explica:

— Depois que o Grover deixou Justin e Mike no refeitório, ele gravou um vídeo. Mas não conseguiu postar porque... pois é. — Ela olha para Grover com nervosismo, e ele finalmente encontra o que estava procurando. — Não mostramos para sua mãe ainda. Grover estava assistindo a vídeos antigos na cama, e foi assim que viu a... coisa.

Lucy, Mike e eu nos juntamos ao redor da cama. No vídeo, Grover — sem a menor ideia do que estava prestes a acontecer — fala com a câmera em frente a uma fileira de armários.

"Oi, gente", diz ele. *"Estou a caminho do Clube Queer. Tô um pouco assustado, mas tenho sorte de ter amigues tão incríveis cuidando de mim. Me sinto capaz de conquistar qualquer coisa."*

Ao meu lado, Mike fica radiante e faz um cafuné de leve no Grover. Eles sorriem, mas meu estômago continua virado do avesso. Algo ruim está prestes a acontecer.

No vídeo, Grover suspira de alívio.

"Vou ficar bem. Aquelas mensagens não são reais."

A alguns metros atrás dele, uma sombra passa pelos armários. Ele não vê — mas eu vejo.

Usando luvas, um homem abre um armário. Ele coloca algo lá dentro, fecha a porta e olha para a câmera — para nós.

Então vemos o rosto dele. Na verdade, uma máscara teatral. Mr. Sandman.

Engulo um nó gigantesco que se formou na minha garganta. Lucy e Mike seguram meus braços, mas só consigo olhar para Grover, o de verdade, aqui na cama.

— Não foram... vocês... — grunhe ele.

Toco as mãos de Grover, as mãos macias e cheias de gratidão do meu sonho — só que, desta vez, eu é quem estou tomado por gratidão. Apertando com força, prometo:

— Nós vamos encontrar quem fez isso.

CAPÍTULO QUATRO
Cole

Não quero soar como um Flopado, mas essa é a pior segunda-feira de todas. Voltamos às aulas presenciais depois de uma semana dos responsáveis discutindo com o conselho escolar. Então estou passando o intervalo no topo das arquibancadas do estádio, congelando a bunda enquanto tento pensar em quem pode me dar um álibi pelo assassinato da Gretchen. A gente nunca percebe como é difícil ter que provar nosso paradeiro até ter que, do nada, provar *de verdade*.

Felizmente, está um pouquinho mais quente do que na semana passada, quando fiquei dando voltas na pista de corrida e tentando processar minha raiva pelo Grover. Uns pedacinhos de céu azul apareceram por trás das nuvens cinzentas, e metade do colégio saiu para aproveitar. É como se ninguém estivesse a fim de ficar lá dentro, esperando o Mr. Sandman sair de trás de algum armário.

Benny e Em estão ao meu lado (se preciso pedir ajuda ao grupo de Flopades, melhor começar pelas pessoas mais legais).

Em está com um casaco de capuz branco, parecendo a Elsa, enquanto Benny treme de frio com sua jaqueta jeans fininha.

De alguma maneira, a notícia sobre os celulares nos armários acabou vazando durante o fim de semana. Aposto que foi alguém da própria equipe da detetive Dearie. A voz do sr. Kirby ressoa na minha cabeça: "Nunca atribua à malícia algo que pode ser explicado por incompetência."

Bem, se foi por malícia ou incompetência, a questão é que estou na merda. Graças ao vídeo do Grover, Dearie foi inocentado, mas as Pessoas Mais Odiosas Do Colégio ainda não se convenceram de que eu não sou o Mr. Sandman.

— Mas o Grover *falou* que não foi você nem o Dearie — diz Em.

— Não adiantou de nada — replico, com um grunhido, riscando outro álibi em potencial da lista no meu caderno. — O armário que aparece no vídeo é o do Dearie, mas não existe nenhuma gravação mostrando o *meu* armário. — Suspiro. — Além do mais, o assassino está de máscara, então, até o momento, o depoimento do Grover é puro achismo. Preciso de uma defesa sólida. Alguém que saiba que eu não estava dentro do colégio.

Apesar da enxurrada de pessoas aleatórias falando on-line que eu deveria ter sido preso, o celular catalogado como evidência não é o bastante para me incriminar enquanto suspeito. Mas meu tio Fernando é advogado e disse que, se surgir qualquer outra evidência contra mim, a parada pode começar a ficar séria. Então, por enquanto, estou tomando a iniciativa de tentar limpar meu nome, já que ninguém mais vai fazer isso por mim.

Na pista de corrida, um trio de garotas brancas caminham lado a lado, me olhando feio. Mantenho os olhos no meu caderno. Não tenho tempo para mais drama — já fiz escândalo mais cedo ao confrontar dois alunos do primeiro ano que não tiravam os olhos de mim.

— Eu te vi na pista pela janela da biblioteca — diz Benny, empurrando os óculos no nariz. — Sei que foi antes das duas

SUAS NOITES SOLITÁRIAS ACABAM AQUI **53**

da tarde porque a sra. Drake perguntou se eu iria para o Clube Queer. No caminho para lá, fiquei te olhando correr. — Arqueio as sobrancelhas. *Tava de olho em mim, é, Benito?* Ele desvia o olhar, provavelmente percebendo como isso soava. — Cala a boca. Tipo, hum… eu te vi. Por, tipo, um minuto. Tava tão frio que achei estranho te ver aqui fora. Por isso que eu me lembro.

Normalmente, eu provocaria Benny por ser um safadinho, mas ele está limpando minha barra, então só dou um tapinha no ombro dele e anoto os detalhes.

— Valeu, Benny. Ainda preciso justificar os vinte minutos seguintes, mas isso já é um começo.

— Queria poder ajudar mais — grunhe Em, brincando com a caneta entre os dedos. — Quando você chegou na 208, lembro que o Dearie disse que suas mãos estavam geladas. Você parecia estar congelando.

Estou prestes a agradecer a Em por sua declaração legal (porém provavelmente irrelevante), quando um Flopado do mal se aproxima pisoteando a arquibancada: Justin, vestindo um conjunto esportivo verde.

— Ainda não parou de pressionar as pessoas em troca de um álibi, Cardoso? — rosna Justin, se agachando na fileira abaixo da nossa. — Daqui a pouco não vai sobrar mais ninguém querendo te ajudar em troca de uma sentada.

A provocação idiota dele só me deixa mais nervoso.

— Quer dizer então que você é o próximo a me dar um álibi?

— Bem que você queria.

— Beeeeem, eu tenho mensagens suas que provam o contrário — retruco.

Justin fica pálido e, num borrão verde, volta a correr em direção à pista.

— Ué, desistiu de brincar? — grito para ele. — Não mexe com o mestre!

Assim que Justin vai embora, Em avisa que vai entrar para fugir do frio, e eu sugiro que Benny faça o mesmo.

— Você não deveria ficar sozinho — comenta Benny.

Fixo o olhar no caderno.

— Por que eu teria medo de ficar sozinho? Eu sou o assassino, não sou?

Ele puxa as alças da mochila.

— Passa lá no restaurante depois da aula. Mamãe disse que você pode comer lá por conta da casa.

Abro meu primeiro sorriso genuíno em dias. A mãe do Benny sempre foi gente boa.

— Sua família é do Time Cole, então?

— Sempre foi.

— Pode crer, passo lá depois. Valeu.

Então Benny vai embora.

Amargurado, folheio o caderno que, alguns dias atrás, eu só usava para as minhas anotações de Física. Agora preciso me tornar um detetive, tudo porque decidi ficar sozinho por trinta minutos.

Só que, depois do retorno do Mr. Sandman, ficar sozinho ganhou outro significado.

Em e Benny viram pontinhos à distância enquanto abrem as portas principais e voltam para dentro. Uma ventania silenciosa — e solitária — me cerca nas arquibancadas, fazendo as páginas do caderno esvoaçarem e tensionando meus ombros. São como dedos me agarrando pela nuca. Sem pensar, minha mão se move para proteger o pescoço.

Lentamente, me viro para ver o que tem atrás de mim — nada. Estou na parte mais alta da arquibancada, de costas para uma grade, bem acima do estacionamento dos alunos. Nada de Sandman.

Solto uma risada. *Ele não está aqui em cima, Cole.*

Por fim, solto o ar e faço o de sempre quando estou sozinho, mas não quero estar: mando mensagem para Paul Barnett, um menino branco, gatinho e de cabelo bagunçado que está no último ano no Colégio Tucson, com quem me divirto às vezes quando quero dar uma saidinha da cidade. Nós nos conhecemos quando o time de basquete de lá, os Badgers, jogaram contra o time daqui, o Rattlers. Na época, reparei como ele tinha um pé enorme — *hehe* — e o resto é história. A mãe dele é supercristã e o pai é militar, então nosso lance sem compromisso precisa ser no sigilo.

Como os gays de antigamente.

Abro o FaceTime primeiro, pensando em já fazer uma chamada de vídeo — mas quando vejo o histórico de chamadas me dá vontade de gritar. Semana passada, enquanto Gretchen estava sendo assassinada, enquanto eu estava gastando minha energia na pista de corrida, fiz uma ligação rapidinha com Paul.

O horário registrado prova isso!

Nós tínhamos pouco tempo, então não rolou nada além de umas safadezas verbais, mas nós dois recebemos a atenção de que precisávamos. E talvez agora eu tenha um álibi.

Paul está no armário… Mas ele *poderia* confirmar que eu estava do lado de fora antes do Benny me ver.

Escrevo uma mensagem, com cuidado para parecer casual, mas, ainda assim, urgente.

Eu: Oi, gatão! Preciso te perguntar uma coisa.

Como sempre, a resposta dele chega logo em seguida.

Paul: E aí, capitão! Td bem? Vi as notícias.

Óbvio que viu. Ácido borbulha no meu estômago, mas pelo menos não preciso explicar a situação.

Eu: Tudo palhaçada. Mas… tô meio encrencado, e talvez vc seja o único que possa me ajudar.

Ele fica digitando por um tempão. Faz sentido. Ele sabe o que vou pedir — só pego garotos inteligentes.

> **Paul:** O assassinato aconteceu enquanto a gente estava se falando?
> **Eu:** Sim.
> **Paul:** Meu Deus. Ninguém mais viu você?
> **Eu:** Só um garoto, Benny, mas ele me viu muito rápido. Nossa ligação tem registro de tempo, é uma prova concreta. Mas talvez nem precise! Quem sabe eles acreditem no Benny e fique por isso mesmo. Desculpa. Sei que isso coloca vc numa posição complicada.

Paul não responde. Nem sequer digita. De repente, me sinto extremamente terrível e manipulador. Ele é só um ficante, e a gente mantém tudo na encolha. Agora, por causa de um vacilo meu, ele vai ter que se meter no julgamento. Aparecer nas notícias. Seremos os protagonistas das matérias e, embora isso limpe minha barra como assassino, as manchetes estarão repletas de homofobia: RIVAIS DO BASQUETE EXPOSTOS COMO DUAS PUTINHAS SIGILOSAS EM MEIO AO ESCÂNDALO DE ASSASSINATOS.

Finalmente, Paul responde.

> **Paul:** Cole, não vou deixar vc ir pra cadeia só pra continuar mentindo pra minha família idiota.

Não me sinto aliviado, só mais arrependido por ter estragado nossa relação que antes era tão delicinha e agora vai ficar tão sem graça.

Antes que eu possa digitar qualquer coisa, outra visão dos infernos surge lá embaixo, na pista. Um monte de alunos cerca dois garotos. Um deles usa um colar cervical de espuma — Grover, saboreando toda a atenção que sempre sonhou em receber. As pessoas o abraçam, também o cumprimentam e perguntam se podem assinar o colar cervical. Na real, tem tanta gente em

SUAS NOITES SOLITÁRIAS ACABAM AQUI 57

volta que eu nem consigo ver quem é o garoto que está com ele. No meio da multidão, percebo que os dois estão de mãos dadas.

Não me diga que o trauma todo já rendeu um namoradinho para ele?

Quando a multidão se afasta um pouco, vejo que Grover *está mesmo* de mãos dadas com um garoto — um rapaz bonito, bem-vestido e que, fazendo carão, leva a mão do Grover até os lábios. Os alunos ao redor soltam gritinhos e suspiros.

É o Dearie. Ele está saindo com o Grover.

— Nossa! — exclamo. — Quem diria, hein?

CAPÍTULO CINCO
Dearie

Dois meses depois

É fim de abril — um mês até a formatura —, mas a busca pelo Mr. Sandman avançou bem pouco. Três semanas atrás ele atacou de novo. Claude Adams, um velho autor de livros de espionagem de São Francisco, alugou uma cabana às margens da cidade, perto do Cemitério Mooncrest, para acabar seu próximo livro. Em vez disso, o Mr. Sandman acabou com ele. Foram encontradas duas mensagens no celular do Claude: *"Suas noites solitárias acabarão em breve"* e, exatamente vinte e quatro horas depois, *"Suas noites solitárias acabam aqui"*. As mensagens vinham de números anônimos diferentes dos que foram encontrados nos nossos armários, o que não inocenta Cole ou eu, mas fez com que minha mãe e eu dormíssemos mais tranquilos.

Cole também. Ele não falou do Paul como álibi para minha mãe ainda — só vai falar quando não tiver outra escolha — e agora a situação parece bem menos urgente.

Porém, fiquei triste pelo Claude. Outro ataque em Stone Grove. E outra vítima gay. O marido dele morreu seis anos atrás e a mídia estava falando sobre como ele finalmente voltara a escrever, deixando para trás o luto e a solidão.

De alguma forma, o Mr. Sandman sabia que ele estava vulnerável. Ele sempre sabe.

Após o escândalo midiático a respeito do assassinato de Claude, o FBI enviou uma perfiladora criminal para assumir a investigação, com assistência da minha mãe. A agente Astrid Astadourian — um nome extremamente divônico — estava hospedada em um hotel desde então. Minha mãe a convidou para jantar, mas ela sempre recusava com educação.

Provavelmente porque a vítima sobrevivente do Mr. Sandman passa *muito tempo* aqui em casa.

Grover Kendall está esparramado no sofá de couro da minha sala, com o cabelo loiro desgrenhado no meu colo e os pés descalços apoiados no braço do sofá. A casa está vazia, um palácio suburbano cheio de suculentas e piso de cerâmica queimada. É uma casa perfeita de baixa manutenção — regar o mínimo, limpar o mínimo —, então minha mãe pode continuar sendo uma viciada em trabalho. Ela vai passar o fim de semana inteiro mergulhada até o pescoço em fotos da cena do crime, então meu namorado e eu temos privacidade total.

Mais uma vez, Grover insistiu em rever os episódios de *Suas noites solitárias acabam aqui*. A terapeuta dele diz que é saudável. Para ele, talvez. Já para mim, toda vez que a série começa, eu me teletransporto para bem longe, para uma praia ou uma festa. Hoje, estou visitando mentalmente um spa no Alasca, com neve por toda parte e meu corpo esguio se esquentando em águas termais borbulhantes.

Eu gosto do Grover. Todos os meus contatinhos de Tucson foram pra fila de espera depois que a gente começou a sair. Ele desperta em mim um instinto protetor implacável, como se eu nunca quisesse perdê-lo de vista, mas... e o futuro? Em breve irei me formar e me mudar para Los Angeles. Quero fazer aulas de improviso e de canto, e me tornar o artista multidisciplinar que eu sei que posso ser.

Como Cole e eu somos viciados em filmes, e ele já escreveu quatro roteiros *brilhantes*, nosso plano desde o primeiro ano é nos mudarmos para Los Angeles. Cole vai escrever os filmes, e eu vou protagonizá-los. Mas... tenho sentido medo de contar meus planos para Grover.

A não ser que ele se mude comigo, isso significa o fim para nós dois.

E, com o Mr. Sandman ainda à solta, o fim *da gente* pode significar o fim *dele*.

A solidão mata...

Enquanto a onda de pânico já familiar toma conta do meu peito, beijo a cabeça do meu namorado e me acalmo um pouquinho. Grover solta um gemido suave e traça a garganta com a ponta do dedo, marcada por cicatrizes saltadas e esbranquiçadas. É o Chupão do Sandman, como ele chama. Parecem marcas de arranhões. Fantasmas que nunca vão desaparecer, nem com toda as vitaminas e remédios do mundo. Acho que nem o próprio Grover quer que elas sumam. Vez ou outra o pego encarando as marcas, quase que com admiração.

Não quero chamar atenção para as cicatrizes, mas ele gosta quando eu as beijo. Toda vez que ele acaricia o pescoço assim, é uma deixa para que eu lhe dê um pouquinho de carinho. Me abaixando, beijo de leve cada marquinha.

São quatorze cicatrizes — já contei.

Grover geme de novo e aumenta o volume da TV. Neste episódio, várias pessoas com um pouco mais de setenta anos são entrevistadas sobre a época em que estudaram no Colégio St. Obadiah, onde os assassinatos do Mr. Sandman começaram. Elas perderam colegas. Ex-namorados. Melhores amigos. Cinquenta anos depois, vidas inteiras foram vividas desde os ataques, mas elas ainda carregam um tormento distante no olhar.

Me reviro por dentro com uma dor pungente.

Serei assim no futuro. A dor vazia. A sensação horrível. E isso nunca vai passar.

Abraço Grover com mais força, e ele estende o braço para brincar com um dos meus cachos. Quer mais do que só ficar agarradinho, e eu também tô a fim. Fazer uma brincadeirinha vai me distrair dessa série lixosa. Gentilmente, agarro a calça de moletom dele, e ele gira o quadril e se vira no sofá para me encarar. Aqueles olhos cinzentos sempre gritam "Não me machuque!", como se um beijo já fosse estímulo demais para o sistema nervoso dele. Grover é ainda mais bonito do que eu achava, com o maxilar angular e uma barbinha loira que cresceu ao longo do semestre.

— Que gostoso passar o sábado assim — sussurro.

— Sua mãe já está pra chegar? — pergunta Grover.

— Sim.

Ele abre um sorriso safado.

— Vou ser rápido.

E vai mesmo.

Grover é um amor, mas quando se trata de safadeza, ele é… apenas ok. É meio que brincar de casinha. Com gosto de baunilha e granulado de arco-íris.

"Superincompatível com o que você quer", a voz de Cole ecoa na minha cabeça.

Foi o que me disse na última vez que contei a verdade sobre como era minha vida sexual com Grover. Ele respondeu com *"Minha nossa, hora de dar um pé na bunda dele"*, e daí em diante eu só comentava algumas variações de *"É muito bom! Ele é um gostoso"*. Depois de um tempo, fiquei tão nervoso de falar sobre o Grover que parei de compartilhar.

Nunca deixei de compartilhar algo da minha vida com o Cole.

Mas, sei lá… agora é complicado. Todos os anos em que Grover se comportou de maneira imatura e invejosa são o motivo pelo qual Cole precisa ficar sempre com um pé atrás. Todo mundo sabe que eles se odeiam — então por que Cole *não seria* um Mr. Sandman perfeito? Porém, depois do ataque, Grover vive dizendo para as pessoas que não foi o Cole. Ele já tentou se retratar. Se ao menos a verdade se espalhasse tão rápido quanto as fofocas…

Nem sequer acho que estou sendo um bom amigo ao namorar esse garoto, mas simplesmente aconteceu, daí eu já estava dizendo sim e todo mundo ficou feliz, então pisquei e dois meses passaram voando. Grover está diferente agora. Vi esse garoto quase sangrar até a morte, tudo porque ele tem essa cara de cãozinho abandonado. Esse rostinho lindo é uma esponja que absorve toda a tristeza do mundo. Não posso deixá-lo sozinho.

Se um dia eu terminar com ele…

Me sinto um merda apenas de deixar a ideia surgir na minha mente.

Puxando o cabelo volumoso dele para trás, pergunto:

— No que você está pensando?

— Nas minhas cicatrizes — sussurra ele. Assinto em compreensão. — Você acha que tem problema mencionar meu ataque nas inscrições para a faculdade? Acha esquisito?

— Não. — É meu trabalho afastar todas as inseguranças dele rapidamente. — É algo que aconteceu com você.

Grover desvia o olhar, magoado. Minha garganta se fecha de tanta tensão. *Droga.* Será que não o apoiei o bastante? Meu tom foi casual demais? Mordendo o lábio inferior, ele diz:

— As pessoas acham que é como na tv, em que você descobre quem é o assassino no final do episódio. Mas elas não têm noção de quantos assassinos se safam, quantas vezes alguém morre sem que descubram o culpado ou o motivo…

Engulo em seco, ansioso.

— Minha mãe está trabalhando duro…

— Sinto tanto a falta da Gretchen — continua Grover. — Que bom que os pais dela se mudaram para a Flórida. Eles merecem um recomeço.

Não digo nada, decidindo apenas concordar enquanto acaricio o cabelo dele. Grover gosta do toque macio.

— Não vou na Noite de Cinema em Mooncrest desde que ela… A gente ia toda sexta, sonhando com o dia em que estaríamos namorando. Ela nunca vai saber como é essa experiência.

Grover me beija, fazendo cócegas no meu lábio superior com a barba rala. Não consigo aproveitar o beijo porque estou me sentindo péssimo, pensando na Gretchen, solitária para sempre.

— Acho que ela ficaria feliz de saber que o amigo dela conseguiu o que queria — digo, entre um beijo e outro. — Provavelmente surtaria se soubesse que você está *comigo*.

Ele abre um sorrisão e me beija de novo.

— Ela sabia que eu era a fim de você.

— Sério? — Rindo, dou um beijo na ponta do nariz dele.

— MUITO. Mas eu sabia que de alguma forma iria rolar, quando você me conhecesse de verdade. — Mais um beijo. — Quando parasse de deixar o Cole te dizer que eu era um zé--ninguém.

— O Cole não fazia isso.

Vez ou outra, o Grover antigo que odeia o Cole reaparece, mas eu não dou corda. A mágoa se espalha pelos olhos do meu namorado.

Então a porta da sala é aberta, com a campainha de sino tilintando. Minha mãe chegou. Grover — com nervos de aço — sai de baixo de mim e volta a encarar a tela da TV com uma naturalidade chocante. Nenhum movimento brusco, ou uma tentativa de explicar o que estávamos fazendo, nem nada do tipo. Ele fica de boa na lagoa.

— Oieeeee, tô entrandooooo — diz minha mãe, cobrindo os olhos enquanto carrega uma bolsa transversal pesada.

Ela não está sozinha. Não é a agente A.A., é Kevin Benetti, o médico-legista da cidade. Diferente da Astadourian, ele já aceitou os convites da minha mãe para jantar diversas vezes. Ele é branco, com a pele muito bronzeada, cabeça raspada e barba grisalha. Suas camisas sociais estão sempre com as mangas dobradas na altura do cotovelo, como se ele fosse um candidato a governador. Meus sentimentos mais-ou-menos-confusos sobre Kevin foram uma das minhas primeiras pistas de que eu gostava de algo diferente em comparação com os outros garotos.

— Tá tudo bem, mãe — digo. — Pode olhar. Estamos só vendo TV.

— Ah — exclama ela, aliviada. Mas quando vê o que está passando, uma entrevista com o antigo xerife de San Diego na série do Mr. Sandman, ela parece cansada demais para disfarçar sua repulsa. — De novo isso.

Faço cara feia.

— *Mãe*.

— Desculpa. — Ela balança a cabeça, lembrando tarde demais que Grover gosta de assistir à série, independentemente de entendermos os motivos dele ou não. — Grover, meu bem, como vai?

— Estou bem, sra. Dearie — responde Grover, todo animado, bebendo chá gelado enquanto minha mãe o abraça rapidamente.

Ao se afastar, ela dá mais um apertão carinhoso no ombro dele. Grover ter sobrevivido ao ataque fez muito bem para todos nós. Um pontinho solitário de luz em meio a tempos tão sombrios.

Kevin se apoia em uma poltrona, observando Grover e eu abraçados enquanto suspira.

— Namoradinhos de colégio. Nunca vi uma coisa dessas — zomba ele, imitando uma voz rouca de homem velho. — *Na minha época*.

Nós rimos enquanto meu namorado acaricia minha perna.

— Como assim? — pergunto ao Kevin. — Quando você estava no ensino médio, nunca levou um garoto para assistir a um filme mudo?

Kevin solta uma risada gostosa.

— Tenho trinta e nove anos, tá bom? E sou eu quem faço as piadas aqui, espertinho.

Enquanto a risada morre, Grover se empertiga e diminui o tom de voz.

— Você não deveria falar desse jeito com o Mr. Sandman à solta. — O clima pesa enquanto todos olhamos para Grover. Ele nem pisca. — Antes de namorar o Dearie, eu vivia me menosprezando também. Só dizendo…

Uma pontada de medo atravessa o rosto de Kevin, mas ele balança a cabeça e abre outro sorriso implacável.

— Tem razão.

A solidão mata, todos nós sabemos.

A cena do crime passa diante dos meus olhos.

Sangue. Gritos. Caos.

Arame farpado ao redor do pescoço de Grover.

Se o Mr. Sandman persegue pessoas solitárias, por que não Kevin? Por que não qualquer um de nós?

Só volto a respirar quando o celular da minha mãe toca. É o toque especial, superalto, que ela usa só no celular de trabalho. Ela desaparece cozinha adentro para atender a chamada com uma urgência silenciosa. Kevin a segue sem nem precisar ser chamado. Quando ele abre a porta vaivém, o rosto apavorado da minha mãe aparece por um breve segundo antes de a porta se fechar de novo.

— Quê? Quando…? — pergunta ela, antes que eu não consiga mais escutar.

Grover e eu ficamos atentos. Ele segura minha mão, e o toque dele já está gelado e pegajoso.

Puxo-o para um abraço apertado.

— Tá tudo bem. Você está em segurança.

Mas Grover está tremendo como um cãozinho assustado. Faço cafuné para acalmá-lo, mas ele continua traumatizado.

Controlo a respiração na tentativa de manter a calma. Se eu ficar tranquilo, posso tranquilizá-lo também.

Ainda assim, os cantos escuros de casa de repente parecem perigosos.

Mr. Sandaman pegou Gretchen de surpresa no meio de um colégio iluminado. Como posso ter certeza de que ele já não está aqui em casa, esperando pacientemente para distrair minha mãe com uma ligação urgente?

Bzzzzzz!

Grover se sobressalta em meio ao abraço quando o celular dele vibra anunciando uma mensagem. Com as mãos trêmulas, ele abre e lê. Prendo a respiração.

— Quem é? — pergunto.

— Theo. — Mas os olhos dele se arregalam de terror. — Elu ficou sabendo por um amigo do Colégio Tucson que teve mais uma morte. — Grover levanta a cabeça, os olhos marejados. — Paul Barnett...?

Meu corpo fica dormente. Me seguro para não desmaiar no sofá.

Cole e eu estamos há meses falando do Paul. O garoto não assumido que vai ser o álibi do Cole. Ou... era.

**NO PRÓXIMO EPISÓDIO DE
SUAS NOITES SOLITÁRIAS ACABAM AQUI:
EM BUSCA DE MR. SANDMAN**

A arma sempre foi um fio de arame farpado. Para alguns, foi como uma laçada. Para os alunos católicos do Colégio St. Obadiah, local dos primeiros assassinatos, foi como a coroa de espinhos de Jesus. Só que a coroa passava pela cabeça e ia direto para o pescoço.

Será que Mr. Sandman via suas vítimas como pobres infelizes que só ele poderia salvar?

Ou o colar afiado não tinha nenhum outro significado além de ser um jeito doentio de matar alguém?

Como ele escolhia suas vítimas? Como saber se alguém está solitário, ou se simplesmente é uma pessoa que está feliz sozinha? Mr. Sandman possuía um sexto sentido para esse tipo de dor silenciosa. Em 1971, quando os assassinatos começaram em St. Obadiah, as suspeitas recaíram sobre o Padre Bertram, conselheiro estudantil que conhecia intimamente os conflitos espirituais de seus alunos. Mas quando ele foi encontrado morto, com o próprio colar afiado, a paranóia se espalhou entre os alunos.

Só poderia ter sido um deles.

CONTINUAR ASSISTINDO?

PARTE DOIS
O COLAR AFIADO

CAPÍTULO SEIS
Cole

No caixa do mercado, Dearie escaneia uma caixa de refrigerante de gengibre e passa pela esteira para eu colocar na sacola. Desde que ele começou a namorar o Grover, nossas noites trabalhando no mercado são o único tempo a sós que temos. Nossa amizade nunca se recuperou daquele dia.

E agora nem consigo aproveitar esse momento, porque minha mente não está aqui. Estou a quilômetros de distância, beijando Paul Barnett no banco de trás do meu carro, sentindo o peitoral peludo dele e o V marcado nos músculos das costas. Nós nunca saímos em "encontros", mas levá-lo às Noites de Cinema em Mooncrest foi quase isso. Nos arredores de Mooncrest Valley — onde aquele escritor, Claude Adams, foi assassinado —, são exibidos filmes antigos em um cemitério. É um lugar reservado, todo mundo vai lá para se pegar, e ninguém conhecia o Paul, então a gente conseguia ficar abertamente.

Não fui ao velório dele.

Como dizer para os pais de um garoto morto não assumido que você era importante na vida dele?

Nós éramos ficantes, mas nos importávamos um com o outro. Boa sorte ao tentar explicar isso para conservadores quando até mesmo pessoas *queer* e aliadas ficam lívidas só de pensar na possibilidade. Especialmente quando você é o garoto que metade da internet quer ver na cadeia por causa dos tais assassinatos.

Será que o fato de Paul ser meu álibi teve alguma relação com a morte dele?

Tudo o que sei é que o assassino se arriscou feio para colocar aquele celular no meu armário e depois massacrou uma das únicas pessoas que poderia confirmar meu paradeiro na hora do crime.

Enquanto Dearie coloca mais compras sobre a esteira, largo os refrigerantes em cima de uma pilha de frios. O que eu tô *fazendo?* Embalando compras por alguns trocados de que nem preciso só para ficar perto de Dearie, que está namorando a pessoa responsável pela minha aflição? Agora ele é o objeto de desejo de um Flopado invejoso, racista e cruel que não hesitou em fazer todo mundo acreditar que eu mandei ameaças de morte para ele. O assassino deve ter visto o vídeo dele e pensado: "Oba! Que jeito fácil de culpar alguém pelo crime que estou prestes a cometer!"

O sangue de Paul está em muitas mãos além das minhas.

— Tudo bem, Colezinho? — pergunta Dearie, franzindo o cenho ao registrar um pimentão. Não tenho energia para responder. Enquanto passa o item para mim, ele abaixa o tom de voz. — Precisa de uma pausa?

Faço uma careta.

— Tenho direito a uma pausa aqui nesse forno?

Dearie solta uma risadinha fraca e escaneia uma caixa de Pop-Tarts. Observando, tiro o cabelo suado de cima dos olhos. Tenho sentido tanta coceira ultimamente; consigo sentir cada fio do meu cabelo. Deveria cortar tudo, mesmo que isso me faça parecer um assassino mudando de visual para fugir.

Nosso cliente — um homem vestindo corta-vento vermelho, branco e azul dos Wildcats — segura o cartão de crédito enquanto Dearie registra o restante do carrinho dele: garrafas de café gelado e uma bandeja de queijos. Pessoas no fim da fila começam a resmungar, nos trocando por outra fila. Continuo embalando tudo sem nem pensar, de um jeito meio caótico até Dearie se virar — finalmente — para nosso Wildcat perdido.

— Desculpa, você deve estar com pressa para chegar na festa.

— Festa? — pergunta o homem. Dearie aponta para a bandeja grande de queijos, e o homem se desanima. — Não... isso é pra mim. Para a semana inteira.

—Ah... — diz Dearie, se encolhendo. Ele abaixa o tom de voz como um médico revelando um diagnóstico terrível. — Se eu fosse você, organizaria uma festa ou uma noite de jogos. Não é seguro ficar sozinho agora.

— Obrigado, Dona Morte — murmuro, colocando a última sacola do cliente no carrinho. — Para de ficar gongando as pessoas solitárias como se quisesse descobrir quem será a próxima vítima.

— Estou fazendo isso pelo bem geral, Cole. — Ele coloca a mão sobre o peito. — Você, mais do que qualquer um, deveria saber que se isolar...

Meu estômago está borbulhando e eu solto a bandeja de queijos.

— Paul não estava sozinho! Não foi culpa dele!

Uma fila de rostos brancos e curiosos se vira para mim, aterrorizados por eu ter falado alto.

— Não foi culpa sua também — diz Dearie delicadamente. Reviro os olhos.

— Ele pode ter sido assassinado para a culpa cair em cima de mim. Pergunta pro seu namoradinho. Isso tudo só começou por causa daquela boca grande dele.

Dearie fica tenso e a fila continua a nos encarar.

— Era o Paul que estava no... — sussurra ele, quase inaudível — armário. Essa é a experiência mais solitária que alguém pode vivenciar.

Meu peito sobe e desce tão rápido que não sei se vou desmaiar ou estrangular alguém. Não quero falar sobre isso. Só balanço a cabeça e tiro o avental.

— Eu sei — sussurro, com raiva. — Tenho que ir.

Meio sem graça, o cliente pergunta:

— A maquininha tem aproximação?

Antes que eu consiga meter o pé dali, nossa gerente, loira e muito alta, se aproxima da gente.

— Frankie, esvazia o caixa — diz ela para Dearie, antes de se virar para mim. — Intervalo. Vocês dois.

Ela ocupa o lugar de Dearie carregando uma gaveta de dinheiro vazia enquanto ele sai cabisbaixo, tirando o avental todo envergonhado. Uma onda de gratidão atravessa os clientes — finalmente uma adulta está no comando.

Num silêncio perturbador, Dearie e eu marchamos pelo corredor de vinhos até a sala de descanso. Agora que estamos longe dos olhares de julgamento, minha fúria se transforma em culpa. Não tenho muito tempo a sós com Dearie e não quero gastar o pouco que tenho sendo chato. Então paro ele na frente de uma estante de Pinot Grigio e digo:

— Não posso brigar hoje. Não com você. Não aguento isso. Paul morreu de um jeito horrível, tem gente atrás de mim tentando me colocar na cadeia e todo mundo está simplesmente *deixando* isso acontecer.

Os olhos de Dearie estão marejados, mas esperançosos.

— Você não vai a lugar nenhum. Vamos encontrar esse cara.

— *Precisamos* encontrar.

— Nós vamos.

Enfim, consigo sorrir. Como já fiz um milhão de vezes, jogo os braços ao redor dos ombros do meu garotinho e beijo o topo da cabeça dele. Infelizmente, sou recebido por uma vibe nova

— e bem ruim. As costas dele ficam tensas sob meu toque, e eu o solto na mesma hora. Temos uma conexão tão grande que ninguém precisa me explicar para que eu entenda a verdade: o namorado dele é um babaca ciumento e inseguro.

— É assim que as coisas vão ser entre nós agora? — pergunto, com frieza.

Dearie desvia o olhar.

— Ele fica desconfortável. As pessoas comentam.

A fúria explode dentro de mim, queimando tão forte que o resto do mundo fica em silêncio.

— Eu sei que as pessoas comentam. Por causa dele, metade dessa cidade acha que eu enrolei arame farpado no pescoço dele.

— Mas ele está falando pra todo mundo que não foi você...

— Dearie — interrompo-o, e ele se cala, o maxilar tenso de medo. — Você ajudou a demitir um professor obviamente racista, mas e o racista encubado? Você *namora* ele. Não sei se Grover quer me chupar ou se quer ser eu, ou uma mistura das duas coisas, mas ele é obcecado por mim há anos. — Balanço a cabeça. — O drama entre o Grover e eu? Era bullying! Ele deixou as pessoas acreditarem que eu mandei a ameaça de morte, e agora o FBI chegou na cidade, *três pessoas morreram*, e essa palhaçada pode acabar me botando na cadeia pra sempre ou, mais provável, fazendo com que eu seja morto por algum morador idiota e assustado. Ele não se desculpou comigo uma vez sequer. E ser seu namorado limpa a imagem dele.

Dá para ver que Dearie quer muito chorar, mas, surpreendentemente, ele se segura. Ainda bem que ele sabe que isso só tornaria essa situação sobre *ele* — quando, no caso, não é.

— Eu não queria... — sussurra ele, com a voz trêmula.

— Eu sempre meio que gostei do Grover e achei que talvez ficar com ele poderia te ajudar. Que, por nós dois sermos tão próximos, as pessoas achariam que não poderia ser você, porque... — Por um momento, os lábios de Dearie se movem, mas nenhum som sai. — Ele te magoou… — Uma pausa. — Me desculpa.

Me recompondo, pergunto em um sussurro:

— Como a gente pode fazer alguma mudança acontecer quando o Grover nem sequer admitiu o que fez?

— Vou conversar com ele.

— Se a ficha dele não caiu até agora, não vai cair nunca — digo, puxando o cabelo ansiosamente. Sério… foda-se o Grover, foda-se essa conversa e foda-se o fato de que fui eu quem precisou trazer isso à tona.

É óbvio que minhas palavras o deixaram abalado, e ele suspira.

— Cole… — diz ele. — Vou consertar isso.

— Terminar com ele é o único jeito de consertar — respondo, com uma risada amarga. — Mas você não vai terminar porque isso colocaria um alvo nas costas dele, e é por isso que vocês nem deveriam ter começado a namorar pra início de conversa, coisa que eu teria *explicado* se você tivesse se dado ao trabalho de falar comigo antes. — Enquanto Dearie assente, avalio se devo dizer a próxima parte. Ah, que se foda, estou puto e o Dearie precisa saber. — Tem uma coisa que eu não te contei também. Recebi minha carta de aceitação na Universidade de Columbia.

Os olhos enormes e castanhos dele se arregalam.

— Mas a Columbia fica em… Nova York.

— Sim. O curso de Cinema deles é bom.

— Mas e o nosso plano de ir para Los Angeles?

— A UCLA cancelou minha aceitação depois que seu namorado contou para o mundo todo que eu sou o novo Michael Myers.

— Gata, ele disse que *não foi* você. — Saliva escapa pelos dentes dele. — E sua aceitação não foi cancelada, só está em espera…

Giro o avental e o jogo no chão com força.

— É a mesma coisa!

78 ADAM SASS

O pânico se espalha pelo rosto dele.

— Por que você não me contou que iria se inscrever em outros lugares?

— Por que você não me contou que iria começar a namorar o garoto que fez bullying comigo? — Desvio o olhar porque não estou preparado para encarar a agonia no rosto de Dearie. — Enfim... nunca tive tempo pra te contar. Você vive com o Grover.

Dearie engole em seco.

— Los Angeles sempre foi nosso plano. Você escreveria os filmes, eu atuaria... O Grover simplesmente aconteceu. Cometi um erro. — Ele solta um suspiro ruidoso. — Só comecei a namorar ele porque eu precisava mudar. Eu era um babaca e por causa disso todo mundo acreditou que eu tinha mandado aquelas ameaças, que eu estava envolvido no assassinato.

Meus ombros despencam.

— Você nunca foi um babaca. Você nem ama esse garoto, graças a DEUS, inclusive, mas você precisa entender que só está namorando com ele pra mantê-lo a salvo de um assassino. E isso vai deixar vocês dois infelizes pra cacete. Já sinto isso em você. Se eu fosse Mr. Sandman, você seria o próximo.

Com os olhos cheios d'água, Dearie joga o avental no chão, ao lado do meu, e segue para a sala de descanso. Uma pontada de culpa atravessa meu peito.

Ele vai embora.

CAPÍTULO SETE
Dearie

Preciso manter o foco para não me perder. A noite está fria, úmida e sinistra demais. Já fui andando para a casa de Cole um bilhão de vezes, mas, ainda assim, o medo de me perder nesse bairro escuro congela minhas pernas. Cada passo é uma provação, mas não posso parar. Estou na metade do caminho e preciso acertar as contas entre nós dois. Não me sinto bem desde que o abandonei no mercado. Embora isso tenha sido há apenas algumas horas, já vivi umas mil vidas desde então.

Há alguns minutos, terminei com Grover.

Foi tão rápido, tão inesperado, que só fui me dar conta do que estava acontecendo quando as palavras "Quero terminar com você" saíram da minha boca. Em parte, foi por causa do Cole, mas ele tem razão: eu já estava havia um tempo planejando aquilo. O que plantou a primeira semente de dúvida? Venho remoendo os motivos há meses e, junto com minhas lembranças de términos em si, me sinto meio tonto.

Já terminei com outros garotos antes, mas, graças ao Mr. Sandman, desta vez pareceu perigoso. Minha ansiedade estava a mil. Minhas têmporas pulsavam com tanta força que eu mal consegui ouvir minhas desculpas ao Grover. Queria tanto terminar tudo de uma vez que apressei o papo de "Vai ser melhor assim", e depois o levei correndo para o carro da minha mãe antes que pudesse parar e pensar no que eu estava fazendo.

Em como eu o estava amaldiçoando.

Minutos atrás, minha mãe saiu da garagem de casa para levá-lo para bem longe da minha vida.

Mas não posso pensar nisso agora. Preciso focar em ajudar Cole.

Enquanto piso nas poças de chuva, pressiono a mão contra o peito na tentativa de acalmar meu coração. Ainda assim, a culpa me invade por todos os lados. Traí Cole. Terminei com Grover.

O término foi um borrão. O tempo praticamente me embalou a vácuo, estilhaçando minhas memórias em milhares de pedacinhos. As palavras retornam à minha mente.

Contei para Grover a novidade de Cole e de Nova York, e não consegui esconder a tristeza. Como sempre, quando o assunto é Cole, Grover transformou a situação em algo sobre si mesmo.

"Você NUNCA acredita em mim!", gritou Grover. "Ele não te ama!", berrou alto o bastante para irritar as cordas vocais. "EU TE AMO! EU! Cole não teve sua atenção por cinco segundos e já abandonou o 'MELHOR AMIGO' pra ir pra Nova York?"

Quando comecei a chorar, Grover me abraçou contra o peito. Ele me apertou com carinho. Talvez tenha perdido a paciência. Porém, no momento seguinte, ele disse algo que não dava para voltar atrás. Algo que, até esta noite, eu não sabia que ele ainda acreditava.

"Dearie, o Cole não é seu amigo", sussurrou ele, com delicadeza. "Ele me atacou..."

"Para!" Empurrei Grover para longe. O olhar dele mudou rapidamente de doce para furioso, e depois magoado.

Não sei por que cheguei a acreditar que Grover estava do nosso lado, que ele queria se reconciliar com Cole, fazer o mundo acreditar que meu amigo é inocente. Mas agora eu sei — Grover mentiu; ele acredita que Cole é o assassino, mesmo contra toda a lógica. Continua espalhando mentiras, colocando a vida de Cole em risco. Meu amigo tinha razão. Uma pontada de coragem me atingiu e eu soube que, se não fizesse naquele momento, não faria nunca. Nunca mais.

"Quero terminar com você."

Precisamos descobrir a verdade — quem é o assassino — e nunca vamos conseguir isso se as pessoas continuarem suspeitando de Cole. Meu relacionamento estava oficialmente no caminho.

Precisava acabar.

Agora também virei alvo do Mr. Sandman, tomado pela solidão. Minha única esperança é encontrar Cole. Estou a apenas algumas quadras de distância, mas, agora que estou sozinho — agora que Mr. Sandman está por toda parte —, a noite parece quase uma cena de crime. Evito árvores, postes, qualquer coisa capaz de esconder um homem alto e mascarado.

É assim que o assassinato aconteceria? Uma mão enluvada saindo de trás de uma árvore, aquela máscara carrancuda de bronze aparecendo no virar de uma esquina... Não há ninguém por perto para ajudar, mas, mesmo se houvesse, seria tarde demais. Na minha mente, o homem carrancudo aparece — lento e certeiro — com um laço afiado e, delicadamente, o passa pela minha cabeça. Uma puxada e minhas noites solitárias sem Cole acabam aqui.

Mas as árvores são só árvores, pilares escuros que não escondem nada além dos meus monstros imaginários.

Enquanto caminho, as minimansões do meu bairro suburbano formam faces vilanescas de desenho animado, com apenas algumas janelas acesas. Por fim, ao sair da subdivisão, atravesso um arco de pedra que dá em River Run, um bairro chique para a elite de Stone Grove. Imóveis enormes de oito quartos se espalham, com um grande espaço uns entre os outros. Os quintais têm gramados bem aparados, com pequenos pontos de cactos roxos.

No meio da rua, um sedan está estacionado com os faróis apagados. Dentro, vejo as sombras de dois homens. Embora meu coração já esteja acelerado há um bom tempo, a imagem não me assusta. Eu os conheço. Aceno, e as sombras acenam de volta. São os detetives à paisana que minha mãe colocou na frente da casa de Cole — seja para protegê-lo ou vigiá-lo, prefiro não saber.

A casa da família Cardoso é a menos decorada por fora em todo o bairro, mas só porque as mães do Cole são médicas superocupadas que não se importam em competir com os vizinhos. Elas fazem o que é preciso para cumprir o requisito mínimo de beleza da comunidade. Todo o resto — especialmente o interior — é tão caótico quanto uma república estudantil. Todas as luzes da casa estão acesas quando subo na varanda e bato à porta.

— Quem é? — grita Frederica Cardoso, a cirurgiã de Grover. Sons de explosão de videogame atravessam as paredes.

— Dearie! — grito por cima do som do jogo.

— Abriu?

Dois bipes depois, a fechadura eletrônica se abre e eu entro. Sons de guerra balançam as paredes da sala de estar da família, onde Frederica e a esposa, Monica, batalham uma contra a outra num jogo de PS5. O som surround está no volume máximo, então parece que uma equipe da SWAT está metendo bala no meio da sala. Frederica é portuguesa, maior e de pele mais clara, enquanto Monica — mãe biológica de Cole — é mexicano-americana, de pele mais escura e menor. Elas vestem moletons combinando, com um emblema em néon de Miraval, uma área turística chique. Monica está deitada no sofá, com os pés apoiados na mesinha de centro, cheia de lati-

SUAS NOITES SOLITÁRIAS ACABAM AQUI 83

nhas de refrigerante vazias. Frederica está parada a meio metro da TV, para poder enxergar melhor, com os joelhos dobrados como se estivesse sentada numa cadeira invisível. Nenhuma das duas olha para mim.

— Como vai, meu bem? — pergunta Frederica, concentrada no jogo. — Cole está no quarto.

— Vou bem, obrigado — respondo antes de subir correndo a escada caracol.

— Se prepara para o choque — avisa Monica, esmagando o controle com o dedão. Me viro meio confuso, mas ela só me dá uma piscadela. — Você vai ver.

No segundo andar, onde fica o quarto de Cole, o som do videogame é substituído pelas melodias da playlist de pop criada por ele mesmo. Diante do quarto, bato à porta. Nunca bati à porta em dezoito anos de amizade, então por que estou sentindo a necessidade de ser mais formal agora?

Porque vacilei e preciso dar um jeito nisso.

Quando a porta é aberta, um estranho me recebe: um rapaz sem camisa, musculoso, com a pele negra clara e cabelo curto e descolorido. Ele está com uma toalha úmida sobre os ombros, para absorver os respingos de descolorante que caem do cabelo. Cole trouxe alguém pra casa?

Não — este é o Cole. Ele está loiro, como sempre quis, apesar de a gente ter decidido que nós faríamos isso juntos.

Ele fez sem mim. Está seguindo em frente sem mim.

Puta merda, me sinto muito pior agora.

Meus ombros sobem e descem enquanto o choro me domina. Sorrindo, ele pergunta:

— Fiquei tão feio assim? — Quando minhas lágrimas não param, Cole desfaz o sorriso. Ele corre para me abraçar e sinto seu cheiro delicioso e refrescante de sabonete. Seus braços fortes me balançam como se eu fosse um bebê. — Ei, o que foi? Por que não mandou mensagem?

Afundo o rosto no peito dele e murmuro:

— Não quero que você vá embora. Tudo iria ser perfeito, a gente finalmente iria sair dessa cidade juntos, e aí veio essa merda toda e tirou isso da gente. Fui um amigo lixo e não te entendi. Me desculpa.

— Calma, você tá pirando. — Ele acaricia meu cabelo e começa a fungar. — Olha, Nova York é, tipo, uma cidade famosa por afugentar os desavisados. Talvez eu volte antes que você perceba.

— Não! — Eu o encaro, muito sério. — Você é o Cole. É bom em tudo o que faz. Você vai mandar muito bem lá.

Ele finalmente solta uma lágrima, se misturando com o descolorante que pingou na bochecha dele. Cole tenta rir pra disfarçar.

— Bem, se é assim, venha comigo.

— É tarde demais para me inscrever em qualquer outra universidade.

Assentindo, ele franze o rosto como se estivesse pensando em um milhão de músicas tristes.

— Eu estava tão chateado com você que simplesmente… me inscrevi e fui aceito. Não acredito que não te contei. Pisei na bola.

— *Eu* que pisei na bola. Você tinha razão. O Grover era… — Perco as palavras, precisando recuperar o fôlego antes de continuar. Não consigo nem pensar. Só ponho tudo para fora. — Namorei ele por pena. Não queria que ninguém mais morresse. — Minha respiração está rápida e intensa, e sinto uma pontada nos pulmões. — Terminei com ele.

Mais uma vez, meus ombros balançam por causa do choro, mas Cole não diz nada. Ele me abraça ainda mais forte, expulsando essas emoções terríveis de mim.

— Tô tão orgulhoso de você.

— Pois não deveria. — Não estou pronto para lidar com elogios esta noite.

Fungando de novo, encaro hipnotizado a luz aconchegante da luminária na escrivaninha dele. Mais fragmentos do término passam pela minha mente, como cacos de vidro em um acidente de carro.

Os olhos cinzentos de Grover. Devastado. Traído. Apavorado.

Ele tocou a cicatriz no pescoço e saiu correndo. Implorei para que minha mãe corresse atrás dele e o levasse para casa em segurança.

Ela não precisou perguntar o motivo. Havia escutado tudo.

— Vou descobrir quem está por trás disso — sussurro, perdido no brilho da luminária. Cole não responde. Só me balança contra o peito enquanto meu corpo treme. — E vou matar ele.

Cole me afasta do peito, seca minhas lágrimas e sorri.

— *Nós* vamos matar ele.

A risada espanta todos os meus pensamentos horríveis. A luminária projeta uma auréola por trás do cabelo recém-descolorido dele.

— Não acredito que você finalmente ficou loiro, e sem mim. E ainda por cima ficou gato. — Solto uma risadinha, secando mais algumas lágrimas. — Vai se foder.

Sem nada mais a dizer além das risadas soltas de velhos amigos, nós nos beijamos. Porque é assim que minha amizade com o Cole funciona. Não sei quanto tempo ainda temos juntos — não sei quanto tempo *qualquer pessoa* ainda tem, com Mr. Sandman à solta —, mas, independentemente de quanto for, nós seremos nós mesmos.

Acabo caindo no sono na cama dele, eu sendo a parte de trás da conchinha (porque, às vezes, também é assim que minha amizade com o Cole funciona). Quando a conchinha de fora é pequena como eu, tem gente que chama de mochilinha. De qualquer modo, Cole solta um gemidinho satisfatório quando eu o abraço forte. Espero que ele tenha sonhos bons.

Os meus não são.

Nos meus sonhos, Grover me encara com os olhos devastados. Ele implora para que eu volte atrás em relação ao término, e eu me recuso.

Então ele implora para que eu pare. E é aí que me dou conta de que eu o estou estrangulando com um colar afiado.

A parte engraçada é que isso não me choca. Enquanto mato Grover, me pergunto por que me sinto tão livre.

CAPÍTULO OITO
Cole

Começo a manhã com o otimismo renovado, esfoliando o rosto enquanto Grover faz uma saída dramática do grupo do Clube Queer. O chat foi outra tentativa fracassada de Dearie de transformar todo mundo em amigues num passe de mágica, como se estivéssemos de volta ao sétimo ano. Quase nunca participo, mas, nesta manhã, fiquei feliz por ainda fazer parte. Sem nenhuma explicação ou aviso prévio, Grover deu o fora.

Grover Kendall saiu do grupo.

Já vai tarde. Ele nunca será parte de qualquer grupo onde eu esteja!

Em algum momento enquanto eu ainda estava dormindo, Dearie voltou para casa, rejuvenescido depois de se livrar do fardo que era aquele garoto, e mandou uma mensagem no grupo.

Dearie: Só pra esclarecer tudo antes da aula, Grover e eu terminamos. Minha mãe está providenciando a segurança dele. Sei que ele está triste, mas foi melhor assim.

A reação de todos foi previsível. Em e Justin enviaram uns emojis de coração. Lucy disse que apoia Dearie, embora provavelmente esteja falando mal dele no privado com Grover. Mike força um pouco, afirmando que continua sendo amigo de Dearie e que, se ele precisar de qualquer coisa, é só chamar. *Tipo o quê, Mancini? Uma massagem nas costas? Um carinho reconfortante? Bicha sonsa!* Benny não responde, mas ele geralmente deixa o grupo no vácuo porque fica meio ansioso com as notificações. Theo diz qualquer coisa cordial e fria, mas depois sugere que a gente exclua o grupo para que Grover possa se recuperar.

— TCHAUZINHO, SUAS INSUPORTÁVEIS! — Dou uma risada antes de enxaguar o esfoliante.

Depois de virar a tela do celular para baixo, paro por um tempo no meio do banheiro, pelado como vim ao mundo, e uma pequena felicidade toma conta do meu coração. Mordo o lábio e uma avalanche de emoções me atropela sem aviso nenhum. *Dearie.* Ele voltou. Esse ano inteiro tem sido um lixão tóxico, mas, se Dearie está de volta na minha vida — de volta *mesmo* —, então eu tenho um aliado forte ao meu lado para vencer todas as falsas alegações contra mim. E nossa amizade é capaz de vencer tudo. Até mesmo a distância quando formos para a faculdade. Não seremos como aqueles amigos que se separam e de três em três anos se reencontram para beber alguma coisinha, até se darem conta de que "Peraí, faz *cinco* anos desde que saímos pela última vez". O tipo de amizade que minhas mães têm com suas colegas da faculdade de medicina.

Nem pensar.

Dearie e eu seremos melhores amigos para a vida toda. Mr. Sandman — e tudo o que rolou com Grover — não vai tirar isso da gente.

Passando a mão pelo cabelo recém-descolorido e raspado, sei que tomei a decisão certa. As pessoas dirão que estou tentando me disfarçar. Dirão que fiz a clássica transformação de todo gay em crise. Deixe que falem. Eu *sou* um gay em crise, mas esse não é um cabelo de crise gay. Eu só queria fazer, então fui lá e fiz.

Já estou cansado de não ter controle sobre minha vida. E isso muda hoje.

Eu me arrumo para ficar gostoso: regatinha justa, corrente no pescoço, short curtíssimo e óculos escuros da Cartier. Se conheço bem Grover, ele já está me acusando de ter ficado com Dearie, como se esse fosse o motivo de ele estar solteiro de novo. Deixa falar. Eu não fujo de rumores, eu os atropelo.

Antes de sair para buscar Dearie, coloco um episódio de *Suas noites solitárias acabam aqui*, que estou revendo desde que Paul morreu. *Morreu* — sinto um aperto no peito com a palavra, que soa tão errada. *Foi assassinado. Massacrado. Teve seu lindo pescoço mutilado.* Talvez eu encontre na série algum detalhe que tenha deixado passar batido. Quando assisti pela primeira vez, Mr. Sandman era só uma lenda urbana antiga e boba. Na segunda vez, eu era um dos principais suspeitos de uma investigação criminal. Agora tenho que vingar um garoto — um garoto lindo e doce que sua família jamais poderá conhecer de verdade.

— Muito nobre da sua parte, *mi hijo*, mas a verdade virá à tona uma hora ou outra — diz tio Fernando no viva-voz, enquanto assisto à série no mudo.

Irmão da minha mãe Monica e meu padrinho, tio Fernando é advogado e passou os últimos dois meses estudando o caso para ver como poderemos nos defender caso a polícia acabe enquadrando seu sobrinho querido. Ele geralmente é um homem engravatado meio conservador, mas sempre acabo vencendo-o no charme, então não me julga por viver uma vida cheia de garotos bonitos entrando e saindo do meu quarto.

Tirando Dearie, tio Nando é o único que sabe da minha relação com Paul.

— *Tío*, só preciso de mais tempo — digo, olhando da série para uma foto de Paul num artigo sobre Mr. Sandman. É a foto oficial dele para o time de basquete. Aquele cabelo castanho todo bagunçado... Ele se foi.

— Legalmente, você está liberado — afirma tio Nando, suspirando. — Eles não têm um mandado para investigar as mensagens de Paul que não sejam as enviadas pelo Mr. Sandman. Até onde todos sabem, ele não está ligado ao caso de nenhuma outra forma. Ninguém sabe que ele iria apresentar um álibi para uma pessoa sob suspeitas em outro caso de assassinato. — Ele faz uma pausa. — Mas... entende aonde quero chegar? Você e eu sabemos que a morte dele está conectada. Isso pode ser visto como... — Meu tio suspira de novo. — Não é bom. Quanto mais tempo passa sem que você compartilhe essa informação, isso pode ser usado contra você.

Encaro a foto de Paul. Ele nunca mais vai envelhecer, será para sempre jovem como naquela foto.

— Não posso tirar ele do armário.

— Você precisa cair na real. Ele está morto. Você, não. E se essa informação ajudar a pegar o assassino?

Reflito sobre as palavras do meu tio. Paul se foi de vez. E posso ir para a cadeia para sempre se as pessoas continuarem achando que estou por trás disso tudo. Ou que estou escondendo alguma coisa.

Tio Nando tem razão. Isso precisa parar.

Sinto muito, Paul. Quando eu for buscar Dearie, vou contar para a mãe dele sobre meu álibi.

Depois de encerrar a ligação, pauso a série no meio de uma entrevista antiga com Leo Townsend, um professor barbudo que estudou em St. Obadiah, onde os assassinatos de Sandman começaram. Foi considerado suspeito por um breve momento — e conta que o mundo dele virou de cabeça para baixo quando a população começou a acusá-lo dos assassinatos —, mas os álibis dele eram sólidos e, no fim das contas, as pessoas deixaram para lá. A maioria das entrevistas são do ano passado, mas, com alguns dos primeiros sobreviventes, eles buscaram entrevistas antigas dos anos 1980, porque nem todo mundo quis responder às mesmas perguntas de novo. Consigo imaginar por que um antigo suspeito pode não querer ressurgir das sombras.

Algo em Leo me parece muito familiar. Ele é branco, bonitão, tem barba escura e, durante a entrevista, estava com uns trinta e poucos anos. A rosto dele fica viajando pela minha mente, como se eu já o tivesse visto antes.

Mas estou atrasado para buscar Dearie.

Tranco a casa pelo aplicativo — porque minhas mães já estão no trabalho — e dou um aceno de bom-dia para os detetives à paisana que estão há meses estacionados na frente de casa. Os homens — um deles é branco e corpulento; o outro, magrelo e negro retinto — erguem seus copos de café para mim sem abrir nem um sorriso sequer. A gente nunca falou com eles, e isso já diz muito sobre como minhas mães estão chateadas, pois não se apresentaram nem os chamaram para jantar — e elas fazem isso literalmente com qualquer pessoa.

Com meu ritual matutino completo, atravesso a calçada em direção à Julieta, meu Corvette, mas paro no meio do caminho. Garranchos horríveis foram arranhados na porta do passageiro. Sobre a pintura vermelho-cereja até então impecável, uma única palavra foi entalhada, com um brilho prateado:

TRAIDOR.

Sou tomado por uma fúria tão poderosa que permaneço em um estado de calmaria inalterado. Nem me movo. Apenas aperto meu celular como se fosse uma bolinha antiestresse. Minha bebezinha Julieta, o que fizeram com você?

Não preciso nem pensar.

Grover.

Pelo menos ele não escreveu ASSASSINO.

— Aquele. FLOPADO. Invejoso. Patético.

Lentamente, desbloqueio o celular para enviar uma mensagem para aquele verme. *Mas estou bloqueado.* Abro o Instagram dele — *bloqueado.* O TikTok — *bloqueado.* Ora, ora, o sr. Kendall não perdeu tempo...

Em menos de trinta segundos, estou à porta de Dearie, com minha pobrezinha Julieta estacionada em frente à garagem dele. Borbulhando de frustração, dou um tapa na porta em vez de bater. Quando Dearie me recebe, está na cara que seguiu a mesma linha de "vestido para se vingar": calça jeans preta larga, regata preta mostrando os músculos dos braços e óculos escuros da Bulgari cravejados de brilhantes. Apesar de não conseguir ver os olhos dele, sei que trazem um olhar fulminante. Nós dois gritamos as novidades ao mesmo tempo:

— Grover me bloqueou! — diz ele.

— Grover arranhou a Julieta! — falo. A minha novidade faz ele pular pra trás, chocado. — A-há, ganhei!

Dearie dá a respirada mais funda da história enquanto me segue pela calçada para admirar o trabalho do ex-namorado. Boquiaberto, ele passa a mão pelos arranhões horrorosos.

— Eu sinto mui...

— Não é culpa sua.

Dearie olha para mim com cautela.

— E o que você vai...

— Fazer? Relaxa. Não preciso encostar naquele garoto para acabar com ele. Todos os dias em que ele sai do colégio sem estar emocionalmente devastado, é porque EU PERMITO.

Não acredito em como esse Flopado conseguiu bagunçar a minha vida, mas fazer o quê, né?

Depois de um momento de fúria silenciosa, a mãe de Dearie aparece na calçada. Conforme ela se aproxima, todos os meus músculos se enrijecem. Dearie fica todo esquisito sempre que a mãe dele e eu estamos no mesmo ambiente, o que não tem acontecido com frequência desde o assassinato de Gretchen, quando a imprensa *de alguma forma* descobriu sobre os celulares plantados. Aquilo deveria ter sido mantido em sigilo pela nossa proteção — *oiê, nós somos menores de idade!* —, mas, lá no fundo, sei que alguém do departamento tinha certeza de que eu era o culpado e tacou o foda-se.

Esse é outro motivo pelo qual não me sinto seguro para compartilhar os detalhes sobre Paul com ela.

Só de ver o distintivo e a arma no coldre da sra. Dearie, meu sangue azeda feito leite. Praticamente cresci na casa dela, mas, desde aquele interrogatório surpresa, minha confiança nela desapareceu.

— O que houve? — pergunta a sra. Dearie, segurando uma garrafa térmica. Então ela vê os arranhões e fica boquiaberta. — Minha nossa, Cole! Quando isso aconteceu?

Dou de ombros, querendo falar o mínimo possível.

— Em algum momento na noite de ontem, depois que Dearie passou lá em casa.

— Você sabe quem fez?

Reviro os olhos.

— Sim, é um mistério e tanto, Poirot.

Enquanto ela me encara, desconfortável, Dearie diz:

— Foi o Grover, mãe.

— Que horror! — Ela bebe um gole de café. — Sua casa tem câmera de segurança na porta, não tem?

— A gente tirou — respondo. — Isso é coisa de policial.

O sorriso sem graça dela fica meio torto.

— Que pena. — Ela faz uma pausa, refletindo. — Escoltei o Grover para casa ontem à noite e nós posicionamos dois carros do lado de fora, então será difícil provar que ele saiu de madrugada para fazer isso.

A cada palavra que sai dos lábios da sra. Dearie, meus batimentos vão acelerando.

— Não podemos fazer nada a respeito disso — comenta Dearie, tirando os óculos escuros. Ele está puto. — Grover quer piorar tudo. E vai continuar provocando o Cole até ele fazer alguma coisa que o coloque como vítima da história. Graças a alguém da sua equipe, a cidade toda vai ficar em alerta se o Cole até mesmo respirar perto do Grover. — Ele recoloca os óculos e solta um grunhido. — Eu *não acredito* que namorei esse lixo humano.

Enquanto o corpo de Dearie se empertiga, o meu relaxa. Meu amigo finalmente caiu na real.

— Concordo com tudo — digo, sorrindo.

A sra. Dearie nos analisa. De repente, parece que ela não dorme há semanas.

— Sinto muito pelo seu carro, meu anjo. Vou cobrir as despesas do reparo. — Ela abre a porta do carro dela, mas, de repente, se vira com os olhos marejados. — E, Cole, do fundo do meu coração, não tenho ideia de como aquelas provas vazaram. Estou transtornada. — Ela chega mais perto de mim. — Estou com medo. Você é meu segundo filho e acho que estão tentando te atacar. Tenho pessoas na minha equipe que acreditam na gente, em quem confio. São eles que estão vigiando sua casa. Não estão lá para espionar você, e sim para a *sua* proteção. Você tem aliados.

A sra. Dearie me abraça, a garrafa térmica tilintando atrás de mim, e eu deixo a raiva ir embora por enquanto. Acho que confio nela, mas queria poder confiar na opinião dela sobre a própria equipe. Pelo menos ela está tentando. Ganhou uma estrelinha dourada depois de perder vinte naquele interrogatório.

Enquanto ela volta para o carro, a verdade sobre Paul chega na ponta da minha língua… mas, antes que eu possa dizer qualquer coisa, uma imagem invade meus pensamentos.

SUAS NOITES SOLITÁRIAS ACABAM AQUI 95

O interrogatório da sra. Dearie. Antes de eu entrar, a sra. Drake saiu da sala. O macacão dela estava manchado de sangue, e aí... aquele cara apareceu.

Me esquecendo de Paul, puxo Dearie para dentro da Julieta e desejo um bom-dia para a mãe dele.

Logo de cara, Dearie percebe minha tensão.

— Que foi? — pergunta ele.

Mas não respondo, apenas abro *Suas Noites solitárias acabam aqui* no celular, ainda pausada na cena de mais cedo: Leo Townsend, o professor barbudo, o rosto que eu sabia que já tinha visto em algum lugar antes.

"Leo, para!", disse a sra. Drake para o homem de barba branca que apareceu após a entrevista dela.

Leo. Ele se chamava Leo.

É ele. O mesmo cara. Um homem que estava lá durante os primeiros assassinatos do Sandman mora *aqui*, foi considerado um *suspeito* e conhece a sra. Drake.

CAPÍTULO NOVE
Dearie

A notícia bombástica de Cole sobre Leo Townsend nos atrasa a ponto de quase perdermos a primeira aula do dia. Mas, no fim das contas, isso acaba sendo bom — ninguém nos vê estacionando o carro com TRAIDOR arranhado na lateral, então, por enquanto, fomos poupados dos olhares de julgamento. Assim como Grover, o resto do colégio sempre achou que Cole e eu éramos mais que amigos. Tentar abafar esse rumor depois de todo mundo ver a nova pintura na Julieta? Já era.

Antes de nos separarmos, indo cada um para sua aula, Cole sussurra:

— Me encontra no estacionamento durante o intervalo. Vamos perguntar para a sra. Drake sobre o homem misterioso dela!

Sei que nós dois estamos ansiosos para encontrar um novo suspeito, mas nem sequer sabemos como Leo está envolvido! Ou *se* ele está envolvido. Temos um trilhão de perguntas, mas elas precisam ser feitas com *discrição*. Caso o cara seja malvado...

tipo, malvado *mesmo*, a gente pode acabar em perigo só por perguntar.

Quando chego na primeira aula, Inglês Avançado, sou atingido por um peso sombrio: a cadeira de Grover está vazia. Ele não veio para a escola. Minha mãe colocou dois carros na frente da casa dele, mas será que foi o suficiente? E se Mr. Sandman já estivesse dentro da casa de Grover, escondido num armário, esperando a tristeza dele ficar evidente o bastante para atacar? Os pais de Grover saíram do estado a trabalho por pelo menos um mês; se sentiram seguros para trabalhar longe de casa porque nós estávamos namorando.

Mas agora ele está sozinho.

Mais uma vez, memórias do nosso término invadem minha mente.

"Mas e o Mr. Sandman?", pergunta Grover, apavorado.

Ele coloca algo na minha mão — o que era mesmo? — e diz: "Se o Mr. Sandman me encontrar de novo, ele não vai pegar leve dessa vez."

Meus pés — que minutos atrás estavam confortáveis na minha botinha cubana — ficam gelados e fracos.

— Com licença — murmuro, segurando o choro enquanto corro pelos corredores vazios. Meus dedos traçam os armários frios, lembranças dos meus dias aqui me afogando como ondas violentas, uma atrás da outra.

Não quero ver mais ninguém. Não como eu costumava ver. Cole. Minha mãe. O grupo de Flopades. Até mesmo Grover.

O movimento do universo me puxa para longe de tudo que eu costumava ser e conhecer. Ainda assim, por mais que isso me dê nojo, eu partiria o coração do Grover de novo. Ir embora me dá medo, mas também me traz liberdade. Frankie Dearie de Stone Grove não existe mais, não até o novo Dearie de Los Angeles nascer. Talvez seja por isso que Cole esteja indo para Nova York e abandonando todo mundo, até mesmo a mim.

Talvez seja a hora de fugir dessa confusão toda.

Caminho até o banheiro para jogar uma água no rosto, mas acabo indo parar no Corredor do Assassinato. Já limparam tudo, mas a cor amarronzada do piso de linóleo prega peças em minha mente. Rios de sangue — com manchas marrons desta vez — se estendem contra as sombras da manhã projetadas no chão. Fecho os olhos — só por um instante, como um piscar de olhos lento. Quando os abro de novo, o marrom continua ali, mas é só a cor de um piso antigo. Milhares de marcas de sapatos deixaram aquelas manchas, e não a garganta dilacerada de Gretchen.

Por que matar Gretchen Applebaum? Depois de cinquenta anos sem cometer crimes, o que havia de tão inaceitável na solidão dela a ponto de Mr. Sandman voltar à ativa?

De acordo com *Suas noites solitárias acabam aqui*, estou cometendo o mesmo erro que os últimos detetives cometeram ao investigar o assassino — tentando atribuir algum significado às vítimas. Ele só começou a matar. Não havia nenhum padrão entre as vítimas na década de 1970 e não há nenhum padrão agora, tirando o fato de que ele pegou um certo gostinho pelos gays. Três novas vítimas com tipos diferentes de solidão *queer*: a que nunca namorou, o viúvo triste e o gay no armário.

O som dos meus próprios passos me seguem pelo corredor. Então paro, e o som também para.

Todo mundo está em aula. Estou sozinho.

Então por que sinto que estou sendo observado? Sinto um *peso* na nuca.

Eu me viro para procurar por seja lá quem for — mas não vejo ninguém. Então sigo em frente, e meus passos continuam ecoando.

Tec-tec — tec-tec. Paro mais uma vez. Não sou só eu. Há um segundo par de passos.

Eu me viro de novo — desta vez, um carrinho amarelo com um esfregão vira no final do corredor e o zelador aparece. Então, meu cérebro me permite respirar novamente enquanto acenamos um para o outro.

Chega de perder tempo. A sra. Drake sabe de alguma coisa e não posso esperar por Cole para falar com ela.

Depois de jogar água gelada no rosto, mato a segunda aula e vou direto para a biblioteca, que é minúscula. Um colégio modesto numa cidade modesta não precisa de uma biblioteca grande — dezenas de estantes e computadores em volta de uma mesa de reuniões para grupos de estudo já é suficiente. O lugar está quase vazio, com exceção de alguns alunos e da sra. Drake, que parece mais enérgica do que de costume, mas talvez seja por causa do macacão laranja brilhante que está usando.

Instantaneamente (e cruelmente), penso em cadeia.

Se ela conhece bem o Leo, e ele de alguma maneira está envolvido, aquele macacão laranja pode ser permanente. Mas vou tentar ser imparcial. Só vim aqui atrás dos fatos.

A sra. Drake está de pé atrás da mesa semicircular, em frente a um cartaz que diz ÁREA LIVRE DE BULLYING, enquanto entrega uma pilha enorme de livros antigos para Theo. Elu usa uma gravata-borboleta diferente todo dia, e a de hoje é estampada com naipes de baralho vermelhos e pretos: copas, ouro, espadas e paus. Theo bagunça o cabelo curtinho e vermelhão, rindo educadamente com a sra. Drake, que parece não estar prestando muita atenção.

— Pode chamar esses livros de pré-*pré*-direito. — Theo ri da própria piada, e a sra. Drake abre um sorrisinho sem graça.

— Estou indo para Stanford no começo do verão, mas quero usar as regras de acampamento nesta biblioteca. Sabe? Deixar melhor do que estava quando você chegou. Se tiver uma lista de livros que você quer muito mas o conselho estudantil não… — Elu abaixa o tom de voz: — … *abre o bolso*, é só me passar. Será o presente de formatura do meu pai, já que você sempre me apoiou tanto.

A sra. Drake parece chocada.

— Nossa. Quanta... generosidade, Theo.

Theo dá de ombros, feliz.

— Hum, digamos que... uma lista de cinquenta a cem títulos? Didáticos, livros de direito, biografias. Pode até ter ficção, mas só um pouco. Nada muito controverso. Odeio abaixar a cabeça para um bando de cretinos, mas não quero ver os livros sendo jogados no lixo depois de todo esse trabalho, né?

Às vezes a autoconfiança *queer* é um erro.

A sra. Drake assente pacientemente para os elogios de Theo sobre a *bibliotequinha*, e as *pessoinhas* daqui, e todas as *vidinhas* para as quais elu quer trazer um *pouquinho* de esperança.

Tomara que Theo não esteja conversando com uma comparsa de Mr. Sandman agora porque, se for o caso, VRAU. Porém, a cada segundo que passa, a probabilidade de a sra. Drake ter alguma coisa a ver com esse caos todo me parece risível. Ela é a básica das básicas.

Sem olhar, pego um livro na estante mais próxima e me aproximo da mesa da sra. Drake que, feliz por ter alguém novo com quem conversar, abre um sorriso genuíno para mim. Theo, por outro lado, me recebe com frieza.

— Dearie, como você está depois disso tudo? — pergunta Theo.

— Bem! — respondo, torcendo para que essa interação seja o suficiente para elu me deixar em paz.

— Nossa, o que aconteceu? — pergunta a sra. Drake.

Antes que eu possa tomar fôlego, Theo — grande protagonista da vida — já se adianta para falar da minha.

— Ele deu um pé na bunda do Grover ontem à noite.

A sra. Drake disfarça um suspiro. Respirando fundo, reprimo a vontade de gritar e, em vez disso, digo:

— Eu não usaria essas palavras, mas, sim. — De maneira robótica, listo os pontos que já havia ensaiado: — Ele está sob proteção policial. E foi melhor assim.

Theo faz uma careta.

— Fiz uma chamada de vídeo com Grover mais cedo e você está minimizando as coisas, Dearie. — Arqueio uma sobrancelha com a provocação. — Ele não estava em condições de vir para o colégio. Então falei para tirar um dia de folga em nome da saúde mental dele.

Nem todos os dias de folga em nome da saúde mental do *mundo* seriam suficientes para aquele garoto.

Theo me olha de cima a baixo, com uma expressão de julgamento.

— Mas você parece bem. Eu diria até que está "radiante".

Não reajo à insinuação. Theo quer que eu me sinta mal por causa do meu look intencionalmente sensual — se dependesse delu, eu teria vindo para a escola rastejando e vestindo pijamas velhos. Por sorte, a sra. Drake não está gostando do papo.

— *Theo* — alerta ela. — Términos são diferentes para cada pessoa.

— Ah, eu só estava elogiando o Dearie! — responde Theo, na defensiva. — Se a senhora conseguir me passar a lista de livros até sexta, seria perfeito.

Abro um sorriso falso.

— Que legal da sua parte doar livros para a biblioteca.

— Nasci com privilégios, então é minha responsabilidade. Cole poderia colocar isso em prática, mas acho que tudo bem gastar dinheiro num Corvette também.

Como sempre, Theo está super de boa em ser abertamente hipócrita. O pai delu tem uma garagem inteira de carros antigos e raros. Elu mesmo tem até uma moto!

Irritado, dou um passo adiante.

— Então você *sabe* o que Grover fez com a Julieta.

— Não sei do que você está falando. — Com uma risadinha fofa e irritante, Theo vai embora, fazendo barulho ao fechar a porta.

Agora não tem mais ninguém aqui além de mim e da sra. Drake. Ela se vira na minha direção.

— Vai levar esse livro? — Ela arregala os olhos quando vê o livro aleatório que peguei. — Engenharia de trens? — A sra. Drake me mostra a capa do livro: uma imagem antiga e desbotada de uma ferrovia atravessando um deserto.

— S-sim — gaguejo. — Hum, tô superinteressado em ferrovias de alta velocidade agora. Nosso país precisa horrores disso.

Rindo para si mesma, a sra. Drake olha por cima do livro amarelado.

— Concordo, mas você não vai encontrar nada disso aqui. Este livro foi escrito na Idade de Bronze.

Sorrindo, dou um tapinha sobre a mesa dela.

— Coloca uma versão atualizada na lista de Theo, então.

A sra. Drake revira os olhos.

— Faça-me o favor! — A expressão dela fica séria. — Frankie, não quero me meter, mas não leve nada do que Theo disse para o coração. As pessoas não têm a menor ideia de como é difícil terminar com alguém. A maioria nem consegue. Deixam o relacionamento ir piorando, achando que vai ficar tão ruim que a outra pessoa vai decidir terminar. — Ela solta o ar, estremecendo. — Se as coisas não estavam dando certo com Grover, continuar com isso não ajudaria em nada.

Quero acreditar nela, mas minhas lembranças do término estão tão embaralhadas. Mexendo nos meus óculos escuros, digo:

— Se o Mr. Sandman encontrar o Grover de novo... eu nunca vou me perdoar.

A sra. Drake se encolhe, compreendendo.

— Antes da Gretchen morrer, antes do Mr. Sandman retornar... eu me divorciei. — Ela mostra a mão sem aliança. — Depois do assassinato, o Leo, meu ex-marido, me implorou para voltarmos. Ele estava com medo. Nós poderíamos ser os próximos alvos do Mr. Sandman. Mas eu jamais voltaria com ele. Se voltasse, me sentiria presa e mais solitária do que nunca.

— Sorrindo, ela balança os ombros, como se tentasse se livrar

SUAS NOITES SOLITÁRIAS ACABAM AQUI 103

daquela história triste. — Se mantenha firme, Frankie. Vai ser difícil, mas pessoas como nós conseguem aguentar.

— Isso aí! — digo, com uma animação fingida, mas, lá no fundo, estou apavorado pra cacete.

A sra. Drake se separou de Leo — o cara misteriosamente conectado com o Mr. Sandman original — e daí, do nada, alguém começa a matar os alunos dela.

Será que foi simples assim?

A sra. Drake pergunta se pode me abraçar, o que, surpreendentemente, é tudo o que eu preciso, e então volto correndo para o banheiro, onde me tranco numa cabine para recuperar o fôlego. Com o coração acelerado, ordeno a mim mesmo que não desmaie.

Será que minha mãe sabe sobre a conexão de sra. Drake com Leo, ou de Leo com o Mr. Sandman original? Será que, no fim das contas, Cole e eu vamos resolver o caso?

Enquanto assimilo a possibilidade de esse pesadelo acabar logo, avisto um desenho rabiscado na porta da cabine: uma máscara teatral. A marca registrada de Mr. Sandman, com as palavras FIQUEM JUNTOS escritas logo abaixo.

Fiquem juntos. Uma ameaça *e* um conselho que a sra. Drake e eu não seguimos.

CAPÍTULO DEZ
Cole

Um dia de aula nunca foi tão sem sentido em toda a minha vida. As pessoas estão o dia inteiro me encarando e já nem sei mais se é por acharem que sou um assassino, um traidor, um gostoso, se minha roupa é biscate demais para o colégio, ou todas as alternativas anteriores. Mas é sexta e o fim de semana já chegou com tudo.

Porque Dearie pode ter encontrado nosso assassino.

A sra. Drake se separou do marido, Leo — o cara que estudava no colégio onde ocorreram os primeiros assassinatos — e, de repente, todos os alunos dela começaram a ser assassinados. Será que Mr. Sandman não conseguiu aguentar a própria solidão?

Escondidos numa alcova do lado de fora do estacionamento do colégio, Dearie e eu conferimos nossas anotações enquanto fumamos um vape. Atrás da gente, dezenas de alunos correm para seus carros enquanto Dearie dá um trago demorado, soltando a fumaça de maconha em cima de mim. Ele me entrega

SUAS NOITES SOLITÁRIAS ACABAM AQUI **105**

o vape, e eu também trago. Raramente faço isso, mas estamos numa situação de emergência.

— Você tem notado algo meio esquisito nos héteros ultimamente? — pergunto, soltando a fumaça.

— Tirando o fato de serem héteros? — retruca ele, pegando o vape de volta.

— Eles têm andado superamorosos. — Observo os alunos saindo, um atrás do outro. Cada um prova minha teoria: mãos dadas, apertões na bunda e beijos ao lado dos carros.

— Você acha que eles também estão preocupados com o Mr. Sandman?

Tossindo, recuso a próxima rodada do vape.

— Até então só gays morreram, mas todo mundo achava que o Paul era hétero, então *agora* eles ficaram alertas. *Agora* precisam se juntar para não morrer.

Dearie assente, mordiscando o vape enquanto pensa.

— Quer me namorar?

Rindo, pego o vape de volta.

— Romance é para héteros. Gays ficam se alfinetando por causa de qualquer palhaçada enquanto somos assassinados um por um, você sabe bem disso.

Dearie solta uma risadinha, mas, de repente, se encolhe de medo.

— Ai, merda! Guarda isso! — sussurra ele, escondendo o vape na grama quando um monte de professores aparece no estacionamento.

Enquanto Dearie acena para a sra. Drake, no meio da horda de docentes, eu me lembro do que realmente importa: Leo. Não tive tempo durante o dia, mas agora que estamos sozinhos pego o celular e pesquiso: "Leo Townsend Stone Grove". Graças à série, eu já sei sobre os dias dele em San Diego, mas o que ele tem feito por aqui? De cara, o primeiro link é um anúncio do Cemitério Mooncrest. Às sextas, eles exibem filmes clássicos do lado de fora. Dearie e eu já fomos um monte de vezes. Paul e eu também. Assim como Grover e Gretchen. Desço pela página, procurando por alguma informação — pelo nome de Leo em algum lugar. Então, encontro: a foto e a bio dele.

As Noites de Cinema em Mooncrest são financiadas pelo gerente de investimentos aposentado Leo Townsend.

A foto de Leo me encara, os olhos azuis que, com minhas descobertas recentes, ganham um aspecto sombrio.

Claude Adams, a segunda vítima, foi morto bem na frente de Mooncrest.

Todas as vítimas, tanto mortas quanto sobreviventes, frequentavam as exibições de Leo.

Como uma montanha-russa, meu humor despenca tão rápido quanto se elevou. Assisti a *Noites solitárias* o bastante para lembrar cada mínimo detalhe do personagem trágico que Leo foi, embora seu papel fosse bem pequeno. A vida dele virou de cabeça para baixo ao ser acusado de assassinato — sem provas. Todos os alunos do colégio botaram na cabeça que havia sido ele — assim como fizeram comigo. Será que todo mundo estava errado, assim como estão sobre mim?

Preciso tratar tudo isso com cuidado.

O relacionamento de Leo com a sra. Drake deu a ele acesso a informações sobre a rivalidade entre Grover e eu, talvez até mesmo sobre como invadir nossos armários. É uma pista, mas preciso saber mais.

Entrego meu celular para Dearie, mostrando a foto de Leo no site de Mooncrest. Ele arregala os olhos.

— Quer ir ver um filme comigo hoje à noite? — pergunto, colocando os óculos escuros.

Sorrindo, Dearie faz o mesmo.

— Mentes geniais pensam juntas, Colezinho.

Pela primeira vez desde que aquele celular foi encontrado no meu armário, sinto que Dearie e eu somos imbatíveis de novo! Ele vai embora para casa para organizar os pensamentos (me prometendo que só vai andar em áreas movimentadas) e eu vou até Julieta. Quando chego, um monte de alunos passa lentamente pelo carro, olhando para a obra de arte de Grover arranhada na lataria. Alguns parecem precisar de umas aulinhas de leitura, porque movimentam a boca dizendo "traidor".

— Pegaram pesado com você, hein, Cardoso — comenta Mike Mancini, com um sorriso malicioso, ao aparecer com uma camiseta preta amarrotada. — A loja do meu pai pode deixar seu carro novinho em folha, maaaaas estamos meio lotados no momento. Acho que só consigo te encaixar daqui a algumas semanas. Que pena que você vai ter que aparecer no baile de formatura dirigindo isso aí.

A raiva extravasa em meu corpo, intensificada pela injustiça que deixa minha pele em chamas. Grover poderia arranhar meu carro inteiro e o colégio ainda sentiria empatia pela saúde mental dele. Mas com minha reputação atual, se eu sequer chegar perto de Mike com fogo nos olhos, serei massacrado.

Então não grito e substituo a fúria por um sorriso.

Mike para de sorrir. Minha beleza estonteante assusta os meros mortais.

— Você acha que eu ligo pra esses arranhões? — pergunto. — Vou deixar assim.

— Oi?

— O Grover só está se queimando com geral. Ninguém vai querer namorar um garoto que destrói o carro dos outros quando fica com raivinha.

Num piscar de olhos, a postura de Mike se transforma na de um cãozinho assustado. Encaro o garoto desgrenhado de cima a baixo. Mais um gatinho *queer* que se tornou insuportável só por ser próximo de Grover, mas com ele chega a ser injusto. O garoto mal tinha saído do armário e Grover já chegou com o Manual de Como Ser *Queer* explicando em quem confiar e quem odiar.

— Tem razão — concorda ele, envergonhado. — Eu não aprovo isso, ou, hum… — Ele dá um tapinha na própria cabeça. — Não sei ao certo *quem* fez, mas, hum... jamais apoiaria algo desse tipo. Hum... como Dearie está?

Pelo amor de Deus, se eu fosse Mr. Sandman, estrangularia esse garoto agora só para acabar com esse climão. Mas vou dar uns pontinhos para ele por entender que o melhor jeito de se aproximar de Dearie é sendo legal comigo. Uma lição que Grover nunca aprendeu.

— Ele está ótimo, Mikey, mas agora a gente tem que se arrumar para o cinema em Mooncrest.

—Ah, vejo vocês lá, então! — Saltando no mesmo lugar, Mike faz joinha com as duas mãos de um jeito humilhante. — Tô indo colocar uma roupa mais bonitinha.

— Hum... algo limpo, talvez? — pergunto, dando um gole na minha garrafa de água.

Rindo de nervoso, Mike vai embora sem dizer mais nada. Deixa ele me odiar, mas, se quiser dar uns pegas no Dearie, vai ter que se vestir de acordo (ou no mínimo se esforçar).

Com Mike fora do caminho e os outros enxeridos se dispersando, só sobra um curioso por perto: Benny, meu primo mexicano-americano não oficial da Floplândia, com seus óculos tortos e uma camiseta da Pam Technologies. Ele encara Julieta com admiração, como sempre faz. Acho que, provavelmente, ele ficaria de pau duro só de se sentar no banco do passageiro.

Eu gosto dele, mas estou cansado de ver os amigos de Grover rondando a Julieta, e esse Flopado escolheu o dia errado para ficar em cima do muro.

— Benito — chamo-o, caminhando rápido em direção ao garoto que tem metade do meu tamanho. Ele dá um salto para trás, assustado. — Veio ver o que seu amigo fez com a minha bebezinha? — pergunto, num sussurro destemido. — Se quiser ser meu amigo de verdade, manda seu outro amigo parar de arranhar as coisas dos outros.

Benny suspira, com as costas encurvadas de medo.

— Eu não sabia que Grover pretendia fazer uma coisa dessas.

Levanto o dedo indicador.

— Só porque vocês são uns idiotas, não significa que podem sair por aí magoando os outros. Grover me magoou, tá bom? Sinto muito que Gretchen não esteja mais aqui, mas eu não tenho nada a ver com isso. Pode avisar pra ele que eu me CANSEI dessa merda.

— Ele não me ouve — insiste Benny, balançando a cabeça.

Na mesma velocidade com que a fúria dominou meus pensamentos, a racionalidade retorna.

Ai, meu Deus. Acabei de descontar minha raiva nesse garoto inofensivo que gosta de mim.

— Desculpa — digo, dando um passo para trás. — Tive um dia meio merda.

Um ano meio merda, para ser sincero.

Aos poucos, Benny ajusta a postura e diz:

— Tudo bem.

— Não está, não.

— Eu acredito que não foi você — afirma Benny. — Sempre acreditei.

Jogo a cabeça para trás e solto uma gargalhada.

— Adoro as refeições de graça da sua família. Se um dia eu sair desta merda, vou ter que voltar a pagar preço cheio no Tío Rio, então acho melhor aproveitar a suspeita enquanto ela dura.

Ele me olha nos olhos.

— Não, é de graça pra vida toda. Tô indo pra lá adiantar a lição de casa antes de ir pra Mooncrest. Quer me dar uma carona? Eu ganho uma volta na Julieta e você ganha almoço de graça, que tal?

Meu maxilar enfim relaxa. Estou *morrendo* de fome.

— Entra aí — digo. — Melhor sua mãe alertar aos clientes que tem um serial killer chegando pra atacar a comida como se fosse sua próxima vítima.

A risada animada de Benny me diz tudo o que eu preciso saber: ele realmente acredita que sou inocente.

NO PRÓXIMO EPISÓDIO DE
SUAS NOITES SOLITÁRIAS ACABAM AQUI:
EM BUSCA DE MR. SANDMAN

Depois de um ano de massacre e pânico, o dia da formatura chega para os alunos do Colégio St. Obadiah, e também para Mr. Sandman. No verão de 1972, o número de vítimas expandiu de St. Obadiah para a grande San Diego, confirmando que o assassino era um estudante que havia se formado. Mesmo assim, todos os alunos possuíam álibis impecáveis, deixando as autoridades sem nenhuma pista concreta.

Ser solteiro se transformara em uma sentença de morte em toda a cidade.

"FIQUEM JUNTOS", as pessoas entoavam, convencidas de que se dissessem o bastante, estariam protegidas. Mesmo depois de todos esses anos, poucos casais admitem que foram os assassinatos que fizeram seus relacionamentos fracassados durarem. Afinal de contas, para que admitir que queria ter se separado quando Mr. Sandman ainda pode estar por aí procurando sua próxima vítima?

CONTINUAR ASSISTINDO?

PARTE TRÊS
FIQUEM JUNTOS

CAPÍTULO ONZE
Dearie

Naquela noite, Cole e eu quase não conseguimos sair de casa. Minha mãe não está feliz em nos ver saindo tão tarde — mas não é como se pudéssemos contar para ela que estamos investigando um suspeito. Se conseguirmos confirmar qualquer informação útil sobre o Leo, contaremos a ela.

Entramos na Julieta e Cole dirige para além dos limites da cidade, atravessando um deserto escuro e acelerando com tudo na Via Expressa Mooncrest, a caminho do cemitério. A estrada está curiosamente vazia — nenhum farol na frente ou atrás da gente. Nas Noites de Cinema em Mooncrest geralmente há uma caravana de pessoas indo na mesma direção, mas nós dois nos atrapalhamos tanto hoje que acabamos nos atrasando.

Na estrada aberta e deserta, Cole faz uma manobra brusca e meus órgãos viram feito panqueca. Estamos ultrapassando os semáforos. As duas listras amarelas na estrada viram um só borrão enquanto aceleramos escuridão adentro, mas Cole antecipa cada curva sem nem piscar. Conforme a velocidade aumenta, me acomodo no banco de couro cor de âmbar da Julieta e solto fumaças densas de maconha dentro do carro. Cole curte ser fumante passivo.

Pela terceira vez desde que entramos no carro, uma música do Imagine Dragons toca na rádio. Indignado, eu desligo.

— As músicas deles são tudo a mesma merda.

— Coloca sua playlist, então — diz Cole.

— Tô tentando! — Mexo no celular, mas é inútil. — Tô sem sinal e a Apple bloqueou minha conta porque eu esqueço a senha toda hora.

A tela para redefinir a senha se recusa a carregar, dependendo do sinal que não consegue atravessar as montanhas que nos cercam. Sair dos limites de Stone Grove é como dirigir rumo ao esquecimento. Deslizo o dedo pela tela mais uma vez e, por um milagre, a página carrega, mostrando as perguntas de segurança.

— Qual é o nome do seu melhor amigo de infância? — leio em voz alta.

— Euzinha? — pergunta Cole, imitando a Miss Piggy e jogando o cabelo imaginário para trás.

— Meu melhor amigo do mundo — digo, tão fofo que chega a dar nojo, enquanto digito: C-O-L-E.

Melhores amigos para sempre, penso com uma dorzinha aguda.

Cole joga mais cabelos imaginários por trás da orelha, desta vez esquecendo que ele trocou a juba de cabelo preto por um corte raspado e descolorido. Geralmente odeio quando garotos trocam seus cabelos bonitos por esse visual meio filme de distopia, mas — *surpresa!* — Cole está maravilhoso, ainda mais com a jaqueta cor de vinho. Ao contrário do que Cole poderia dizer, eu não tenho inveja. Inclusive, eu mesmo estou todo de preto, bem Audrey Hepburn: esbelto, chique, simples e no ponto.

Cole está todo bruto. Eu, afiado como uma adaga.

Não é à toa que as pessoas pensam que somos perigosos.

Finalmente, consigo mudar a senha e minha playlist enche a Julieta com músicas dançantes e enérgicas. Cole e eu curtimos juntos enquanto o finzinho da estrada se transforma numa rua de acesso estreita e sem asfalto. Em meio ao deserto sem luar, os faróis de Cole iluminam uma placa de madeira antiga, pendurada em um cacto monstruoso, cheio de braços: MORTE À FRENTE.

No cacto seguinte, mais uma placa surge: FILMES COM GENTE MORTA. APENAS RISADAS PERMITIDAS.

Enquanto passamos pela placa, a rima de Sandman me vem à cabeça: *Cara feia, biquinho e choro? Pode esquecer. Se ele ouvir seu coração solitário, você é o próximo a morrer.*

O ar retorna aos meus pulmões lentamente — até demais — como uma fumaça presa atrás de uma porta fechada. Mr. Sandman está por perto. Eu simplesmente sinto. Os olhos de Cole correm de um lado para outro, seus ombros curvados como se um vento frio tivesse tomado conta do carro.

Mas, para nós dois, foi isso que aconteceu. Cole costumava vir até aqui com Paul.

— Acha que foi uma má ideia? — pergunto, passando protetor labial. Cole olha para mim, as sobrancelhas franzidas. — Tudo bem, não precisa responder.

Então solto uma risada, acariciando a jaqueta dele. A maciez luxuosa do couro acalma meus ânimos.

— Só mantenha os olhos bem abertos — diz Cole. — Pode ser o Leo. Mas talvez não seja.

Baforo mais fumaça.

— De qualquer forma, vamos nos divertir. Apenas risadas permitidas.

— Apenas risadas — repete ele.

Cole sai da estrada, entrando no vasto terreno do cemitério. A solidão do deserto e a noite completamente escura abrem espaço para a explosão crepitante de luzes e pessoas. Em frente a uma colina cheia de lápides, há uma fila de uns cinquenta carros estacionados aleatoriamente embaixo de canhões de luz enormes. Quase todos os adolescentes risonhos que saem dos carros com suas cestas de piquenique são nossos colegas de classe.

Aos pés de um planalto com mais ou menos dois metros, o cemitério parece estar preso aos dias de Velho Oeste: nada além de cactos e lápides — algumas de pedra elegantemente entalhadas, outras tão capengas que não passam de uma cruz de madeira enfiada no chão. As lápides ficam separadas em dois grupos, conectadas por uma arena ampla (onde estendemos mantas ou colocamos cadeiras), tudo dando em um grande mausoléu, onde fica a tela de projeção. Ao redor do cemitério, há uma cerca de ferro. Foi construída por precaução, para manter os animais selvagens do lado de fora.

Assim que você entra em Mooncrest, é melhor ficar lá dentro, pois a morte passeia pelas redondezas.

O cemitério fica a quilômetros de tudo. Durante o dia, o planalto atrás do mausoléu seria um cartão-postal estadunidense perfeito: cor de ferrugem, banhado de sol e brilhante. Mas de noite, enquanto os filmes são exibidos, o planalto se torna uma grande sombra.

Geralmente, eu adoro, pois eleva o clima do filme. Mas agora, depois do Mr. Sandman e do meu término, a incerteza só aumenta ainda mais o medo em meu peito.

Um monte de gente já está reunida na área de piquenique, com suas mantas estendidas lado a lado, ocupando cada espacinho do gramado. Como esperado, no momento em que saímos do carro, dezenas de olhares reparam que cheguei não com meu ex, mas com Cole. O melhor amigo que eles sempre suspeitaram ser algo além disso.

Como eu suspeitava, PIRANHAS, os olhares dizem com uma pitada de satisfação.

— Pronto? — pergunta Cole, pendurando duas cadeiras de praia pequenas sobre o ombro.

— Tá todo mundo encarando — sussurro.

— Eu não ligo. Por que você dá bola? — Cole franze o nariz, como se estivesse devastado ao ver seu comparsa de uma vida inteira se transformando num Flopado bem diante de seus olhos. — Você e o Grover TERMINARAM. Com T maiúsculo! Qualquer um que se importe de verdade com você sabe que eu não tenho nada a ver com isso.

— Tem razão.

Abraço a manta com força enquanto o friozinho do deserto me faz arrepiar. Os dias de abril podem até ser quentes, mas durante a noite a temperatura despenca. Cole me passa a jaqueta esportiva preta e amarela dele — com uma serpente enroscada em cada braço e, nas costas, o número 17 acompanhado de CARDOSO. A jaqueta da vitória do ala-pivô dos Rattlers de Stone Grove (e que jogador!). Ele passa a jaqueta ao redor dos meus ombros como se fosse um casaco de pele elegante, pesado e quentinho, e meu frio some como num passe de mágica.

— Cole... — protesto.

— Você nunca veste roupas suficientemente quentinhas — diz ele, me repreendendo. — E o melhor jeito de conseguir um namorado novo é já ter um namorado. Então, deixa eles acharem que a gente tá junto. Talvez você dê sorte hoje; pegando o assassino e pegando em outras coisas também.

Sorrio, me acomodando com confiança dentro da jaqueta larga, minhas mãos quase não saindo pelas mangas.

— Você é um lixo, sabia?

— Eu sei, gata.

Ele me dá uma piscadela e nós descemos até a multidão com nossas cadeiras e mantas. O lugar está lotado, mas, com Cole conduzindo o caminho cheio de confiança, as pessoas se dispersam à nossa frente, principalmente o quarteto de Flopades na beirada do gramado: Benny, Theo, Lucy e Mike — *sem Grover*. Faz sentido. Se Grover não conseguiu ir para o colégio, por que

SUAS NOITES SOLITÁRIAS ACABAM AQUI   121

encararia Mooncrest sozinho depois de perder Gretchen, sua companheira das Noites de Cinema?

Pelo menos não terei que esbarrar com meu ex hoje e, sabendo o que sei sobre Leo, é melhor mesmo que Grover mantenha distância deste lugar.

— ARRASEM, MONAS! — grita Lucy enquanto passamos.

Ela está impecável, toda vestida para a primavera com seu suéter lilás. Benny e Cole acenam um para o outro, mas, quando Cole passa por ele, acidentalmente deixa cair um pouco de energético batizado na manta do grupo.

Theo percebe e rosna:

— E nem pede desculpa!

Embrulhado feito um esquiador com sua jaqueta puffer vermelha, Mike aconselha com educação:

— Olha onde pisa, Dearie!

Deixamos o grupo de Flopades para trás enquanto Lucy narra nossa saída como se estivéssemos numa passarela.

— OLHA O CLOSE, OLHA O CLOSE DOS ATRASADOS. SERVINDO LOOKS E DERRUBANDO BEBIDAS.

Enquanto Cole e eu procuramos um espaço vago, a projeção exibe trailers de ficção científica dos anos 1950 no paredão do mausoléu. Metade das pessoas não presta atenção — elas estão rindo, berrando e jogando pipoca umas nas outras —, enquanto a outra metade parece hipnotizada pela estética retrô dos filmes.

— QUANDO O HORROR TERRÁQUEO ENCONTRA O HORROR ESPACIAL! — grita o narrador do trailer. — FRANKENSTEIN CONTRA O MONSTRO ESPACIAL!

Cole e eu amamos tanto esse lixo de filme que quase perdemos o equilíbrio assistindo ao trailer.

Nem nos formamos ainda, mas já estou tomado pela nostalgia de tudo o que vou perder. *Melhores amigos para sempre.* Depois de ignorar meus sentimentos, atravesso a multidão. Minha cabeça segue erguida, procurando pela barba branca de Leo, mas todos ao nosso redor são jovens demais. Em — aninhada embaixo de um cobertor com quatro amigas líderes de torcida — me vê, e acenamos um para o outro. É legal encontrar um rosto amigável.

O mesmo não pode ser dito sobre o rosto que vejo em seguida: Agente Astrid Astadourian. Mas parece estar aqui por diversão, não a trabalho. Uma mulher com as maçãs do rosto bem altas, pele marrom-clara e cabelos pretos longos e reluzentes, ela veste calça jeans e camiseta, e uma jaqueta de suede maravilhosa. Um jovem rapaz que não reconheço, negro de pele clara e um bigode grosso, divide a manta com ela.

— Frankie, Cole — cumprimenta ela, com uma simpatia reservada.

Cole e eu trocamos um olhar rápido antes de nos virarmos para ela com um sorrisão.

— Agente Astadourian — digo, fazendo uma continência boba e rapidinha. — É sua primeira vez aqui em Mooncrest?

Ela sorri.

— Sua mãe me disse que eu precisava vir pelo menos uma vez. Dizem que o Ray Fletcher é uma figura!

Leo é quem financia o cinema em Mooncrest, mas Ray Fletcher faz a curadoria e apresenta os filmes. Ele é um ícone local amado por todos — tipo um Tom Hanks desconhecido —, e as Noites de Cinema só são o que são por causa do carisma dele. No ano passado, ele nos convidou para conhecermos a cabine de projeção e conversarmos sobre filmes. Foi a primeira pessoa para quem Cole e eu contamos sobre nossos planos de nos mudarmos para Los Angeles.

O plano pode continuar de pé. Cole só vai fazer uma paradinha em Nova York primeiro.

Meu melhor amigo e eu murmuramos algumas cordialidades para Astadourian e nos retiramos dali. Se Leo for mesmo Mr. Sandman, ele terá que atacar com uma agente do FBI por

SUAS NOITES SOLITÁRIAS ACABAM AQUI 123

perto. Mas Mr. Sandman já está há meio século enganando o FBI, então a agente A.A. tem um trabalho difícil pela frente.

Em breve o filme vai começar e ficará escuro demais para enxergar. Precisamos achar um lugar logo para podermos procurar pelo Leo.

— Tô morrendo de fome — resmunga Cole, de um jeito sinistro, como se a fome dele representasse uma ameaça iminente.

No papel de quarta mãe autointitulada de Cole (minha mãe é a terceira), não consigo conter o instinto de cuidar do meu bebê. Algumas mantas à frente, avisto o fio de pisca-piscas que marca a barraquinha de lanches.

— Vou pegar pipoca — digo. — Vamos só achar um lugar.

— Que dona de casa fofa que você é, Dearie — comenta uma voz fria, vinda do chão.

Meu coração para.

Não pode ser. Não acredito que Grover está aqui.

Mas aqui está ele, rosnando. No chão, Grover está todo esparramado de lado sobre a manta, como se fosse um gato. Ele semicerra os olhos enquanto bebe uma garrafa de uísque Fireball.

— Hum… seus seguranças sabem que você está aqui? — pergunto, apavorado por o terem deixado sair.

Grover ri.

— A equipe da sua *mamãezinha*? Sim, eles sabem. Estão lá no fundo. Mas não é como se eu confiasse neles ou na sua mamãe para fazerem qualquer coisa.

Outro soco no estômago. É chocante ouvi-lo falar com tanta rispidez. Ele não era… *desse* jeito. Principalmente quando a gente namorava. Apenas — o pensamento me vem à mente — durante o término, que ainda estou tentando processar.

Talvez esse seja o lado de Grover que ele mostrava para Cole, quando eu não estava por perto.

É horroroso.

Aperto a jaqueta de Cole com mais força ao redor do corpo e abro outro sorriso educado.

— Fico feliz que você tenha saído de casa, Grover. Mais feliz ainda com seus seguranças aqui.

— Até parece que você se importa — rosna Grover, bebendo mais um gole de uísque. Ele olha para Cole, atrás de mim, e seu sorriso vacila. — Mudou o cabelo, é? Não gostei.

— Ai, não! Eu tava tão preocupado com sua opinião! — zomba Cole.

— Vamos embora — digo, semicerrando os olhos para Grover e puxando Cole para longe de um confronto quase certo.

Infelizmente, um grupo de pessoas interrompe nosso fluxo, lideradas por Justin Saxby. Com um visual despojado, ele veste um moletom verde-esmeralda e boné virado para trás, equilibrando dois copos cheios de uma bebida fumegante.

— Aqui, amor! — chama Grover.

Cole e eu trocamos olhares surpresos enquanto Justin entrega um dos copos para Grover antes de se aninhar ao lado dele.

— Cidra pra você — anuncia Justin, todo animado.

Grover dá um beijo nele e despeja o resto do uísque dentro do copo.

— Vocês não estavam de saída? — pergunta Grover, me encarando e bebericando de seu copo. — Enfim, já conhecem meu novo namorado?

Justin abre um sorriso presunçoso, mas eu sinto que estou ficando vermelho de tanta humilhação. Novo namorado? Passei o dia inteiro me martirizando, achando que Grover estava deprimido demais para sair de casa, acreditando que seria alvo fácil para o Sandman, mas ele já está agarrado com esse namorado que mais parece um irmão gêmeo dele?

— Oi. — É tudo o que consigo dizer.

— Namorado novo? Já? — Cole ri. — Que falso... quer dizer, rápido.

SUAS NOITES SOLITÁRIAS ACABAM AQUI **125**

Um "HA!" muito alto explode, saindo do meu peito. Grover se levanta da manta, tremendo de raiva — ele notou minha jaqueta, a jaqueta de Cole.

— Você está usando a jaqueta de basquete *dele*? — Grover fecha a cara para mim, como se eu fosse a última pessoa do mundo que merecesse vestir aquilo.

Aperto o casaco com mais força e me pego usando desculpas apressadas para me justificar:

— Bem, estava frio…

— Você é um traidor, eu sabia! — O olhar devastado de Grover me atravessa, e meu peito entra em chamas. Essa merda de novo não. Todos ao nosso redor se viram para observar os lábios trêmulos de Grover. — Depois do que *ele* fez comigo. E com a Gretchen.

Estou sem ar. Grover está acusando Cole de o ter atacado — *e assassinado alguém* — na frente de todo mundo… quando ele *sabe* que Cole não teve nada a ver com aquilo. Quando ele *sabe* que isso pode acabar levando Cole para a cadeia ou coisa pior. *Esse merdinha.*

— Seu MENTIROSO… — começo, mas Cole já está pulando em cima de Grover.

Porém, meu ex também é bom de briga. E tem arranhão, tapão e tudo mais. Até Justin entra na confusão, tentando afastar Grover e empurrar Cole para longe. Mas Cole desvia rapidinho. Dou um passo para trás, apavorado. Não quero que Cole se machuque, mas parte de mim não quer interromper a briga. Parte de mim que ver Cole comer na porrada esse moleque que fez com que a polícia, o FBI e metade da cidade tratassem meu melhor amigo como um criminoso. Mas Grover é um sobrevivente famoso e todo mundo sabe que Cole é uma pessoa sob suspeitas, então isso aqui com certeza vai dar ruim. Só vai parecer que Cole está atacando sua vítima de novo. Olho ao redor procurando por ajuda, mas as pessoas só assistem sem fazer nada, assim como eu. Meu corpo se recusa a se mover.

Grover e Justin dão mais alguns bons golpes, arranhando qualquer parte de Cole que conseguem alcançar, enquanto ele revida — *Vou te pegar, seu filho de uma puuuutaaa, você arranhou meu carro!* — antes de eu me meter no meio e finalmente tirá-lo da briga.

— Para, não vale a pena! — grito.

Todos os olhos estão na gente. Grover se acaba de chorar e pressiona a mão contra o arranhão em sua bochecha, enquanto Justin cuida dele. O peito de Cole sobe e desce numa respiração ofegante.

— Cole, tá tudo bem? — pergunto.

— Nem vem — alerta ele, se afastando. — Eu só... só preciso ficar sozinho.

Mais uma vez, a multidão abre caminho para Cole, mas agora por medo. Do que ele pode fazer. Ninguém sabe que, na verdade, Grover é o agressor.

Meu coração se parte ao ver meu amigo se afastar. Porém, quando uma pessoa extrovertida como Cole diz que precisa ficar sozinha, ela precisa ficar sozinha.

Borbulhando de raiva, ando em direção ao meu ex, que continua perdido em sua performance de coitadinho. Ao ver minha fúria, Justin chega para trás e Grover para de fingir que está chorando.

— Fico feliz que você esteja namorando — digo. — Feliz porque não sou mais responsável por você. — Aponto para Justin, que está bebendo um gole de cidra. — Espero que Justin aproveite essa noite com você, mas sabendo que, na minha opinião, você não está em condições de namorar ninguém agora. Você precisa resolver suas próprias merdas. Mr. Sandman não vai te dar um passe livre.

Encaro o olhar magoado e vidrado de Grover.

— Quer saber? Eu me sinto tão *livre* agora — confesso, deixando as palavras saírem. — E eu estava me culpando por me sentir livre, mas não preciso disso. Você está... bem. Como o

Cole falou, você só quer atenção. — Meus lábios tremem; essa fúria é avassaladora. — Fiz a coisa certa. Terminei com você na sua frente. Podia ter te ignorado nos corredores, fingido que você não estava mais ali. Mas não fiz isso. Meu único crime foi não querer mais ficar com você.

Não sinto tristeza alguma. Só força.

Grover não arruma coragem para me encarar e seu rosto metido se transforma numa máscara de dor — quase como a máscara teatral.

— Não foi seu único crime — sussurra ele, tão sinistro que perco o ar. Ele me mostra uma mensagem no celular. — Você me matou.

Na tela, há uma mensagem com a data de ontem à noite, enviada por um número desconhecido.

As palavras gelam meu sangue: SUAS NOITES SOLITÁRIAS ACABARÃO EM BREVE.

CAPÍTULO DOZE
Cole

Adolescentes idiotas! Juro, eu deveria ter trinta anos, mas estou preso nos dezoito.

Essas palhaçadas juvenis infinitas e sem sentido... é tudo tão insignificante.

Se Grover continuar perdendo a linha comigo, ele será um problema. Não sei o quão longe aquela gayzinha imatura está disposta a ir.

Atravessando a multidão em Mooncrest, aperto o arranhão que está ardendo no meu antebraço. Não é tão profundo, mas, ainda assim, Grover tirou sangue de mim. Eu deveria saber que um dia ele faria uma coisa dessas.

Depois de respirar fundo para me acalmar, ainda não estou no clima para assistir ao filme. Viemos aqui para investigar Leo Townsend, e não para beber cidra, então procuro a única pessoa que saberá onde posso encontrar Leo *e* tem zero interesse na choradeira do Grover Kendall: Ray Fletcher, o gerente de longa data de Mooncrest.

Perto do fundo da arena, dentro da cabine de projeção, vejo Ray mexer no rolo de filme da exibição de hoje. É mais um apartamento de projeção do que uma cabine, com paredes de compensado cheias de pôsteres emoldurados de filmes de perseguição antigos, como *Corrida contra o destino* — que Dearie e eu adoramos, apesar dos gays caricatos da era das discotecas que nos fizeram morrer de rir.

Ray tem uma certa tendência de escolher filmes que tratam gays como palhaços.

Ou talvez seja só algo comum em filmes de suspense.

Ele é um homem branco amigável, com uma vibe meio Fred Rogers, em seu terno cinza amarrotado. Ano passado, ele deu para mim e Dearie a permissão de passar aqui quando quiséssemos, e a gente se aproveita bastante disso.

Quando Dearie começou a namorar Grover — e minha irritação com meu melhor amigo crescia exponencialmente —, eu costumava vir até aqui sozinho. Ray era meu refúgio das suspeitas de Mr. Sandman e de todo o drama do colégio. Por um tempo, ele foi a única pessoa além das minhas mães a saber sobre meu plano secreto de ir para Nova York.

Eu odiava esconder as coisas de Dearie, mas é tão legal a sensação de ser adulto e imaginar um futuro livre dessa merda toda.

— Frankie não vem hoje de novo? — pergunta Ray, me chamando para ocupar a cadeira vazia embaixo de um pôster de Ennio Morricone conduzindo uma orquestra de cinema.

— Ele veio — digo, me sentando. — Só está... ocupado com um certo drama.

Ray ri, mas não pergunta mais nada enquanto coloca suas luvas brancas para mexer no rolo de filme.

— Pode tirar esses papéis da mesa, por gentileza? — Sendo bem desorganizado, a mesa de trabalho de Ray vive cheia de panfletos, jornais e recortes de papel. Pego tudo enquanto ele se aproxima da mesa. — Não repara na bagunça! Faz um tempo que ninguém me visita. Por onde você tem andado?

— Resolvendo umas paradas — respondo, me segurando para não me expor demais. — Tentando manter a cabeça longe do Sandman.

Ray emite um som de compreensão enquanto trabalha. Usando as luvas, ele coloca carinhosamente o rolo de filme antigo no projetor mais antigo ainda. Esse palácio cinematográfico me energiza; quando estou aqui, consigo visualizar minha nova vida. Os filmes que irei fazer. As ferramentas que irei usar para criá-los. Estarei a quilômetros de distância desta cidade e do povo mesquinho daqui. E talvez, com sorte, Dearie e eu iremos nos reencontrar e nos tornar os colaboradores criativos imbatíveis que estamos destinados a ser.

Em breve. Depois que capturarmos Mr. Sandman.

Um segundo projetor, este digital, continua rodando trailers de ficção científica dos anos 1950, enquanto os convidados lá fora devoram suas bandejas de frios.

— Você vai gostar do filme de hoje, loirinho — declara Ray, colocando o primeiro rolo no lugar. Junto as mãos e me estico para a frente, para ler a etiqueta na lata do filme: *Blue Stalker*. Suspiro de felicidade. Ele sai de trás do projetor e dá uma piscadela. — Essa molecada não tem noção do que espera por eles, né?

— Não mesmo! — grito, dando pulinhos na cadeira.

Blue Stalker está no meu top cinco filmes favoritos. Sem dúvida, é meu suspense favorito. 2003. Catherine Zeta-Jones e Brittany Murphy (*descanse em paz, diva!*) são amantes. czj é do tipo mandona no trabalho mas entediada na cama, presa com um marido sem graça e um enteado terrível. Então ela conhece o espírito livre da Brittany Murphy (infelizmente, uma *maniac pixie dream girl*, um dos clichês mais problemáticos da época, mas Brittany consegue apresentar uma performance cheia de nuances). Resumindo: czj acha que é só um lance, Brittany acha que é amor e, então, um remake muito mais intenso de

Atração fatal se desenrola no qual Brittany persegue todo mundo que se aproxima da vida das duas.

Nunca consegui convencer Dearie a assistir a essa pérola do início do cinema *queer* moderno e agora não tem para onde ele fugir! A noite já está melhorando.

— Você tá bem, garotão? — pergunta Ray, puxando uma cadeira para perto de mim. Sem perceber, eu estava massageando os arranhões vermelhos que Grover deixou no meu antebraço. Quando abaixo a manga da camisa para cobrir, Ray inclina a cabeça. — Como isso aí aconteceu?

Dou de ombros.

— Foi só... — Mas Ray emana uma energia tão calma, livre de julgamentos, que não preciso mentir. — Grover Kendall.

Ele arqueia as sobrancelhas.

— Ai, não! Você é um Groversomen agora!

Solto uma risada.

— Sim, na próxima lua cheia vou me transformar em um bebê chorão — digo. Depois, desvio o olhar; aquilo soou mais cruel do que eu pretendia.

— Ele estava chorando? Antes ou depois de te arranhar? — Ray sorri, mas há um fundinho de verdade ali. Ele não quer que nenhum de nós se machuque.

Solto um grunhido. *Droga*. Eu não queria falar sobre isso.

— Ele está bem, relaxa.

— Bom, me preocupa saber que você andou brigando com o garoto que pode acabar te mandando pra cadeia por tentar matá-lo. — Um protesto chega na ponta da minha língua, mas Ray ergue uma das mãos com calma. — Você não teve nada a ver com aquilo, não foi isso que eu quis dizer. Só quero que você tome cuidado. Morei a vida inteira em Stone Grove e sei como as pessoas daqui espalham boatos horríveis como quem espalha gripe.

Mais uma vez, solto uma risada aliviada.

— Nem me fale. — Olho ao redor, para este mundo pequeno porém fantástico que Ray Fletcher criou para si mesmo. Nunca o vi com outra pessoa nem nada do tipo. Como ele escapou do frenesi de Sandman? — Você se sente solitário às vezes?

— Ah, você acha que eu sou o próximo? — Ele dá uma piscadela e toma um gole de café. — Não. Cheguei a ser casado, mas durou pouco. E já superei. Gosto da minha vida agora, e faço o que amo. Quero que Mooncrest seja um lugar onde todo mundo deixe os problemas lá fora. Afinal, a vida é curta demais para se preocupar com a solidão.

Energizado, ajusto a postura.

— Concordo! Sei que é meio merda dizer isso, mas às vezes eu só queria que algumas pessoas fossem mais fortes, entende?

Ray assente, com uma pontada de tristeza.

— Entendo. Nem todo mundo seria capaz de passar pela perseguição pública que você passou e ainda assim vir pra cá se divertir.

— Pois é — murmuro, acariciando meu braço arranhado e desejando uma pizza de pepperoni para afogar as mágoas.

Atrás de mim, a porta capenga da cabine de projeção é aberta com um rangido agudo e eu me empertigo. Leo Townsend entra com sua barba branca para se juntar ao Ray à mesa dele. Enquanto o terno de Ray é cinza e amarrotado, o de Leo é cáqui e perfeitamente alinhado. Leo se joga na cadeira com tanta força que sinto o impacto do peso dele sob meus pés.

— Cole, você conhece meu amigo Leo? — pergunta Ray.
— A esposa dele... — Leo resmunga e Ray se corrige. — *Ex-esposa* trabalha no seu colégio.

Minha voz sobe umas três oitavas.

— Sra. Drake! Eu te vi lá esses dias... — Meu coração para enquanto os dois me encaram, sabendo muito bem de qual dia estou falando. — No, hum... no dia em que a polícia foi lá no colégio.

Parecendo triste, Leo volta sua atenção para o copo de café.

SUAS NOITES SOLITÁRIAS ACABAM AQUI **133**

— Sinto muito pelos seus amigos. Sei bem como é.

Abro um sorriso sem graça. Como eu respondo? *Eu sei que você sabe! Você é o culpado?* Porém, a expressão dele parece tão triste e... cansada. Ele foi suspeito por um breve momento. *Sei bem como é.* Será que ele estava dizendo isso de maneira ainda mais literal? Será que ele sabe quem eu sou e do que estou sendo acusado? Daqui a cinquenta anos, se eu ainda estiver lidando com Mr. Sandman, será que vou parecer exausto desse jeito?

— Como vocês dois se conheceram? — pergunto, bancando o inocente.

— Leo comanda o Mooncrest comigo — responde Ray, batendo no ombro de Leo como um amigo de longa data. — E olha que mundo pequeno... a Tabatha, sra. Drake, é minha filha.

Tá bom, *isso* eu não sabia.

— Oi? — pergunto. — Frequento sua cabine esse tempo todo e você nunca disse nada?

— Não nos falamos muito. Ela pegou o sobrenome da mãe.

— Ray dá uma risadinha frouxa, como se ser abandonado pela própria filha fosse apenas mais uma volta imprevisível na montanha-russa da vida. Ele dá um soquinho no ombro de Leo. — Agora temos muito mais em comum.

Os dois homens riem com amargura. A situação faz minha pele formigar. É como ver Dearie e eu daqui a cinquenta anos, se continuarmos colecionando esse monte de merda que vem acontecendo com a gente.

Encarando o copo de café, Leo sussurra, como se estivesse sozinho na sala:

— Isso já deveria ter acabado. Mas está começando tudo de novo e eu estou perdendo tudo...

Você já viu um homem velho chorar? É BIZARRO.

Leo desaparece em seus espasmos silenciosos de luto, as mãos trêmulas derrubando café no chão. Sem palavras, sigo para a porta enquanto Ray se ajoelha para abraçar o amigo. Com um suspiro triste, Leo me encara com seus olhos vermelhos.

— Sei que não foi você — murmura ele. — Nunca é a pessoa que eles dizem que é.

— Leo, vamos deitar um pouco — sugere Ray antes de se virar para mim. — A festa acabou, Cole.

Mas não consigo me mexer.

Leo continua olhando para mim, encarando minha alma, enxergando todas as noites solitárias que passei por causa de Grover e de Mr. Sandman.

— Não confie em ninguém! — grita Leo. — Independentemente de quem seja, ele já está na sua vida. Você precisa tomar muito cuidado. — Ele é tomado pelas lágrimas. — Fui tão cuidadoso...

— Leo, *pare!* — exclama Ray, sacudindo os ombros do amigo. — Cole já passou por muita coisa. — Ele se vira para mim.

— Sinto muito. Só vai piorar, você precisa ir embora.

Pedindo licença, saio rumo à noite fria e volto a respirar.

— O MONSTRO ATÔMICO! — grita o narrador do trailer de ficção científica.

— *Eu não quero mais* CRESCER! — berra o gigante, alto como um prédio.

Jesus amado. *Mandou bem, Cole.* Agora estou mais assustado do que nunca.

Mando mensagem avisando a Dearie que encontrei Leo. O jeito como ele chorava... simplesmente não parecia ser ele. Mas meu sinal está fraco demais e a mensagem não é enviada.

Será que Leo é outro caminho sem saída na busca por Mr. Sandman? Ou aquilo não passou de uma performance feita pelo grande mestre da manipulação e do espetáculo?

Se foi atuação, ele merece um Oscar.

Preciso me sentar. Grunhindo, guardo o celular, pego minha manta e as cadeiras, e volto para a plateia. Dou algumas voltas pelo lado de fora da multidão sufocante. Uma fila infinita de pessoas espera para usar os banheiros químicos — no meio da fila está Theo, usando uma gravata-borboleta com luzes LED nas cores do arco-íris, e Em, que está tremendo de frio enrolada num cobertor vermelho.

Enquanto esperam, elus jogam Adivinha Qual Celebridade Eu Sou. Em segura o celular na frente da testa, onde está escrito "Rachel McAdams". Theo e Em começam a rir enquanto Theo aparentemente falha — de novo — em dar pistas decentes.

— Não sei quais outros filmes ela fez! — exclama elu.

A porta de um dos banheiros é aberta e é a vez da Em, que tira o cobertor dos ombros, revelando um top brilhante decotado e uma minissaia.

— Segura pra mim rapidinho?

Theo pega o cobertor com satisfação e, enquanto Em sai, elu dá uma encarada nela. Flopade safadinhe!

Enquanto Theo espera, elu ensaia chamar Em para sair.

— Vai fazer o que depois daqui? Tem planos pra amanhã?

Sorrindo, marcho pela fila do banheiro, parando ao lado de Theo para sussurrar ao seu ouvido:

— Em gosta de babacas.

Theo solta um gritinho de susto. Seus olhos se enchem de alívio ao perceber que sou eu, não uma máscara teatral.

— E como você sabe disso? — pergunta elu.

— Porque ela deu em cima de mim, e eu sou um babaca. De um Lixo para outro, é só continuar mantendo seu jeitinho horrível e controlador que o sim é garantido. — Dou uma piscadela. — Ou talvez ela só esteja querendo namorar gente rica.

— Que breguice se autodenominar rico.

— Que *breguice* fingir que não é.

Theo solta um grunhido mal-humorado, mas não consegue negar que estou certo. Nos Tempos Antigos, quando o Clube Queer era um lugar de amigues, Theo costumava dar festas na casa delu, nitidamente desesperade para fazer amizades — a ponto de achar que seria legal contar para todo mundo que a mãe delu era parte da equipe da Senadora Sinema, mais uma Queer Horrorosa. Metade da turma não a conhecia, e a outra metade passou o maior pano para a família delu. Dearie e eu decidimos manter a amizade e aproveitar a coleção de carros antigos e as bandejas enormes de charcuteria da família. E, embora Grover vivesse falando mal delu para a gente, eu nunca conseguiria odiar Theo. Elu só era... ruim em fazer amizades, então era inevitável sentir pena.

O sorrisão que elu abria sempre que aparecíamos em alguma festa, como se pudesse enfim respirar, como se não precisasse mais se esforçar tanto... Óbvio, Dearie e eu sempre demos a nossa bênção, para que elu pudesse descansar daquela busca incessante por amizades.

Ignorando meu desdém pelo presidente da Floplândia, torço para que elu consiga um "sim" de Em.

É assim que vou conquistar minha inocência — fazendo boas ações por qualquer Flopade que não se chame Grover Kendall.

Atravesso a multidão e outro rosto familiar reaparece caminhando na direção oposta: Benny. Segurando um pacote de pipoca pela metade, ele me vê, para e acena.

— Oi, Benny — digo, com doçura.

Apesar das espinhas no rosto e da risada nervosa capaz de estremecer janelas, Benny é bem gatinho. A bondade dele e da família dele tem sido um refúgio para mim, mas há algo no Benny que machuca meu coração. A existência dele irradia tristeza (ou solidão?) de um jeito que é quase palpável. Ele veste a mesma camiseta larga da Marvel por dias seguidos e, às vezes, encontro alguns flocos de caspa no cabelo preto e cacheado dele. Talvez eu possa retribuir todas as refeições gratuitas no restaurante da família dele com uma consultoria de moda. Outra boa ação!

— Não comentei mais cedo, mas gostei de você loiro — confessa Benny, com timidez. Rindo, passo a mão pelo meu

SUAS NOITES SOLITÁRIAS ACABAM AQUI   137

cabelo curto, que parece estranhamente leve depois de tantos anos usando um cabelão. Ele tenta sorrir. — Você ficou parecendo... um homem. Cadê o Dearie?

Sem querer pronunciar o nome de Grover, dou de ombros.

— Ele tá por aí. Já ia começar a procurar por ele. Achei que você estava com o grupo de Flo... com seu grupinho.

— Vou buscar uns lanchinhos.

— Eu também! Tô morrendo de fome. Deveria ter pedido uma segunda rodada do guacamole da sua mãe. — Uma chave vira na minha mente e me vem a ideia de matar dois coelhos com uma cajadada só: um jeito de acalmar meu estômago e consertar meu carma por ter gritado com Benny. — Ei, já que você também está com fome, quer dar um pulo na Lanchonete do Stu para pegarmos uns hambúrgueres? É só um minutinho de carro daqui! Você aproveita e dá uma segunda voltinha na Julieta.

Benny fica boquiaberto.

— Duas vezes no mesmo dia? Que luxo!

— Desculpa, você provavelmente quer voltar pro seu grupo — digo.

Benny deve ter recebido ordens do Rei do Grupo de Flopades para não ir a lugar algum sozinho comigo, o assassino perverso! Ainda assim, ele saltita de um jeito ofegante que só consigo descrever como apaixonadinho.

— Deixa elus pra lá! Vamos!

— Tem certeza?

Benny morde o lábio.

— Você não vai me matar, vai?

— Não te matei antes.

Benny sorri.

— Mas agora está escuro.

— Bem... — Me aproximo, tocando a cintura dele. — Só tem um jeito de descobrir.

CAPÍTULO TREZE
Dearie

Julieta não está mais no estacionamento de Mooncrest. Cole foi embora.

A única coisa que me impede de desmaiar de estresse é a certeza devastadora de que devo ser a única pessoa capaz de impedir o próximo assassinato de Mr. Sandman. Tento ligar para minha mãe de novo — já que este é o único lugar nas redondezas com sinal —, mas a chamada não completa. Olho ao redor, procurando pela Agente Astadourian —, mas não a encontro mais agora que as luzes dos refletores diminuíram.

A ameaça de morte que Grover recebeu — meu maior medo — chegou na noite de ontem. Estamos literalmente na vigésima quarta hora desde que foi enviada. E Mr. Sandman nunca perdeu o prazo de vinte e quatro horas. A próxima morte pode chegar a qualquer minuto.

Mr. Sandman está aqui.

Depois de me mostrar a mensagem, Grover se recusou a sair do cemitério, dizendo que estar cercado por tanta gente fazia com que se sentisse mais seguro. Ele me mandou deixá-lo em paz, enquanto Justin rosnava dizendo que poderia protegê--lo muito melhor que eu. Sou magrelo feito a Wandinha, e ele é um machão musculoso. Horrorizado demais para questionar Justin sobre suas opiniões a respeito do que é masculino ou feminino, implorei para que Grover fosse embora até meu ex lançar o golpe fatal: "Você teve sua oportunidade de me salvar e jogou no lixo."

Se alguma coisa acontecer com Grover hoje, vou me lembrar dessas palavras para sempre.

Mas nada vai acontecer — eu não vou deixar.

Finalmente, quando o sinal fraco retorna, um monte de mensagens do Cole chega ao mesmo tempo.

> **Cole:** Me sentindo melhor. Fui até a cabine do Ray e encontrei você-sabe-quem. Acho que não é ele. O cara teve um colapso nervoso quando me viu. Estava apavorado com tudo o que voltou a acontecer. Aliás, vc sabia que o Ray é pai da sra. Drake?
>
> **Cole:** Encontrei o Benny. Vamos pegar uns hambúrgeres lá no Stu. Volto daqui a pouco. Quer alguma coisa?
>
> **Cole:** Espero que vc esteja bem. Grover vai ficar bem. Ele é problema do Justin agora.

Resmungando sozinho, respondo rápido para ele, contando sobre a mensagem que Mr. Sandman enviou para Grover e pedindo para que volte CORRENDO. *Esquece o hambúrguer!* Mr. Sandman está prestes a atacar e eu preciso do Cole aqui — não para me proteger, mas para que ele esteja na frente de dezenas de pessoas caso *algo* aconteça. Talvez Benny seja um álibi forte, mas prefiro ter essa multidão como testemunha.

Porém, nada vai acontecer. Vamos impedir isso.

Enquanto ligo de novo para minha mãe, meus dedos tremem tanto que mal consigo segurar o celular.

Desta vez, ela atende.

— Encontre a Astadourian — diz ela depois que explico a situação. Ela está se esforçando para manter a voz calma.

— Tentei procurar por ela, mas está escuro por causa da exibição do filme — respondo. — Mãe, você precisa vir agora. Já faz quase vinte e quatro horas que Grover recebeu a mensagem. Liga pros seguranças do Grover. Ele disse que os caras estão aqui, mas não estou achando ninguém.

Minha mãe solta um suspiro ruidoso.

— Frankie, o Grover mentiu. Ele saiu escondido. Acabei de falar com os seguranças. Ainda estão na casa dele, muito longe de Mooncrest.

Meu estômago se revira.

— Merda…

— Essa garotada ainda vai me matar. Você *tinha* que ir pra Mooncrest hoje? Beleza, vou te dizer uma coisa para sua proteção, mas você não pode contar *pra ninguém*. Tem um homem no cemitério…

A culpa toma conta do meu peito, mas confesso mesmo assim.

— Leo. Eu sei. O Cole também sabe.

— *Frankie!*

— A gente achou que poderia ajudar…

— Tô no carro, indo até vocês. — Ela nem soa furiosa, apenas apavorada. — Não chegue perto do Leo. Não procure pelo Grover. Encontre a Asta…

O resto da frase é interrompido pelo sinal fraco em Mooncrest.

— Não posso abandonar o Grover!

— Se você… procurar… Grover… dois morrem!

Então a ligação cai. Estou sem sinal. O silêncio do estacionamento do cemitério me atinge em cheio. Mal consigo escutar as risadas de todo mundo enquanto o trailer do filme da semana que vem começa — *Guerra Entre Planetas* —, outro sucesso de ficção científica dos anos 1950.

— UM PLANETA DESTINADO À DESTRUIÇÃO — conta o narrador. — ENQUANTO TERRÁQUEOS CATIVOS LUTAM POR SUAS VIDAS!

Fecho os olhos para aquietar meu peito. *Gretchen — morta*. *Aquele escritor — assassinado perto de Mooncrest. Paul — morto antes de poder ajudar Cole.* Agora Grover é o próximo. Mr. Sandman está por perto, pronto para mais um banquete. O medo me consome, mas abro os olhos com uma missão em mente: *encontrar Astadourian.*

Meus pés voam, independentes do meu cérebro, que já está congelado e vazio. Mal chego na beirada da arena quando um um borrão alto e verde passa por mim. *Justin!* Com seu moletom verde e o boné virado para trás, ele corre pelo portão principal como se alguém o estivesse perseguindo. Corre tão rápido que só o vejo deixando um rastro de poeira no ar enquanto procura pelo carro.

Grover está sozinho.

— JUSTIN! — grito, balançando os braços dentro da jaqueta larga de Cole. — Cadê o Grover?!

O farol da 4x4 de Justin acende e ele arranca com a caminhonete, sem desacelerar ou parar. Em menos de três segundos, já está na estrada rumo a Stone Grove.

— QUE MACHÃO, HEIN? — grito, com uma fúria orgulhosamente *afeminada.*

Um exemplo inacreditável de coragem por parte do membro mais masculino do Clube Queer. Justin escapa tão rápido que deixa marcas de pneu no chão. E como Cole já deu no pé para aproveitar a noite para comer hambúrguer (e provavelmente comer o Benny), agora está tudo nas mãos da gata, ou seja, euzinha.

Olho para todos os lados em busca da agente A.A., atravessando a multidão e pisando no piquenique das pessoas enquanto Ray Fletcher sobe ao palco para apresentar o filme. Pratos, toalhas, garfos e facas — pisoteio tudo.

Então, do nada, duas mãos fortes me seguram pelos cotovelos.

Eu grito. Ele grita. Uma garota perto da gente também grita.

No escuro, o garoto de vermelho me agarra antes que eu caia.

— Foi mal, Dearie, mas você ia atropelar a gente! — sussurra Mike, embrulhado até o pescoço numa jaqueta puffer vermelha.

Solto um suspiro de alívio. É só o grupo de Flopades.

— Tá tudo bem, querido? — sussurra Lucy, abraçando o suéter lilás com força. Os dois carregam baldes de pipoca quentinha.

— E-eu tô bem — gaguejo. Quero gritar "Por favor, saiam da minha frente!", mas então me dou conta: quanto mais gente, melhor. — Venham comigo — murmuro. Mike chega mais perto, curioso. — O assassino está por aqui.

Mike empalidece.

— Grover... — sussurra Lucy, apavorada.

Balanço a cabeça em negativa.

— Ainda não. Mas tem uma agente do FBI aqui. Me ajudem a encontrá-la.

Com a equipe de busca maior, nós atravessamos a multidão enquanto os créditos de abertura de *Blue Stalker* começam. Passamos por um grupo de líderes de torcida, já entretidas com o filme, mas todas têm cabelo escuro. Nenhum sinal do cabelo prateado de Em. Sem as luzes acesas, a vasta escuridão de Mooncrest Valley engole a arena, e o planalto à distância desaparece por completo. Mas sei que ele ainda está lá, à espreita.

Assim como Mr. Sandman. Sempre presente. Sempre observando.

Falando no diabo...

Uma barba branca reluzente aparece no escuro, a três mantas atrás de nós. Leo Townsend, num terno de alfaiataria, está recostado na cabine de projeção. O brilho da ponta do cigarro ilumina sua feição — pálida e enrugada —, que depois desaparece atrás de uma nuvem de fumaça.

Cole acha que não é ele, mas, PUTA MERDA, como tem cara de assassino!

Conforme minha mãe instruiu, evito Leo, fazendo uma virada brusca à direita em direção ao centro da arena. Não posso parar de me mover, ou vou ter um treco na frente de Mike e Lucy. Grunhidos e murmúrios irritados nos perseguem até alcançarmos a liberdade. Recuperamos o fôlego na beirada da área de piquenique, com as grades do cemitério a poucos metros de distância, dando de cara com uma lápide antiga: HARROW, 1899. A lápide inteira está apodrecida, como um biscoito mordido pelas beiradas. Agora que minha respiração se acalmou, o medo retorna.

— Sua mãe está vindo, né? — pergunta Mike, ofegante.

Agarrando meus cachos com frustração, respondo em um grunhido:

— Sim, mas não dá pra esperar. Ela me mandou encontrar a agente Astadourian.

— Então ela sabia que a agente já estava aqui? — pergunta Lucy, se apoiando na lápide.

A pergunta dela dá um estalo na minha mente — Astadourian não estava aqui por diversão. Ela veio ficar de olho no Leo. Se Leo *for mesmo* o assassino — e se a agente estiver de olho nele —, ele não poderá atacar Grover.

Precisamos encontrar Grover primeiro!

— Me sigam — digo. Não preciso pedir duas vezes.

Enfim fora da área lotada de piqueniques, atravessamos rapidamente um espaço aberto até a barraca de lanches, que não fica muito longe de onde Grover estava. Alguns metros à frente, avistamos a luz da área de lanches. É uma tenda de circo com luzinhas amarelas, presa no chão de terra vermelha ao redor de um food truck prateado. O aroma de manteiga derretida está por toda parte e, lá dentro, uma pipoqueira estoura mais uma leva de pipocas.

A luz da tenda deve ser forte o bastante para nos ajudar a encontrar um bom ponto de entrada no fundo da multidão, então caminho adiante, em direção ao ponto mais iluminado, bem embaixo do pisca-pisca. A janela da tenda de lanches está aberta… mas não há ninguém lá dentro.

Meus pés ficam agarrados no chão, se recusando a se moverem. Lucy esbarra em mim. Mike para ao nosso lado — ele é baixinho, largo e quer nos proteger.

— Que foi? — sussurra Lucy.

Não respondo. O peso de um olhar — lá fora no escuro, por trás das grades do cemitério — me atinge. Por perto, uma garota fora do nosso campo de visão solta um ganido.

— Ai, uuhhh…

— Oi? — chamo.

Um suspiro assustado ecoa detrás da tenda, seguido por um *tum* e um *splash*. Mike e Lucy cobrem a boca. Um copo vermelho de Coca-Cola sai rolando de onde tinha vindo o grito, o refrigerante se espalhando pelo chão.

— Merda… — A voz surge mais uma vez, e uma garota corre atrás do copo numa tentativa frustrada de salvar a bebida. Ela está vestindo uma camisa listrada vermelha e branca, e calça jeans azul remendada: o uniforme casual dos funcionários da lanchonete de Mooncrest.

— Tá tudo bem? — pergunto, com a garganta seca de medo.

Ela dá uns passos para trás, com os lábios pálidos.

— Minha amiga… ela… foi pedir ajuda — diz a garota.

— Quem foi pedir ajuda? — pergunta Lucy.

— Minha colega de trabalho… a gente encontrou ele.

Não. Não. Não. Por favor, não…

Uma força invisível me puxa e eu fecho a jaqueta larga de Cole com força sobre o peito — embora nada seja capaz de espantar esse calafrio.

Atrás da tenda, quase invisível sob as luzes, dois pés surgem caídos no chão — uma pequena parte do corpo engolido pelo deserto escuro que se estende para além dos confins do cemitério. A garota sai correndo aos gritos, como se estivesse só esperando nossa chegada para poder entrar em pânico. O restante de nós não grita. Nós nos aproximamos e o corpo ganha forma. Um fio retorcido de arame envolve o pescoço pálido da vítima. A cabeça dele está apoiada numa pedra lisa, num ângulo tão absurdo, tão objetivamente horrível, que ele só pode estar morto.

É o Grover.

Morto.

Aqueles olhos cinzentos e tristes que encarei tantas vezes estão abertos, porém sem vida. O resto do rosto dele é uma mistura sangrenta de dentes quebrados e feridas abertas.

Ele foi mutilado. Sandman ficou furioso.

O ar está preso na minha garganta, mas não faço nenhum barulho. A morte não me abala — minha mãe me ensinou a encarar isso. O que *de fato* mexe comigo é o bilhete: um cartão de papel pardo colocado no peito do meu ex-namorado como se fosse um convite para um jantar. Mike acende a lanterna do celular e a mensagem, escrita em preto, aparece:

SUAS NOITES SOLITÁRIAS ACABAM AQUI. Ao lado das palavras, o desenho de uma máscara teatral.

É o cartão de Mr. Sandman. Cheguei tarde demais.

Agora, sim, nós gritamos.

CAPÍTULO QUATORZE
Cole

Sangue de carne e molho especial escorrem pelo meu queixo enquanto dou uma mordida no cheeseburguer de 150 gramas, enrolado no guardanapo cor-de-rosa clássico da Lanchonete do Stu. Coisa rara. Não costumo pedir mal-passado, mas depois da minha briga com Grover estou me sentindo particularmente sedento por sangue.

A área interna fechou mais cedo, então Benny e eu pegamos uma das mesas de piquenique externas, perto da janela de serviço. Cercado pelo deserto escuro, a poucos metros da estrada solitária, o pequeno Benny Prince se senta sob a luz fria do pátio do Stu e me observa em silêncio, enquanto devoro o hambúrguer. Na mordida seguinte, sinto um sabor amargo trágico, revoltante e familiar.

— Pedi *sem* picles! — murmuro, removendo quatro rodelas de picles e jogando as coisinhas detestáveis em cima de um guardanapo. — Pior que, mesmo depois de tirar, o gosto ainda fica.

— Deixa que eu como isso — diz Benny, mexendo os dedos antes de jogar as rodelas cheias de molho dentro da boca. — Estou comendo seu picles. Que intimidade!

Ele fala com um sorriso tão malicioso que sou obrigado a deixar meu lanche de lado.

— Benito, você é a fim de mim?

Ele sorri, dessa vez olhando para a mesa.

— Todo mundo é a fim de você.

Rindo, dou mais uma mordida suculenta.

— Menos o Grover.

— Grover precisa de um transplante cerebral.

O desdém de Benny por Grover — em contraste com a simpatia fingida que toda a cidade geralmente sente por ele — o deixa mais gato na mesma hora. Ele é tímido, porém confiante. Fica ansioso perto de mim, mas não tenta compensar falando bobagens.

No meio de mais uma mordida, sorrio e digo:

— Você até que é uma boa companhia para alguém que já me chamou de "branco por tabela".

Benny solta uma risada surpresa enquanto come batata frita.

— Eu disse isso? — pergunta ele. Eu assinto. — Quando?

— Numa festa do pijama no sétimo ano. Na sua casa. Você estava falando espanhol e eu não conseguia acompanhar.

Os olhos de Benny cintilam por trás das lentes grossas dos óculos.

— Olha só você, guardando rancor de cinco anos atrás. — Minhas bochechas queimam e ele ri. — Cole, eu só te provocava pra você me notar. Eu gostava de você, mas toda a sua atenção ia sempre pro Dearie.

— E você acha que eu não sabia disso? Eu te conheço. Reparo em você.

Casualmente, tiro o tênis e passo os dedos do pé pela panturrilha de Benny. Ele se empertiga e afasta a perna.

148 ADAM SASS

— Nem pensar. Você vai ter que me levar pra sair antes.

Aponto para os nossos pratos.

— E isso aqui é o quê?

— Um podrão de beira de estrada. Não sou como as suas gatinhas de Tucson.

— Você quer, tipo, um encontro chique e romântico? De casalzinho? Você não sabe como eu sou?

— Você sabe como *eu* sou?

Por baixo da mesa de piquenique, estou tão duro que chega a ser vergonhoso. Benny Prince, o maior nerd de todos, está sentado à minha frente sem nem pestanejar enquanto se defende. É raro, diria que quase impossível, um cara não cair na minha depois que eu dou o primeiro passo.

Estamos num território novo e empolgante.

— Tá bom, eu mereci essa — digo, calçando o tênis de novo e rezando para a pressão dentro da minha calça diminuir logo. Preciso mudar de assunto para algo nem um pouco sexy. Rapidamente, minha mente volta para Mr. Sandman, para uma coisa que vem me perturbando há um tempo. — No dia em que a Gretchen morreu, você chegou a descobrir por que Grover chamou Mike e Justin para o refeitório, mas deixou você de fora?

Benny mastiga uma batata lentamente.

— Nunca achei o momento certo pra perguntar isso, mas fiquei meio confuso, sabe? Conversei com Mike e ele acha que foi porque Grover sabe que eu, sei lá, acho você legal, que talvez eu fosse defender você, já que ele estava precisando de ajuda pra decidir o que fazer com você.

Lambo a ponta dos meus dedos.

— Se Grover estava tão certo de que era eu mandando as ameaças de morte, ele deveria estar doido pra virar você contra mim, não acha?

Benny coloca outra batata nos lábios, mas não morde.

— Isso nunca aconteceria.

Minha nossa, esse Flopado *sabe* o que está fazendo.

SUAS NOITES SOLITÁRIAS ACABAM AQUI **149**

Será que dentre todas as coisas chocantes acontecendo neste Ano Das Coisas Chocantes, vou ficar com esse boyzinho bobo antes da formatura? Já fiquei com alguns nerds antes, e eles sempre têm uma esquisitice ou outra. Acho que já estou pensando demais.

Do outro lado da mesa, sob a luz azulada que projeta sombras bizarras, enquanto Pasty Cline toca no alto-falante, Benny Prince começa a parecer um pouquinho... perigoso.

Quem quer que seja, ele já está na sua vida. O alerta de Leo retorna com um eco sombrio.

Relembro o primeiro ataque. Quanto tempo Benny passou na biblioteca antes de encontrar Gretchen e Grover? Será que a sra. Drake saiu da biblioteca com ele? Será que Benny seria capaz de enroscar aquele arame no pescoço dos próprios amigos? Matar sem deixar rastros requer frieza e planejamento detalhado. Nerds são capazes de elaborar planos detalhados com a paciência de uma serpente. Então, por que não ele?

Uma lufada violenta de vento sopra nossa pilha de guardanapos, mas Benny consegue salvar alguns. Enquanto ele junta tudo, meus olhos não param de encará-lo. Sou um idiota. Estamos cercados pela escuridão e sem nenhum sinal de celular. Esse garoto *pode* ser um suspeito, e aqui estou eu praticamente sozinho com ele.

Leo tinha razão. Preciso tomar muito cuidado.

— Melhor a gente voltar — sugiro. Benny de repente parece desanimado. — Deixei Dearie sozinho com Grover. Isso não será bom pra ninguém.

Rapidamente, pego nossos guardanapos usados e jogo tudo no lixo. Quando me viro, Benny está bem ali, quase trinta centímetros mais baixo que eu, assim como Dearie. Me seguro para não gritar. Os óculos dele escorregaram pelo nariz, então, quando ele me encara com os olhos castanhos brilhantes, sua vulnerabilidade chega a ser desconcertante.

— A gente não *precisa* ir — diz ele. — Talvez Dearie e Grover tenham feito as pazes.

Dou uma risada, destrancando Julieta.

— Não fala bobagem. Vai que acontece…

— Qual parte é bobagem? — Ele sorri. — Grover e Dearie? Ou ficar mais um tempo comigo?

Esse Flopado faz minhas mãos suarem. E eu nem sou de suar.

Quando entro no carro, tento mandar mensagem pro Dearie, mas antes que eu possa digitar uma enxurrada de mensagens dele chega, cada uma mais apavorada que a anterior. Até que a última chega e meu coração para.

Dearie: Cole, ele morreu.

CAPÍTULO QUINZE
Dearie

Parafraseando a srta. Britney Spears, a solidão do Grover não está mais o matando. Uma vez já basta.

O que aconteceu com meu ex é chocante demais para minha cabecinha gay processar; ela deveria ser um receptáculo para música pop e trauma social — não *assassinatos* —, então vou me sentar aqui e pensar na Britney até me sentir pronto para encarar a realidade.

Depois que a notícia (e o pânico) sobre a morte de Grover se espalhou, o Cemitério Mooncrest voltou a ser um mausoléu abandonado num piscar de olhos. Enquanto agentes — comandados pela Astadourian — correm ao meu redor, fico sentado sozinho no para-choque de uma ambulância aberta.

Grover está morto. Ele se foi. Ainda assim, me sinto estranhamente vazio… e livre. Tipo, por quê? Eu estava todo nervoso querendo salvá-lo. Minha mente não anda fazendo nenhum sentido nos últimos tempos.

Acho que, por um lado, é um alívio porque Cole enfim se livrará da tormenta incessante.

Mas mesmo assim, eu, pessoalmente, me sinto livre.

Grover foi se tornando meio desagradável perto do nosso fim, óbvio, mas ficar aliviado porque ele se foi *são outros quinhentos.* Quando vi o rosto dele todo mutilado, fiquei chocado, enojado e assustado, mas o que veio em seguida foi um único pensamento: *posso voltar a respirar.* Como isso é possível?

Mesmo se eu pegar Mr. Sandman em breve e descobrir quem está nos matando, vou remoer essas emoções confusas por anos.

Levanto a cabeça enquanto minha mãe caminha até a ambulância, imersa em seu modo trabalho. Ela fecha minhas mãos ao redor de um copo de papel com chá quente.

— Tem certeza de que era o Grover? — pergunta ela, encolhida. Minha mente volta ao momento em que o vi, o rosto destruído, mutilado. — Ele parecia acabado.

Mr. Sandman já havia espancado o rosto das vítimas antes. De acordo com a série, as autoridades acreditavam que, quando ele mutilava um rosto, estava especialmente furioso com a pessoa. Furioso por quê? Bem, médicos-legistas encontraram níveis altos de sal embaixo dos olhos das vítimas. Elas haviam chorado, e Mr. Sandman não suporta isso. Então, Grover morreu chorando, assim como ele fazia em vida, do jeito que sempre temi.

— Acho que eu o reconheceria — respondo, incapaz de sentir qualquer coisa. — Nós namoramos por dois meses.

Aqueles olhos cinzentos ficarão comigo para sempre. Mas por que não estou mais triste? Por que não estou chorando? As pessoas vão esperar que eu chore. Se não chorar, vou acabar jogando mais lenha na fogueira de suspeitas sobre Cole e eu. Mas as lágrimas não vêm. Que estranho.

— Sinto muito — diz minha mãe, analisando meus olhos secos. — Tá se sentindo melhor?

— Mãe, ele morreu, tipo, um minuto atrás.

— Não, você desmaiou. Não se lembra? — Seguro o para-choque embaixo de mim. *Desmaiei?* Minha mãe me encara como se estivesse preocupada. Ela empurra o copo de chá na minha direção. — Bebe mais um pouco, vai. — Delicadamente, ela leva a borda do copo até minha boca, e bebo o chá sem gosto até terminar.

Não me lembro de ter desmaiado. Por que isso acontece toda vez que rola um grande acontecimento envolvendo Grover? Por que minha mente começa a editar a porra toda como se fosse escandalosa demais para a TV?

Minha mãe me ajuda a levantar.

— Vamos encontrar o Cole. Precisamos resolver algumas coisas.

Ela me segura pelos ombros e me guia por um labirinto de carros de polícia e ambulâncias piscando. Com os canhões de luz completamente acesos, a mágica de Mooncrest desaparece. A arena é apenas um campo de grama sintética cercada por lápides empoeiradas.

Para minha surpresa, é fácil andar. Mas passar pelo corpo do meu ex não é.

Como dois navios se cruzando, passamos pela maca de Grover, seu corpo envolvido em um tecido. Kevin Benetti, o médico legista e melhor amigo de minha mãe, caminha ao lado dos homens que empurram a maca como numa marcha fúnebre, seu rosto bonito todo fechado. É um homem que foi tirado da cama para lidar com algo terrível. Ao abrir um sorriso triste para mim, ele sussurra:

— Sinto muito.

Mas não consigo responder. Na semana passada, estávamos todos na sala de casa, seguros e descansados, rindo sobre o histórico de relacionamentos infelizes de Kevin.

Finalmente, chegamos à tenda de lanches, onde um pequeno grupo de pessoas se aglomera ao redor de uma minivan preta estacionada ao lado da cena do crime. É uma reunião do Clube Queer: Em, Theo, Mike, Lucy, Benny e Cole.

Avistar Cole me acorda dessa letargia, e corro para os braços dele. Não há nada no mundo como um abraço de Cole. É como remédio.

Benny se afasta, parecendo chateado.

— Me desculpa por ter ido embora — sussurra Cole.

Todas as outras pessoas parecem abaladas demais pela tristeza e pelo terror para fazerem os comentários ácidos de sempre. Fungando, solto Cole e observo os rostos do Clube Queer — Justin não está aqui. Aquele covarde fugiu e provavelmente já deve estar dormindo.

Pigarreio e falo com o grupo:

— Por que vocês não foram embora com todo mundo?

Sem surpreender ninguém, Theo, presidente do Clube Queer e responsável não eleite da vida de todo mundo, fala primeiro:

— Viemos ver se Grover estava bem.

— Bem, ele não está — digo.

— A gente falou pra ele e o Justin se sentarem com a gente — explica Lucy, assoando o nariz com um lenço. Ela se vira para Theo e Mike, pedindo reforços. — Não foi? *Cansei* de falar. Ele estava sendo tão teimoso, como se não desse a mínima pra gente!

Mike revira os olhos. Seus braços peludos estão cruzados com força sobre o peito estufado, parecendo um urso de pelúcia.

— Ele estava num encontro — responde Mike. — Para de levar tudo pro lado pessoal.

— Bem, agora ele está morto! — Lucy joga os braços para o alto. — Todo mundo vive reclamando que eu pareço uma mãe superprotetora, mas, com todo respeito, ninguém deveria ficar sozinho agora!

Todo mundo fica em silêncio. Theo e Mike olham com raiva para o chão. Lucy tem razão — já passou da hora de pararmos

SUAS NOITES SOLITÁRIAS ACABAM AQUI 155

de tentar viver normalmente com Mr. Sandman à solta. Precisamos ser estratégiques.

— Bem, Benny estava comigo na Lanchonete do Stu — explica Cole, um pouquinho ansioso demais. Muito inteligente da parte dele mencionar seu paradeiro logo, para que ninguém comece a sugerir que foi o culpado.

— Em? — pergunto para a garota de cabelo prateado. Enrolada num cobertor, ela parece querer estar em qualquer outro lugar. — Você não estava sentada com o resto do Clube Queer. Estava com suas amigas. Então, por que está aqui agora?

O queixo dela treme de raiva.

— Alguém está matando pessoas *queer* e eu quero saber o que está acontecendo.

Finalmente alguém estava falando sobre o elefante na sala. Quatro pessoas *queer* já foram mortas.

Antes que eu possa concordar com veemência, uma voz grave e autoritária o faz por mim.

— Frankie, sua amiga tem razão — afirma a agente A.A., caminhando em nossa direção. Com a grade e o deserto devastado ao fundo, ela parece uma fazendeira, com sua jaqueta de suede caramelo e a calça jeans desbotada. Ela se aproxima do Clube Queer com um meio sorriso. — Que bom que vocês estão se empenhando em ajudar.

A agente A.A. se vira para o grupo.

— Se já não tentaram, eu gostaria que vocês mandassem mensagem para seus pais avisando onde estão, dizendo que estão a salvo e com as autoridades, e pedindo para que venham buscar vocês, caso não tenham uma carona. Meu time já montou uma antena remota. — Ela aponta para a minivan preta, que parece ser uma unidade de investigação móvel. — Isso deve ajudar com o sinal de celular, pelo menos para as mensagens serem enviadas.

Isso, mais do que qualquer outra coisa que aconteceu esta noite, deixa meu corpo todinho em chamas.

— Onde essa antena estava antes? — pergunto. Cole troca um olhar firme e preocupado com minha mãe, que está ao lado da Astadourian. Meu peito pulsa de raiva, e balanço o celular no ar. — Enquanto vocês estavam de gracinha por aí, eu estava procurando sinal, tentando ajudar a salvar o Grover! Então, obrigado pela ajudinha *agora*, mas talvez o melhor momento pra ter ligado essa antena fosse... — Jogo o celular no chão. — ... antes da porra do assassino aparecer!

A turma se assusta. Benny e Mike cobrem a boca, e Cole e minha mãe se aproximam de mim, mas Astadourian — com o olhar cansado — levanta a mão para impedi-los.

— Tudo bem, ele está chateado.

Solto uma risada amarga. Ela não tem ideia de como estou aliviado por finalmente sentir *alguma coisa*.

— Tenho algumas perguntas — digo, encarando o Clube Queer. Eles se encolhem diante do que, provavelmente, é minha expressão mais carrancuda de todas. — Quando Ray Fletcher estava apresentando o filme, no momento em que Grover estava sendo assassinado, onde vocês estavam? Cole, você foi comer com o Benny. Eu estava no estacionamento ligando para minha mãe e pedindo a ela que viesse pra cá. Vi o Justin sair correndo como se estivesse sendo perseguido. Na volta, encontrei Lucy e Mike. E, pronto, essas foram as pessoas que eu vi. Em e Theo, onde vocês estavam? Agente Astadourian, onde a senhora estava? Por que a gente te PROCUROU, viu?

Ninguém responde nem se mexe.

A agente A.A. respira fundo.

— Já acabou? — Quando dou de ombros, ela continua: — Eu estava exatamente onde você me deixou.

— Vigiando Leo Townsend? — pergunto, num tom desafiador.

Cole grunhe, incapaz de me parar. Que se dane! Grover está morto. Melhor botar as cartas na mesa logo.

— Frankie! — alerta minha mãe, assustada. Astadourian se vira para minha mãe, e depois para mim.

Ela sabe que eu sei, e sabe que minha mãe sabe que eu sei. Uma fúria justificável cresce dentro de mim até eu parar de me importar com quem estou falando — só sei que poderiam ter impedido o que aconteceu hoje e não fizeram nada.

— Você estava vigiando Leo ou não? — insisto.

— Não posso comentar — responde Astadourian.

— Bem, eu posso. — Me viro para o Clube Queer, que mal ousa respirar. — Leo Townsend é ex-marido da sra. Drake, e ajuda a tocar o Mooncrest. Ele estudou no Colégio St. Obadiah...

— Já chega! — exclama a agente A.A.

Mas essa galera que adora um *true crime* já sabe que St. Obadiah é o colégio onde Mr. Sandman surgiu. Algumes murmuram coisas tipo "Puta merda!" e "Ai, meu Deus!" enquanto o resto só encara a confusão se formando entre o FBI e eu.

— Essas informações são públicas! — Jogo os braços para o alto. — Ele APARECE na série!

Astrid está com fogo nos olhos ao encarar minha mãe, que já está pálida.

— Não tenho ideia do que você acha que sabe — diz a agente para mim. — Mas, se quiser encontrar quem matou Grover, melhor parar de falar.

— Ele só está tentando ajudar — comenta Cole.

— Diferente de você — zomba Theo.

Todas as cabeças se viram na direção da nova briga.

— Qual é o seu *problema*? — rebate Cole. — Não é hora dessas picuinhas idiotas do Clube Queer.

— Não mesmo, é hora de você ajudar na investigação — retruca Theo, com uma calma meio ameaçadora. Elu aponta um dedo para Cole. — O Cole conhecia Paul, que morreu em Tucson... conhecia *muito bem*, inclusive.

Ai, meu Deus, agora não...

Isso só é novidade para minha mãe e para Astadourian. O único momento de hoje em que o Clube Queer não parece surpreso. Cole se afasta, seus olhos não mais furiosos. Ele fica quieto, perdido em pensamentos e tomado pela traição. Então olha para mim.

— Você contou pro Grover? — pergunta para mim.

— Nunca! — respondo, ofegante.

Ele se vira para Theo.

— Então, como você sabe?

Theo nem sequer pestaneja.

— Conheço muita gente no Colégio Tucson — responde elu. — A gente conversa.

Cole ri e começa a andar ao redor do clube.

— Parece que todo mundo aqui conversa, né? Pelo jeito, *todes vocês* já sabiam. — Com os ombros curvados, ele se vira para minha mãe e Astadourian. — Eu ia contar...

Minha mãe balança a cabeça, parecendo desesperadamente triste.

— Por que você não contou antes, meu bem? — pergunta ela. — Já faz uma semana.

— Porque... — O peito de Cole infla a cada respiração agonizante. — Ele não era assumido. A gente fez uma chamada de vídeo no dia em que a Gretchen morreu, no horário em que ela foi assassinada. Ele era meu álibi. Mas não era assumido, e a família dele é horrível. Se a gente contasse, acabaria com a vida dele. Então decidimos esperar até que fosse necessário te contar. Mas aí ele morreu, e eu nunca tive a menor ideia de se ele queria que a família soubesse e... — Cole cerra os punhos enquanto encara Theo. — Você é tão BABACA. Vive com esse papinho arrogante de que o Clube Queer é sobre cuidar de todos que fazem parte dele, sobre como Dearie e eu somos perigosos pra comunidade, daí do nada você EXPÕE um garoto morto na frente de todo mundo?

Com o rosto pálido, Theo gagueja:

SUAS NOITES SOLITÁRIAS ACABAM AQUI 159

— E-eu não sabia que ele não era assumido.

— Ah, então você só ouviu a parte da fofoca que dizia "Cole é uma piranha", "O arrombado do Cole ataca novamente", e já foi o suficiente pra sair por aí espalhando a história.

Antes que eu possa interferir, Theo se aproxima de Cole.

— Você tinha a responsabilidade de contar para as pessoas como os assassinatos estão conectados.

— Ai, dá um tempo! — grunhe Cole. — Você poderia ter falado disso comigo há dias, quando eu estava SOFRENDO por perder alguém IMPORTANTE pra mim. Só não fez isso porque apenas queria falar mal de mim com Grover e me pintar como um monstro mentiroso!

— Mas você *mentiu*!

O grupo começa a sussurrar, e minha mãe se aproxima de Astadourian. Elas ainda não se meteram — provavelmente porque estão descobrindo mais coisas escutando a briga do que se estivessem nos interrogando.

Cole estala a língua, decidindo o que dizer em seguida. Ele olha para Em, que está atrás de Theo.

— Ei, Em, quer namorar Theo?

— Quê? — pergunta ela, se encolhendo dentro do cobertor.

— Eu, hum… nunca pensei em…

— Huuum, isso me parece um não. Bem, Theo gosta de você e queria te chamar pra sair, mas, se você não estiver interessada, melhor deixar pra lá. — Ele franze o cenho para Theo, que está boquiaberte. — Eu realmente achava que um relacionamento te faria bem, Theo. Sabe, pra você dar um tempo nessa sua obsessão com tudo o que eu faço.

— Muito bem, já chega — declara a agente Astadourian, entrando no meio do que pode acabar virando o segundo assassinato da noite.

Pegando meu celular trincado do chão, me aproximo de Cole.

— Me desculpa — falo. — Eu nunca contaria nada para ninguém.

— Eu não deveria ter duvidado de você — diz ele, me envolvendo num abraço de desculpas. Me sinto quentinho. Mais uma vez, Benny lança um olhar magoado para mim.

Ao nosso lado, as pessoas sobreviventes do Clube Queer se separam umas das outras — mais uma vez —, formando ilhas distintas de desconfiança e dor. Ainda assim, Astadourian captura nossa atenção.

— Daqui em diante, espero honestidade — avisa ela. — Independentemente de vocês acharem que estão fazendo a coisa certa ou não. — Ela encara cada ume de nós. — Vocês já estão assustades o bastante. Rastreei assassinos antes, mas, quem quer que seja esse, é um fantasma. Ele simplesmente te encontra.

Aperto os braços de Cole com mais força.

Astadourian dá um passo adiante, seus olhos sombrios se suavizando pelo desespero.

— Até isso tudo acabar, tenham cuidado. Nada de saírem sozinhes. Falem com suas famílias várias vezes ao dia. Deixem o rastreador do celular sempre ativado.

— Mas e o Leo? — pergunto, com o restinho de raiva que tem em mim.

A expressão de Astadourian congela.

— Só pra você não sair por aí importunando aquele homem, saiba que estávamos vigiando ele o tempo todo. Leo não saiu da cabine de projeção.

— Impossível! — rebato, enquanto Cole me segura.

— Não acho que seja ele, amigo — sussurra Cole rapidamente.

Solto um grunhido impaciente. Leo *tem* que estar envolvido. Como pode um ex-aluno do St. Obadiah, que foi casado com a coordenadora de um clube cheio de vítimas, não ter nenhum dedinho nessa confusão? É coincidência demais.

SUAS NOITES SOLITÁRIAS ACABAM AQUI **161**

Bzzzz! Bzzzzz! Bzzzzz! Bzzzzz!!!

Vários celulares vibram ao mesmo tempo, e todos conferimos, abrindo a mensagem.

Então, o choro começa.

O Clube Queer se une num semicírculo, encarando os celulares com pavor. Cobrindo a boca com a mão, Em treme sem parar. Os lábios de Mike ficam pálidos. Theo e Lucy se encaram com nervosismo. Benny puxa o próprio cabelo. Não preciso olhar para meu celular porque já vi a mensagem no de Cole. Levanto meu telefone ao lado do dele — bem pertinho — e leio a mensagem idêntica:

SUAS NOITES SOLITÁRIAS ACABARÃO EM BREVE.

Astadourian saca a arma.

— Ele está aqui.

— O amplificador da antena deu sinal pra todo mundo — diz minha mãe, também sacando sua arma. — Ele sabia que poderia mandar as mensagens agora.

Cole puxa Benny para perto de si, protegendo-o, e agarrando a nós dois com força. Benny suspira, surpreso com a atitude, mas parece tão rígido que não soltaria Cole nem por um milhão de dólares. Lucy, Mike, Theo e Em se juntam num abraço similar. Pressionamos nossas costas contra a minivan, na esperança de diminuirmos as áreas vulneráveis a ataques.

Astadourian ordena os agentes dela a esperarem com a gente enquanto ela e minha mãe rondam o local, longe da segurança das luzes e dentro do abismo escuro do deserto, para encontrarem o assassino. Ele devia estar nos observando esse tempo todo.

— Mãe! — grito, encarando a escuridão enquanto minha garganta se fecha.

— Ela vai ficar bem — sussurra Cole ao meu ouvido. Meu coração está a mil.

BANG! BANG! Dois tiros são disparados na escuridão, e todo mundo estremece. O som ecoa pelo planalto. Benny e eu nos encolhemos, mas Cole nos aperta com mais força.

Não consigo ver o que está acontecendo.

— MÃE! — grito. — MÃE!!!!

— ASTADOURIAN! — grita outro agente. Ele se mexe sem sair do lugar, evidentemente se segurando para não nos abandonar e sair correndo em direção aos tiros.

Mas não há nenhum outro barulho, nenhum baque surdo de um corpo caindo no chão. Os tiros não acertaram ninguém.

Meu estômago se revira enquanto me pergunto quem diabos está lá, se minha mãe está bem, se elas vão encontrá-lo...

Mas o tempo passa devagar enquanto esperamos com os agentes. Eles murmuram nos seus radinhos até que, por fim, a voz de Astadourian emerge da escuridão.

— Ele fugiu!

Cadê minha mãe? Ela se machucou?

Finalmente relaxo quando ouço o som inconfundível dos passos dela se aproximando. Segundos depois, minha mãe e a agente A.A. voltam para o círculo de proteção dentro das luzes dos canhões.

— Ele estava aqui. Nós o perdemos — sussurra Astadourian para a equipe. Ela está ofegante, olhando para trás em direção à escuridão. — Não sei como ele conseguiu enxergar qualquer coisa lá.

Me solto do abraço de Cole e corro para minha mãe. Suando e ainda sem fôlego, ela sorri.

— Estou bem, Frankie. — Então, ela se vira para os agentes. — Ele jogou isto aqui em mim.

Em suas mãos, há uma máscara de bronze, no formato de crânio e feita para envolver toda a cabeça. A expressão é a da máscara teatral.

Mr. Sandman nunca esteve tão perto.

CAPÍTULO DEZESSEIS
Cole

Voltar do Mooncrest para casa dá trabalho. Ninguém quer voltar por conta própria, mas ninguém quer ir na companhia de alguém também. Em chegou com as líderes de torcida, que já foram embora, então os pais dela aparecem para buscá-la. O pai dela é muito doido, ele a coloca no banco de trás como um guarda-costas protegendo uma celebridade dos *paparazzi*. Mas o cara é um amor comparado com os pais de Theo, dois riquinhos babacas exigindo de Astadourian uma explicação completa e uma lista de suspeitos. Típicos moradores da área nobre. A mãe de Lucy — que virou a noite se enchendo de café gelado — busca a filha sem fazer alarde.

Depois de Dearie, Lucy parece ser a mais triste com a morte de Grover. Mas, com a coisa toda de recebermos a mensagem de "Vocês são as próximas vítimas" e encontrar a máscara do assassino, o cadáver estraçalhado de Grover caiu para terceiro lugar na cabeça de todo mundo.

Não estou pronto para julgar ainda, mas acho... *interessante* Justin ter vazado daqui mais cedo. A única pessoa que estava com Grover foi embora no momento exato para que Sandman pudesse atacar. E, como alguém que já deu uns pegas no Justin, posso confirmar que aquele garoto sabe muito bem como ir embora voando e te deixar insatisfeito. Quando Justin se mudou para Stone Grove no segundo ano do ensino médio, me senti mal por ele. Garoto novo. Bonito, mas não o bastante para fazer amizades sem se esforçar. Bom no basquete, mas não o bastante para conseguir se destacar mais do que eu ou Walker Lane em posições importantes no time. Incapaz de ter uma vida social agitada, porque seu pai carente e divorciado estava sempre esperando por ele em casa, para cozinhar e fazer faxina. Então, acabei transando com ele por pena. Foi bem sem graça, mas, assim que recusei os convites futuros, Justin conseguiu o que sempre queria: um novo melhor amigo, Grover Kendall. Durante quase dois anos, Grover, Gretchen, Justin e Theo construíram uma campanha silenciosa de ódio ao Cole tão forte que, no momento em que os assassinatos começaram a acontecer, eu era o único suspeito na mente de todo mundo.

Será que foi de propósito? Será que o Pobre Justin só faz amigos para usá-los como peões para dominar o garoto que o rejeitou, tanto na cama quanto no júri?

Onde ele estava quando o Clube Queer recebeu as ameaças de morte? Espero que consiga provar que estava em casa, e não perambulando pelo deserto.

Por enquanto, vou deixar essa ideia arquivada na pastinha "Interessante" do meu cérebro.

O pai de Benny aparece em seguida — um homem respeitoso, com um bigode gigante e uma careca que brilha sob as luzes. Sempre fiquei maravilhado com como Benny, todo pequenininho e gente boa, saiu de uma família tão durona; é como uma margarida brotando no meio de uma calçada de cimento. Enquanto eles vão embora de carro, aceno para Benny, e ele retribui com empolgação. Será que é fofo assim mesmo? Enquanto estávamos jantando, captei uma vibe meio perigosa

SUAS NOITES SOLITÁRIAS ACABAM AQUI 165

do nosso Flopado mais fofinho, mas provavelmente era só paranoia por causa do surto de Leo.

Em vinte e quatro horas, veremos se foi paranoia ou não. Mr. Sandy nunca perde o prazo.

Mas como ele vai conseguir atacar todo mundo de uma vez?

Bem, me preocupo com isso depois que eu dormir.

Minhas mães me mandam deixar a Julieta por aqui para que elas possam vir me buscar, mas minha bebezinha já passou por muito perrengue hoje. Não quero nenhum coiote construindo uma toca dentro dela durante a noite.

Dearie vai ficar com a mãe dele até ela e a Astadourian terminarem de analisar a cena do crime. Com isso, sobramos apenas Mike Mancini e eu para voltarmos sozinhos — uma ideia que, tipo, eu não *adoro*. Nem Mike. Ele revira o banco de trás do carro dele, que mais parece uma república estudantil, para ver se não tem ninguém escondido ali com um machado. Parece bobeira, mas, pensando bem, dar uma conferida no banco de trás não é má ideia.

Astadourian ordena seus agentes — uns caras durões de queixo quadrado — a acompanharem Mike e eu enquanto dirigimos para casa.

— Jurgen, fica comigo — diz Astadourian enquanto toma café, usando luvas de látex azuis para manusear provas. Dois outros agentes se apresentam com atenção. — Manfredi, vai com o Mancini. Jackson, você vai com o Mouth. — Ela aponta para mim, e um agente negro de pele retinta assente. — Levem eles para casa em segurança, e depois voltem de táxi para nosso hotel. Não saiam de perto até eles estarem com a família.

E, com isso, só me resta dar um abraço de boa-noite em Dearie. Ele e a mãe parecem exaustos.

— Você tá bem? — pergunto.

Dearie se encolhe, dando de ombros.

— Vou ficar.

— E *você*? Está bem? — indaga a sra. Dearie, acariciando meu braço, sem perceber como está perto do local onde Grover me arranhou.

Sorrindo, dou de ombros.

— Talvez eu seja o assassino, talvez eu seja a próxima vítima... Tá tudo ótimo!

— Não vai acontecer nada com você — diz ela. — Estamos no fim de semana. Vocês vão ficar *em casa*.

— Eu ia mesmo te contar sobre o Paul.

Um silêncio pesado toma conta, e o vento fica mais forte. Finalmente, a sra. Dearie se pronuncia:

— Eu acredito em você. Agora, vamos nos concentrar em manter vocês a salvo. Você e Frankie, confiem um no outro. Fiquem de olho um no outro.

Dearie e eu trocamos olhares. O que *isso* significa?

Ela sabe de alguma coisa que aponta para alguém do Clube Queer?

Já deu por hoje, Cole. Você tá precisando dormir.

Confiar em Dearie e em mais ninguém é o que eu faço a minha vida toda.

Deixando os dois, atravesso Mooncrest com meu novo melhor amigo, o baixinho e musculoso agente Jackson. As evidências de piqueniques interrompidos estão por toda parte: pratos virados, garrafas de vinho vazias, mantas e cadeiras simplesmente abandonadas. Um cemitério de lanches.

— Boa noite, Cole — diz Ray Fletcher, acenando da porta da cabine de projeção. Ele tirou o paletó e abriu os botões de cima da camisa. Uma dupla de policiais à paisana revistam a cabine, concentrados na inspeção.

— Boa noite, Ray — replico. — Desculpa pela bagunça.

— Coisas piores aconteceram aqui esta noite.

Tento continuar andando, mas, depois de olhar rapidamente para o agente Jackson, decido arriscar.

— Ei, Ray, cadê o Leo? Ele está melhor?

SUAS NOITES SOLITÁRIAS ACABAM AQUI **167**

Impaciente, o agente Jackson pigarreia, mas eu nem pestanejo. Ray vai responder — ele sempre é honesto comigo. Por fim, ele só dá de ombros.

Que droga.

Saindo do estacionamento, passamos por uma fila de vans da imprensa noticiando o caos da noite, mas um camburão da polícia as impedia de entrar mais fundo em Mooncrest. A volta para casa é silenciosa. Minhas mãos seguram o volante com firmeza. Não vou cometer um erro sequer, nem uma gota de peso na consciência que eles possam usar para alimentar suas suspeitas. Estamos a minutos de casa quando o agente Jackson enfim diz alguma coisa.

— Então... seus pais estarão acordados? Esperando na porta?

— Não precisa esperar — digo, tamborilando no volante. Como sempre, faço o malabarismo mental para decidir se o corrijo ou não. — Na real, são "mães". Duas mães.

— Foi mal. — O agente Jackson ergue as mãos. — Deve ser legal ser gay e ter mães gays.

— Sim. — Dou uma risada. Nem teve graça, mas tudo bem. — Mães gays. Filho gay. Pai gay.

O agente Jackson se vira para mim, fazendo barulho sobre o banco de couro.

— Seu pai também?

— Sim, meu pai também, mas ele mora em Los Angeles. Era um amigo de faculdade das minhas mães e foi o doador de esperma. Elas queriam um bebê, e ele deu uma mãozinha.

— Maneiro.

— Pois é.

Solto mais uma risada, mas ela sai meio amargurada. Falar sobre meu pai geralmente faz isso comigo. Nos meus dezoito anos de vida, ele me visitou três vezes. De certa forma, fazer faculdade em Nova York pelo menos significa que não vou mais morar a minutos de distância dele em Los Angeles. Não terei que lidar com a verdade cruel por trás da pergunta que não quer calar: *será que meu pai quer me ver ou eu só estarei enchendo o saco dele?*

Ele é uma gay baladeira, assim como eu. Será que eu gostaria de ver meu filho o tempo todo se achasse que minha função como pai fosse só fazer um favor para uma amiga e seguir com a vida?

Por sorte, finalmente chego em casa, então não preciso pensar muito nisso. Quando estaciono em frente à garagem, minhas mães já estão esperando na varanda, lado a lado, embrulhadas em seus robes. Elas correm em minha direção. Minha mãe Monica (Mami) joga os braços ao redor de mim (mas só consegue envolver meu peito), e minha outra mãe, Frederica (Ma), cumprimenta o agente Jackson com um aperto de mão.

— Como você vai fazer pra voltar? — pergunta ela.

O agente Jackson olha ao redor, pelas ruas escuras do subúrbio.

— Uber…?

Todos nós fazemos uma careta — ele chegaria mais rápido a pé. Ma balança as chaves do carro dela em direção à garagem, chamando o agente Jackson. Depois de gritar para que Ma tenha cuidado e confira o banco de trás, eu e Mami entramos em casa, onde um prato aquecido de frango com arroz me espera. Como tudo até lamber o prato. Mami se senta na banqueta da cozinha, bebendo café descafeinado, e me observa comer enquanto conto sobre todos os horrores da noite, deixando de fora apenas o detalhe mais importante: a mensagem amaldiçoada que recebi.

Mas Mami é como eu: ela fareja quando alguém está escondendo alguma coisa.

— Mary Dearie ligou — diz ela, com as mãos tremendo. — Já sabemos sobre a mensagem.

Isso é muito pior do que se Mr. Sandman tivesse aparecido aqui do nada e arrebentado meu pescoço.

SUAS NOITES SOLITÁRIAS ACABAM AQUI 169

— Não quero que vocês se preocupem — falo, empurrando o prato sobre a bancada.

— É ele quem tem que se preocupar! — Saltando da banqueta, Mami fica de pé com seu um metro e meio de altura. — Já revistamos todos os quartos e armários. — Ela se abaixa por trás da ilha da cozinha e reaparece com um taco de alumínio azul. — A barra tá limpa.

Solto uma risada feroz.

— O que você vai fazer se encontrar alguém? Vai bater nele com seu taco de beisebol?

Ela abaixa o taco até cutucar meu nariz.

— Vou fazer muito mais do que isso. Ele te ameaçou!

Geralmente, isso me deixaria irritado, mas depois da viagem de carro pensando no meu pai que odeia visitas, fico todo quentinho por dentro por causa delas duas. Minhas mães ficaram sabendo que estou em apuros e no mesmo instante entraram em ação, fazendo uma revista pela casa digna de filme de terror.

Quando chega a hora de dormir, Mami sobe na poltrona da sala que fica de frente para a porta, com o taco em uma das mãos e o controle remoto na outra, esperando Ma voltar. Meu quarto demonstra sinais de interferência materna — as portas do armário estão abertas, e elas passaram uma corrente de bicicleta na janela do segundo andar. É o que dá para improvisar agora, mas uma barricada digna será preparada.

O quarto está tomado por uma quietude da qual não gosto nem um pouco.

O alerta de Astadourian sobre Mr. Sandman — *ele simplesmente te encontra* — ecoa em minha mente.

Ligo a luminária de lua, coloco uma playlist de música eletrônica ambiente para tocar, visto a calça do pijama e me deito na cama. A mensagem de Mr. Sandman continua ali na caixa de mensagens. Foi assustador quando recebi, mas agora é só mais uma coisa no meu celular, espremida entre meus amigos e familiares, como um spam qualquer.

Mr. Sandman disse que vou morrer amanhã, mas teremos que esperar pra ver.

Mando mensagem para Dearie avisando que cheguei em segurança e dizendo que sinto muito por tudo o que aconteceu. E sinto mesmo. Mais ou menos.

Depois, mando mensagem para Benny.

Cole: Td bem?

Ele responde na mesma hora.

Benny: Sim! E você?
Cole: É esquisito ver tudo isso acontecendo e depois simplesmente ir dormir kkkk
Benny: Haha, sim.

Depois de mais um tempinho digitando, outra mensagem chega.

Benny: Posso ser sincero?

Aproximo o celular do rosto. Nenhum gay no mundo resiste a uma pergunta dessas.

Cole: Por favor!
Benny: Se me achar esquisito, só ignora a mensagem kkkk, mas tô com medo de ir dormir.

Abro um sorriso.

Cole: Eu tb.
Benny: Td bem se eu te ligar?

Em qualquer outra circunstância, aquilo me daria repulsa, mas com o mundo acabando preciso ser sincero comigo mesmo: não quero ficar sozinho. Então faço uma chamada de vídeo com Benny. Ele está na cama, com todas as luzes acesas. Seu peito lisinho aparece por baixo do cobertor — a pele que ele mantém estrategicamente escondida embaixo daquele monte de camisetas com personagens da cultura pop.

Por trás dos óculos enormes, os olhos dele estão molhados e meio vermelhos.

— Oi — diz, soando bem agitado. — Tá na cara que eu não estou lidando nada bem com tudo isso.

Rimos juntos sobre nossos travesseiros, e é legal esquecer nossos traumas por um momento. Na real, quando estava com Benny mais cedo, foi fácil esquecer tudo. Ele simplesmente tem esse efeito.

Benny funga de novo.

— Preciso saber, caso algo aconteça comigo... se não foi coisa da minha cabeça. Hoje enquanto a gente estava comendo, você tava falando sério sobre me levar pra sair?

Sorrio.

— Não minto só pra ser bonzinho. Sobreviva ao fim de semana e eu te levo aonde você quiser.

Benny ri enquanto mais lágrimas caem.

— Sério? Eu?

Meu sorriso desaparece.

— Sim, você. Você é gato. A gente se dá bem. Você não muda quem é só pra agradar os outros. Você é sempre você. Acho isso um tesão.

Benny não sorri, mas também não parece mais triste. A gente simplesmente encara um ao outro. Eu deitado para a esquerda, Benny deitado para a direita. É quase como se estivéssemos na mesma cama.

— As pessoas que recebem aquela mensagem geralmente acabam mortas — comenta ele.

— Porque eram solitárias — respondo, dando de ombros.

— Eu não me sinto solitário. E você?

Benny puxa o cobertor por cima do peito.

— Não quando estou com você.

Solto um gemido feliz no travesseiro. Na minha mente, passo o dedo pela cintura de Benny, coloco a mão sob a coxa dele e o puxo para perto com força.

— Cole? Pode deixar a chamada rolando enquanto eu vou dormir?

É uma ótima ideia. Puxo a cadeira de rodinhas até encostá-la na cama, posiciono o celular de frente para mim e volto para deitar. Nesse meio-tempo, Benny já caiu no sono, com o rosto pressionado contra o travesseiro e os óculos quase caindo do rosto. Se ele estivesse aqui comigo, eu tiraria os óculos delicadamente e os colocaria na mesinha de cabeceira ao lado de um copo d'água, caso ele acordasse com sede.

Nossa. Agora eu entendo o que Dearie sentia quando me disse que tudo o que queria fazer era cuidar de Grover.

No momento em que o sono começa a chegar, uma vontade de conferir o armário me acorda. As portas continuam abertas. Lá dentro, escuridão. Minhas mães conferiram tudo mesmo? E se Mr. Sandman estiver escondido no telhado?

— Tem alguém aí? — sussurro para o armário. Nada.

Mas eu me levanto, fecho as portas e empurro a mesa de cabeceira para criar uma barricada, então volto para a cama. Se Mr. Sandman estiver lá dentro, terá que esperar o dia nascer para me matar.

CAPÍTULO DEZESSETE
Dearie

Manhã de sábado. Que comece a contagem regressiva!

Na noite passada, às 22h38, todas as pessoas ainda vivas do Clube Queer receberam a mensagem. E Mr. Sandman nunca se atrasa. Então, o jogo agora é sobreviver até amanhã.

Por segurança, estamos em casas separadas. Mr. Sandman não pode atacar todo mundo ao mesmo tempo, então a teoria atual é a de que ele mandou a mesma mensagem para todes só para esconder quem é seu verdadeiro alvo.

— Ou é isso ou ele vai atrás de todo mundo, ume de cada vez — diz Benny no grupo do Zoom. — É assim que acontece na maioria dos filmes de terror.

— Não — falo. — Se isso aqui fosse um filme de terror, todo mundo iria para uma festa enorme, e *só aí* ele iria atrás de todes, ume por ume.

— Sim, por favor, nada de festas — grita minha mãe do outro lado da sala, enquanto ela e a equipe de Astadourian instalam equipamentos de segurança pela casa.

Todes do Clube Queer receberam o mesmo pacote, cortesia do FBI: dois policiais a postos do lado de fora, câmeras de segurança em todos os cômodos exceto quartos e banheiros, sensores nas portas e janelas e detectores de movimento no primeiro andar. Durante o dia inteiro, está todo mundo de quarentena em seus quartos no segundo andar.

— Se qualquer coisa se mexer na casa de vocês — avisa o agente Jackson, alto o suficiente para que todo mundo no Zoom possa escutar —, seus celulares, e os celulares dos policiais do lado de fora, vão emitir um alarme assim. — Pelo Zoom, o celular de todo mundo começa a tocar ao mesmo tempo: um alarme agudo e impossível de ignorar.

— Que fofo — murmura Em, tapando a boca. Na janelinha dela do Zoom, seus pais vestem suéteres cafonas enquanto a agarram de maneira protetora.

— Tenho um pinscher que corre pela casa toda — comenta Lucy, de pernas cruzadas em cima da cama, com um monte de armas de choque e sprays de pimenta organizados cuidadosamente ao redor dela. — E se ele acabar acionando o alarme por acidente?

— Pois é, o que eu faço com o Pee Wee? — pergunta Mike. Ele está sentado na sala, embrulhado em um agasalho creme de gola alta; uma gracinha, como se estivesse numa cabana de esqui nos Alpes Suíços. Atrás dele, um gatinho branco e laranja ronda pelo encosto do sofá. Acredito que seja o Pee Wee.

Enquanto Theo e eu mexemos os dedos com vontade de agarrar o gatinho, o agente Jackson aparece na tela atrás de mim.

— Animais pequenos não disparam o alarme — explica ele.

— Mas sugiro que vocês coloquem toalhas pelo chão e mantenham seus bichinhos no quarto com vocês.

Só de pensar na possibilidade de Mr. Sandman invadir nossas casas e assassinar nossos pets, Mike pega Pee Wee e segura a ferinha com força. Não dá nem para ver o rosto de Mike, só as quatro patinhas do gato desesperado.

— Obrigado, agente Jackson, somos muito gratos — diz o pai de Theo, um homem branco do tipo empresário que usa calça de alfaiataria cáqui. Ele mostra uma espingarda de cano duplo na câmera. Benny se assusta, mas Theo só revira os olhos.

— *Guarda isso* — pede Theo. —Alguém vai acabar levando um tiro por acidente.

— Eu já deixei a arma segura — diz ele, com orgulho. — O primeiro tiro está vazio, só pra assustar o assassino. O segundo é uma bala de borracha. E se ele continuar chegando perto depois disso, o terceiro é pra valer.

— Ninguém tá impressionado com isso, pai.

Mas, infelizmente, os pais de Mike e de Benny murmuram com curiosidade e interesse.

O agente Jackson ri.

— Sr. Galligan, muita esperteza da sua parte, mas, por hoje, deixe a arma trancada em seu quarto. Theo tem razão. Essa é uma situação de alto risco e estresse. Temos forças armadas do lado de fora. Não precisamos de mais variáveis do que as que já estamos considerando. — Ele pigarreia. — Tenho certeza de que o senhor concorda.

— Claro — responde o pai de Theo, afrouxando a gola da camisa com ansiedade. — Só saiba que... Eu estou preparado.

Enquanto Theo pressiona as têmporas, percebo a tela de Justin, que está mais escura do que a dos outros. O pai dele, um homem grande e grisalho, está apoiado sobre a mesa da cozinha e parece meio morto de tanto estresse. Enquanto isso, Justin entra e sai do enquadramento tantas vezes que só enxergo um borrão verde. Ele ainda está vestindo aquele moletom verde horroroso da noite de ontem e resmungando por causa de uma dor de estômago. Já está ficando chato.

Tirando essa palhaçada, esta é a primeira reunião do Clube Queer em que todes estão se dando bem. Ao nos assombrar, Mr. Sandman nos uniu mais do que nunca. Nossa solidão individual se dissipou quando deixamos de ser ilhas e nos tornamos um continente inteiro. Esse é o poder da solidariedade *queer*. Quanto mais a gente apanha, mais fortes nos tornamos.

Se ao menos Grover tivesse sentido o poder dessa comunidade a tempo... Ele sempre rejeitou a ideia de sermos todos amigues, não acreditava muito nisso, mas talvez pudesse ter um momento de compreensão. Talvez pudesse ter visto o quanto ele magoou Cole e dado um jeito de consertar as coisas. Nunca saberemos.

Todo esse lengalenga de segurança foi uma distração muito bem-vinda da realidade por trás da morte terrível de Grover. De como ele sabia o que estava por vir e sofreu exatamente como imaginou que sofreria.

Tento afastar isso tudo da minha mente, para manter bem longe os pensamentos horríveis sobre Grover. Mas eles permanecem como intrusos na minha janela, só esperando a hora de entrar.

Como se estivesse aguardando a deixa, a voz estrondosa de Cole surge:

— Iiiirrááá!

Ele abre a porta da sala com o pé. *Trimtrimtrimtrim*, o alarme do celular toca alto. Vestindo regata preta e calça de moletom cinza, meu melhor amigo chega com uma mala e três sacolas de mercado cheias de petiscos. Sem pensar, saio correndo do sofá e jogo os braços ao redor dele no momento em que coloca as sacolas no chão. Ele beija minha cabeça e sussurra:

— Como você está?

— Melhor agora, com você aqui — murmuro em resposta.

Cole me segue e se joga no sofá — todo esparramado —, na frente da chamada no Zoom. Desligo o alarme do celular.

— E aí, galerinha do barulho — cumprimenta ele. — Como tá a bexiga de todo mundo?

— Por que Dearie e Cole podem ficar juntos? — rosna Justin enquanto abre a geladeira.

Os olhos de Cole brilham. Ele já está com a resposta na ponta da língua.

— Oiiiiii, fofinho. Como tá a barriguinha? Ainda tá dodói depois de ter fugido da cena do crime? — provoca Cole. Justin apenas grunhe, enquanto o pai dele encara o vazio. — Enfim, minhas mães e a mãe do Dearie precisam trabalhar, e nenhum de nós deveria ficar sozinho hoje. Espero que não tenha problema por vocês.

Cole toca minha perna por baixo da mesinha de centro e um calor reconfortante toma conta do meu corpo.

— Que legal da sua parte, Cole — comenta Benny, mais triste do que jamais o vi. Magoado como uma pessoa apaixonadinha.

Enquanto Cole recebe as informações do agente Jackson (e as famílias fazem mais perguntas sobre onde podem e não podem ir dentro de casa), minha mãe reajusta o sensor de movimento que ela colocou no teto, perto da urna do meu pai. Ela já reajustou um milhão de vezes. Sei que ela não quer nos deixar aqui, mas, desde o assassinato extremamente comentado de Grover, a ansiedade do departamento para encontrar o assassino triplicou. Grover estava sob vigilância — assim como nós estamos agora — e ainda assim Mr. Sandman o pegou.

Do outro lado do cômodo, na porta da cozinha, Kevin Benetti me observa. Apesar de estar usando uma camisa de estampa tropical e chamativa, a expressão dele é a mais triste que já vi. Ele acena, me chamando. Enquanto todos estão consumides pelas conferências finais de segurança, consigo escapar facilmente — embora eu saiba que Kevin será apenas mais uma pessoa perguntando como estou, como se eu *quisesse* pensar nisso.

— Não tenho muito tempo — sussurra Kevin, espiando por cima da minha cabeça para se certificar de que a sala no Zoom não está ouvindo. — Se lembra de quando a gente estava aqui algumas semanas atrás e você mencionou que queria fazer uma tatuagem?

— Quê? — pergunto, mas por algum motivo a pergunta dele faz minha mão suar.

Kevin fecha a mão — surpreendentemente forte — ao redor do meu braço.

— Isso é importante.

— Eu... hum...

Assim como Justin, estou começando a ficar dodói da barriguinha, mas a lembrança vem à tona com uma facilidade assustadora. Quando Grover e eu estávamos namorando, minha mãe, Kevin, Grover e eu jogamos um daqueles jogos em grupo no PlayStation 5 neste exato canto da sala de estar. Minha mãe e Kevin, finalmente livres do trabalho, prepararam drinques um para o outro e ficaram altinhos. Grover estava supercarinhoso naquela noite. Kevin começou a falar sobre minha futura mudança para Los Angeles — uma informação que eu nunca havia compartilhado com Grover. Não queria que ele achasse que eu iria abandoná-lo, então, para mudar de assunto, comecei a falar sobre fazer uma tatuagem no tornozelo — o primeiro tópico que me veio à mente. Queria tatuar uma rosa azul, inspirada na minha série de fantasia favorita.

Mas, por algum motivo, aquilo deixou Grover ainda mais furioso do que a mudança para Los Angeles. Ele surtou, dizendo que tatuagens eram horríveis e que odiava todos os gays tatuados. Era como se estivesse levando para o lado pessoal.

— Você vai estragar seu corpo e, quando tiver uns oitenta anos, vai parecer ridículo!

Quando Kevin disse que tinha quatro tatuagens, Grover... riu. Uma risada cruel. Ele apontou um dedo para Kevin.

— Bem, quando *você* chegar aos oitenta, vai parecer *ridículo* e *triste*. Como você é desde sempre.

Depois disso, a lembrança fica enevoada. Uma pontada de dor atinge minhas têmporas, como se estivesse me proibindo de lembrar mais. Dói muito. Grover tinha problemas. Era solitário e cheio de traumas; estava com medo. Ele não conseguia controlar as próprias emoções.

Parte de mim sempre vai gostar dele, mas essa lembrança me dá nojo.

Com uma lágrima se formando no canto do meu olho, tiro a mão de Kevin de meu braço.

— Por que você está falando disso agora? — pergunto, sem me preocupar em abaixar o tom de voz. — Ele está morto.

O olhar de Kevin se suaviza, porém a expressão continua feia.

— Você se lembra, então. Grover não queria que você fizesse tatuagens, certo? Ele chegou a mudar de ideia?

Suspiro com raiva.

— Sei lá. Provavelmente não. Ele ficou muito irritado na hora, mas depois pediu desculpas. Isso responde à sua pergunta?

Meu queixo treme. Kevin assente e desvia o olhar. Então, ele aperta meu ombro, como se estivesse pedindo perdão.

— Sinto muito pela morte dele, mas preciso te contar uma coisa. — Ele olha ansiosamente por cima do meu ombro, e depois sussurra: — Bem antes de... tudo... sua mãe viu Grover mexendo num aplicativo no celular dele. Não dava para ter certeza, mas ela acha que viu informações suas na tela. Suas mensagens estavam em azul, como se ele estivesse mexendo no *seu* celular. Se isso for verdade, o aplicativo era um rastreador. Ele sabia aonde você ia e com quem trocava mensagens.

Balanço a cabeça. A dor só está piorando.

— Não quero falar sobre...

— Me escuta. — Kevin aperta meu ombro com tanta urgência que chega a doer. — Como Grover morreu, ele não teve como desativar o rastreador. — Uma pausa. — Nós não encontramos o celular dele junto do corpo. Se o aparelho está com o assassino, ele sabe onde você está e com quem está trocando mensagens. Entendeu?

Mal consigo respirar.

Antes que eu consiga responder, Kevin coloca algo peque-no, gelado e pesado na minha mão. A sensação faz meu braço formigar enquanto outra memória retorna.

Depois que terminei o namoro, Grover colocou algo na mi-nha mão. Era pequeno e pesado.

Não consigo lembrar o que era, e acho que nem tenho mais, porém sei que me deixou assustado. Não assustado — pertur-bado, eu diria. Desolado e desesperado para fazer com que ele se sentisse melhor.

As sensações e memórias rodopiam na minha mente, emba-çadas e assustadoras.

Balanço a cabeça e olho para um celular antigo na minha mão.

É parecido com aqueles que Mr. Sandman plantou nos nos-sos armários. Kevin dá um tapinha na minha mão.

— Deixei meu número anotado no verso — diz ele. — Qual-quer coisa que você não quiser que o assassino saiba, use *esse* aparelho para comunicar. Mensagem ou ligação. Sua mãe só descobriu a coisa toda recentemente e não queria te contar até ter certeza. Ela sabe como você se sente em relação ao Grover. Mas eu sou o melhor amigo gay babaca dela e acho que sua vida é mais importante do que seus sentimentos. E sei que você con-segue aguentar essa barra.

Ele me abraça, mas meu corpo está mole.

Grover estava me rastreando? Ele era ciumento, mas será que a ponto de precisar ver o que eu falava sobre ele? E agora esse rastreador está nas mãos do assassino.

Mas por que diabos Kevin quis falar sobre a obsessão de Grover contra tatuagens?

Não tenho tempo para perguntar, já que Kevin dá um ta-pinha no meu ombro e sai para conversar com minha mãe. O agente Jackson e o restante da equipe de Astadourian saem de casa com as caixas dos equipamentos de segurança. Kevin e minha mãe se despedem de mim e de Cole com um abraço e o Clube Queer se despede no Zoom.

As trancas automáticas da casa se fecham, e então estou sozinho com Cole.

— Sei que é difícil — diz ele, me abraçando.

O frio me enche como se eu fosse uma garrafa d'água. Os pensamentos horríveis que mantive isolados o dia inteiro finalmente dão um jeito de aparecer: isso não é difícil. Conversar com Kevin trouxe tudo à tona, o que venho negando desde que encontrei o corpo de Grover. Quando terminei com ele, me senti livre. Agora que morreu, me sinto mais livre ainda.

Isso não é o choque me anestesiando. São meus sentimentos verdadeiros.

Cole me leva escada acima com as sacolas cheias de lanchinhos. Assim que chegamos no segundo andar, eu ativo os sensores de movimento. A contagem regressiva demorada até às 22h38 começa.

A noite vai ser interessante.

CAPÍTULO DEZOITO
Cole

A parte boa desse Confinamento Mortal é que ele obriga Dearie e eu a ficarmos em casa o dia todo, como fazíamos nos dias de nevasca quando éramos crianças. Pegamos a cópia antiga de Rock Band que ele tinha no sótão e batalhamos um contra o outro noite adentro — eu na guitarra e ele cantando, óbvio. Tocar "Alone", da banda Heart, adiciona uma pitadinha extra de nervosismo ao clima da noite.

Mas nós nos divertimos feito dois pintos no lixo. Não tiramos os pijamas. Às vezes, até nos esquecemos do que está acontecendo. Esquecemos que Grover morreu. Esquecemos que podemos ser os próximos. Esquecemos que temos dezoito anos, e em apenas algumas semanas talvez a gente nunca mais se veja de novo. Nesses momentos especiais, voltamos a ter doze anos, com as línguas azuis de tanto pirulito azul e nenhuma noção de que o mundo lá fora quer nos ver mortos.

Graças a todas as acusações de assassinato, a morte de Grover é mais tranquila para mim — um alívio —, mas Dearie não consegue segurar o choro. Tá tudo normal e divertido, quando do nada um gatilho surge e ele desmorona. Então, o momento passa e ele volta a rir, como o sol aparecendo depois da tempestade.

Quando chega a noite — e a contagem regressiva mortal vai chegando ao fim —, aliviamos a ansiedade pintando as unhas um do outro e assistindo a filmes da Melissa McCarthy. Dearie pinta minhas unhas de preto, e só uma de lilás. Eu pinto as dele de prata, e com aquelas mãos elegantes, o olhar destemido e uma tendência a usar croppeds bem justinhos, ele poderia ser a Emma Frost liderando os X-Men. Ainda assim, ele é tão fofo. Ao olhar para ele deitado de barriga pra baixo, balançando os pés para a frente e para trás, não consigo imaginar a dor e a confusão que deve estar carregando.

Nunca amei tanto alguém como amo Dearie. Qualquer futuro namorado terá que aceitar isso como parte do pacote.

Até agora, Benny tem se provado digno de assumir o posto. Não é como se ele fosse meu namorado. Ainda. Ou, tipo… ah, sei lá. Vamos cada um para um canto daqui a poucas semanas. Nem sei o que *ele* quer ou o que acha disso tudo, mas faço questão de responder a todas as mensagens dele. Assim como Paul, Benny digita mais rápido do que uma secretária da década de 1950, e estou tentando acompanhar o ritmo. Ele está matando o tédio jogando *Dead by Daylight* com as irmãs, o que me parece um pouquinho sinistro demais para um dia como hoje. Mas, enfim, adoro.

— Você se lembra da Paradinha Jovem do Orgulho? — pergunta Dearie, aplicando mais uma camada de esmalte nas minhas unhas.

Ai, não. Mais uma tempestade chegando.

— Você tá me perguntando isso por causa do Grover? — indago cuidadosamente, observando-o.

— Sei que foi brega, mas é uma das minhas memórias favoritas de todos os tempos.

— Não é brega. Você está processando uma perda.

É muita generosidade da minha parte me dispor a dar uma memória feliz para Grover. Antes de nos tornarmos inimigos no ensino médio, éramos amigos. Benny ainda não havia se assumido, nem Mike, Theo, Lucy ou Em. E como Justin só se mudou para cá dois anos atrás, Grover, Dearie e eu éramos o trio gay do oitavo ano.

— Me diz algo legal que você lembra sobre a Paradinha — pede Dearie.

— Dearie...

— Por favor.

— Tá bom. — Meus ombros ficam tensos. — Era o verão antes do início do ensino médio. Você e eu tínhamos nos assumido um para o outro. Grover ficou sabendo e se assumiu também. Sempre copião. — Reviro os olhos, mas Dearie solta uma risadinha boba. — Eu ia roubar o carro da Mami pra gente ir até a Parada do Orgulho de Tucson, mas aí vocês dois arregaram e inventaram a Paradinha, que foi basicamente nós três lá em casa enquanto minhas mães estavam na Parada de verdade.

— Apesar da minha raiva, me pego sorrindo. — A gente abriu o armário de bebidas delas e ficou bêbado com licor de melancia feito três gatinhas desmioladas.

O Grover do ensino fundamental dança na minha mente. Está tocando "Style", da Taylor Swift, enquanto ele tira a camisa e gira no ar até cair no sofá da minha família. Mas o Grover que morreu ontem não era o mesmo bobão feliz, dançante e cheio de licor de melancia na cabeça como aquele da Paradinha para três. Ele era cheio de raiva e ciumento, um garoto que mudou completamente para me magoar e manipular Dearie.

— Por que você me pediu para falar disso? — pergunto, com um suspiro. As mãos dele ficam frias nas minhas.

— Porque é legal — responde ele. — Estou cansando de memórias ruins. Coisas horrorosas.

— Você só vai superar as memórias ruins depois que aceitar elas.

O maxilar dele fica tenso. O meu também.

— Eu aceitei... — começa Dearie, mas eu o interrompo.

— Você ainda não enxerga Grover por completo.

— Eu não consigo agora — diz Dearie. Soltando minha mão, ele tampa o vidro de esmalte e coloca de volta com a outra meia dúzia de esmaltes espalhados pela cama.

Depois de tolerar todas essas lembranças, não consigo mais conter meus sentimentos.

— Dearie, você não está me ouvindo. Sei que você está de luto...

— Não estou, não! — A tensão do quarto se mistura com os sons infelizes de comédia física do filme da Melissa McCarthy. Mas Dearie simplesmente continua. — Não estou de luto. Não sinto nada. Eu sinto tudo, e depois, nada.

— Luto é assim mesmo.

— Eu sou um merda! Deveria estar chorando. Ele morreu por minha causa. Ele era péssimo, mas não merecia... O rosto dele estava todo *mutilado*. Preciso continuar me lembrando das coisas boas ou vou me afundar num buraco.

Uma pontada familiar de pavor atravessa meu estômago. Grover ensinou Dearie direitinho. Mesmo depois de morto, continua fazendo Dearie acreditar que ele é um ser humano horrível que não merece amor, sorrisos, sexo bom ou outros amigos.

— Como você está? — pergunta Dearie. — Depois disso tudo? Fala a verdade.

Dou de ombros.

— É quase como se esse assassinato tivesse sido planejado minuciosamente para que nós dois sentíssemos todas as coisas horrorosas ao mesmo tempo, sem termos como escapar. Só que... é tudo uma merda. Tudo. Sinceramente, acho que também preciso me lembrar das coisas boas. — Olho para a única unha diferente na minha mão, que não parece mais tão destoante como antes. — Amei as cores! Vou deixar assim.

Dearie ri, secando uma lágrima enquanto sopra um beijinho no ar.

— Mais uma gay machinho convertida!

Bzzzzzzz.

O celular de Dearie toca do outro lado do quarto e nós congelamos. A realidade horrível e Sandmaniana retorna à nossa mente mais rápido do que conseguimos processar. Aos poucos, ele se arrasta até a mesa de cabeceira e pega o celular, que está com a tela virada para baixo.

— Não — sussurro. As unhas prateadas dele flutuam sobre o celular mas param. Ele olha para mim. — Não.

Ele engole em seco.

— E se for alguém precisando de ajuda?

No momento em que Dearie pega o aparelho, procuro por objetos grandes e pesados no quarto: uma cesta de palha com cobertores extras, almofadas decorativas, uma pilha de sapatos. Puts! Dearie, por que você vive num santuário tão fofinho?

— É o Justin — diz ele, confuso. — Tá fazendo uma chamada de vídeo.

— Filho da puta — resmungo. — Vê o que ele quer.

Enquanto Dearie atende, olho para o relógio de parede — 22h14. Ai, meu Deus, nossa noite das garotas passou tão rápido que nem notamos que a Hora do Mr. Sandman já está chegando.

Dearie levanta o celular, mas a tela está praticamente preta. Justin deve estar balançando a câmera, porque só consigo ver rastros das luzes da rua através da janela aberta dele. Quando Justin finalmente sossega, a silhueta do pai dele está agachada, atrás da cama ao lado dele.

— Dearie, meu alarme tocou — sussurra Justin.

Segurando o celular como se fosse uma boia salva-vidas, Dearie sussurra de volta:

— Tem certeza?

— Foi o alarme! Os policias não deveriam ter ouvido também? Ninguém entrou!

— Vou mandar mensagem pra minha mãe agora!

Mas Dearie não envia a mensagem do celular dele. Ele pega um aparelho antigo que é *a cara* do Sandman e minhas sobrancelhas voam até o teto.

— O que é isso? — pergunto.

— Depois te explico — chia ele. — Justin, desliga aqui e liga pro Cole.

— POR QUÊ? — Justin eu e perguntamos ao mesmo tempo.

— Porque meu celular não é seguro! Anda logo!

— Bloqueei o Cole — murmura Justin, em desespero.

— Então desbloqueia, cabeção! — respondo, estremecendo. — O assassino está na sua casa!

DOIS ANOS ATRÁS. Foi quando fiquei com Justin e depois disse "Não, obrigado" quando ele pediu para rolar novamente. Ele guardou esse rancor por um tempo surpreendentemente longo. Só perdeu para Grover.

Uma gayzinha sensível que não evoluiu nem um pouco. Quem diria!

Mas ele *teria* motivos para querer me ver incriminado...

Justin desliga enquanto Dearie sofre para tentar digitar uma mensagem uma letra de cada vez naquele celular velho. Meu coração acelera. Cada segundo conta, senão eu já teria puxado Dearie pela orelha para ele me contar qual é a desse celular novo.

Momentos depois, recebo uma mensagem de Justin.

Justin: Mds.
Cole: O quê??

Nenhuma resposta chega. Uso a técnica de respiração que aprendi no pilates para que a tontura não me faça desmaiar. É melhor essa bicha dramática responder logo. Por que ele não me liga?!

Quando a resposta enfim chega, é um link para o sistema de câmeras que os policias colocaram nas nossas casas. Uma transmissão ao vivo da câmera de segurança na casa de Justin.

— Dearie! — exclamo, e, quando ele vê o que estou vendo, arregala os olhos. Com o polegar tremendo, abro o link e prendo a respiração.

Na cozinha escura de Justin, a luz da rua entra pelas janelas acima da pia. No fundo da cozinha, uma porta se abre para a sala, que está um breu.

Lentamente, ele emerge.

Um homem com uniforme verde de manutenção, luvas e botas. E uma máscara teatral de bronze cintilante, com uma carranca feia.

Dearie afunda as unhas no meu braço.

— Ele está lá! — murmura ele enquanto pega o celular antigo de novo. — Vou ligar pra minha mãe.

Na imagem da câmera de segurança, assisto enquanto Mr. Sandman sai da cozinha, atravessando a porta para a sala de estar. A porta da frente de Justin balança. Estremece. Finalmente, ela é arrombada enquanto quatro agentes armados invadem a casa, com as armas apontadas.

Dearie e eu agarramos nossos peitos ao mesmo tempo.

— Ai, meu Deus! — exclama ele. — Ele não vai conseguir fugir, vai?

Suor começa a escorrer até meu sorriso bobo. Não consigo parar de rir.

— Acho que pegaram ele!

Dearie me envolve com os braços e eu o abraço mais forte do que nunca. Acabou...

Trimtrimtrimtrimtrimtrimtrimtrimtrim.

O alarme. Meu corpo gela com o som.

— O que foi isso? — Dearie ofega, se afastando de mim.

Tem alguém aqui? Impossível. Sandman não está na casa de Justin, do outro lado da cidade?

Mas o alarme não está vindo das notificações de Dearie, ele vem das minhas. Fecho a transmissão da câmera de segurança de Justin e encontro outro link me esperando.

— É o da minha casa — digo.

— Suas mães? — pergunta ele.

Balanço a cabeça em negativa.

— Elas vão ficar no hospital até depois da meia-noite.

Dando mais uma respirada forte de pilates, abro o novo link. As varandas bem iluminadas de River Run projetam muita luz ambiente para dentro da minha sala de estar escura. Não há quase nenhum cantinho obscuro onde alguém poderia se esconder. Ainda assim, o alarme diz que uma pessoa está se mexendo, então cadê ela?

À distância, alguém desce lentamente pela escada espiral. Uma mão enluvada desliza pelo corrimão até que um homem com uniforme de manutenção verde chega no primeiro andar.

O assassino estava lá em cima. No meu quarto.

Tinha *mesmo* alguém no meu armário. Será que ele estava escondido enquanto eu dormia?

As botas de Mr. Sandman pisam com força em direção à câmera — em direção à gente, como se soubesse exatamente o que está procurando. Ele chega perto e o rosto fica nítido — outra máscara de bronze.

Só que esta tem uma expressão feliz, um sorrisão de orelha a orelha. Uma máscara teatral de comédia.

O Sandman Sorridente faz o sinal de paz e amor para a câmera. Dois dedos.

Dois Sandman.

NO PRÓXIMO EPISÓDIO DE
SUAS NOITES SOLITÁRIAS ACABAM AQUI:
EM BUSCA DE MR. SANDMAN

FIQUEM JUNTOS.

As poucas testemunhas e sobreviventes de Mr. Sandman confirmaram que ele usava a infame máscara teatral de tragédia, mas alguns também diziam tê-lo visto com a máscara de comédia. Era a mesma pessoa, um sósia, ou as duas pessoas eram Mr. Sandman?

Um par fazia sentido. Por que um assassino de pessoas solitárias caçaria sozinho?

Investigadores não confirmaram quase nada a respeito do assassino ou assassinos. Foi o anonimato que deu fama a Mr. Sandman. Foi o que permitiu que o terror se espalhasse para além das fronteiras de San Diego, seu território de caça. Ele se tornou um vírus — uma força da natureza que poderia te encontrar ou não. Era impossível se prevenir.

O único jeito de sobreviver? Finja felicidade. Finja esperança. Insista que não há nada errado.

CONTINUAR ASSISTINDO?

PARTE QUATRO
Tragédia ou Comédia?

CAPÍTULO DEZENOVE
Dearie

Vocês permaneceram juntos. Que bom. Estão aprendendo.
Aproveitem o fim de semana.

Todas as pessoas do Clube Queer receberam aquela mensagem logo depois da meia-noite, do número desconhecido de Mr. Sandman. Ninguém nunca sobreviveu ao prazo de vinte e quatro horas sem ser atacado, porém nós conseguimos. Mas não é como se a gente pudesse aproveitar o momento — ou acreditar na mensagem. De alguma forma, o Mr. Sandman original escapou da casa de Justin sem matar o garoto —, mas também sem ser descoberto pelo batalhão de agentes. Além disso, agora tínhamos provas de que havia um segundo Sandman, que usava a máscara de comédia.

O Mr. Sandman e o Sandman Sorridente.

Depois que Cole e eu passamos todas as informações para minha mãe e para a agente Astadourian, os policiais concordaram em permanecer a postos do lado de fora das casas de todos durante o domingo, caso os dois Sandman estivessem tentando nos enganar. O agente Jackson não consegue explicar por que o alarme de Justin tocou muitos minutos antes de tocar para a equipe do lado de fora, porém eles trocaram o equipamento mesmo assim.

Várias perguntas rodopiam na minha cabeça, me mantendo acordado embaixo do cobertor. *Quem são os assassinos?* Ao meu lado, Cole — que acha que estou dormindo — faz uma chamada de vídeo com outro garoto. Ele está sussurrando baixo demais, então não consigo descobrir quem é, nem ouvir o que estão falando, mas pelo menos ele está rindo. Pelo menos algumas partes do meu mundo continuam iguais. Ainda estamos aqui, e Cole continua tirando selfies para enviar para algum garoto aleatório no meio da noite.

Em breve estarei pronto para fazer isso com outro cara também. Algum dia.

Cole deseja boa-noite para o garoto e a tela brilhante do celular se apaga.

No escuro, chamo:

— Cole?

— Dearie! — Ele suspira. — Porra, que susto! Tá acordado?

— Relaxa. Não ouvi nada.

— Foi uma conversa totalmente inocente. Juro.

— Sei, sei. — Rindo, abraço meu travesseiro com mais força. — Tô tentando desvendar uma coisa, Colezinho.

— Que foi, Sherlock Holmes? — Consigo sentir o grave da voz dele vibrando no colchão.

— Nossas digitais estavam naqueles celulares que acharam nos armários. Como elas foram parar lá? Ou a gente encostou nos telefones sem saber ou o assassino fez a gente tocar em… alguma coisa, para poder transferir as digitais para os aparelhos. Só assim ele poderia ter certeza de que as digitais eram nossas.

— Parece que tem uma Teoria do Dearie vindo aí.

Sorrio, meu primeiro sorriso em muito tempo.

— Com certeza é alguém do Clube Queer.

— Sua mãe chegou a suspeitar disso. Mas estávamos todos trancades, com sensores de movimento. Os dois assassinos apareceram na câmera enquanto estávamos trancades. Todo mundo têm um álibi.

— Sim. — Suspirando, estalo os dedos contra a cabeceira da cama. Não paro de repassar o momento na minha cabeça, procurando por qualquer coisa que parecesse estranha. Então, me lembro de algo que aconteceu durante a noite que *de fato* me incomodou.

Cole olha para mim.

— Que foi?

— Tenho uma teoria ruim. — Faço uma pausa. — Justin — explico. — Pedi para ele te ligar, mas aí ele só te mandou o link da câmera de segurança. E daí Mr. Sandman aparece. A polícia finalmente escuta o alarme e invade a casa. Sandman foge. Mas como?

Cole olha para mim com seriedade.

— Você acha que Justin é um dos assassinos?

— Isso explicaria por que ele ouviu o alarme e os policiais, não. E se ele já estivesse usando a máscara e a gente não percebeu porque a chamada de vídeo estava muito escura? Talvez, quando desligou, ele tenha descido as escadas correndo, ativando o alarme pela PRIMEIRA vez. Ele te manda o link, aparece na câmera, sobe correndo e tira a máscara. Tudo o que os policiais acharam foi Justin e o pai no quarto, nada de Sandman.

— Mas pra que ele iria te ligar?

— Para ter um álibi. Criar uma cena.

— Então o pai dele estaria envolvido também?

— Não sei. Parece que sim.

— Por que Justin seria o assassino? Qual a motivação dele? Dou de ombros deitado de lado.

— Ele não parece gostar muito de você. Nem de qualquer ume de nós, na real.

— "Não gostar de alguém" e "assassinar" são duas coisas bem diferentes.

— Ainda não pensei direito. Talvez não haja um motivo, talvez ele só goste de torturar as pessoas. Mas essa é a explicação mais óbvia para *como* o Mr. Sandman entrou e saiu tão fácil. Ele já estava na casa.

— Dearie... — Dedos macios acariciam minha bochecha com ternura. Preciso muito do toque dele agora. — Você tem que tomar cuidado. Leo me disse que o assassino já faz parte da nossa vida. Aquele Sandman Sorridente estava na minha casa. Eles já mataram duas pessoas próximas da gente. É como se estivéssemos sendo encurralados.

— Eu sei — sussurro. — Tenho outra teoria ruim. Pra que mandar aquele monte de mensagens com as ameaças e no final não matar ninguém? E se isso foi um plano para que todo o Clube Queer tivesse um álibi enquanto os dois assassinos apareciam nas câmeras? — Embaixo do lençol, minha mão toca o peito nu de Cole. Ele está fervendo de tão quente, mas preciso que sinta meu toque porque estou prestes a dizer algo assustador. — Acho que foi mais uma armação para tentar fazer parecer que nós somos os assassinos. Ninguém estava aqui em casa hoje para confirmar nosso paradeiro. Minha mãe instalou o equipamento, então as pessoas podem dizer que arrumei um jeito de desativar os sensores e fugir.

— Mas Justin fez uma chamada de vídeo com a gente.

— Se Justin for o assassino, ele pode dizer que não nos viu. A gente poderia estar em qualquer lugar durante aquela chamada.

Cole solta um suspiro assustado e trêmulo.

— Migo, essa teoria é péssima mesmo.

— A pior de todas — murmuro. — Quem quer que sejam os assassinos, uma coisa é muito óbvia.

— O quê?

— Eles são obcecados por nós.

Cole ri e beija a ponta do meu nariz.

— Tá, agora diz uma novidade.

CAPÍTULO VINTE
Cole

Você sobreviveu ao fim de semana, mi hijo, *mas não fica se achando,* tio Nando me envia essa mensagem enquanto Dearie e eu nos arrumamos para as aulas na segunda de manhã — que, por algum milagre, ainda não foram canceladas. Tio Nando me lembra de que a agente Astadourian me deu um respiro no fim de semana por causa do confinamento, mas no minuto em que a aula acabar preciso ir até a delegacia prestar meu depoimento sobre Paul.

Durante o café da manhã, Dearie, a mãe dele e eu nos atualizamos sobre as descobertas do fim de semana: Grover vinha rastreando a localização e as mensagens de Dearie (comportamento clássico de um namorado perfeito), o assassino está com o rastreador, o alarme de Justin não alertou imediatamente os agentes que estavam a postos na casa dele e Leo teve uma crise de ansiedade por causa do retorno dos assassinatos.

— As pessoas mentem — diz Dearie, num tom monótono e provocador, enquanto toma café.

— Talvez — concordo, meio sem jeito. — E agora que sabemos que são dois assassinos trabalhando juntos, os álibis estão fora de cogitação. — Observo a sra. Dearie encarando intensamente a caneca de café. — O que a senhora acha?

Ela fecha os olhos.

— Acho que esse pode ser meu último caso. Eu só queria ser uma detetive de cidade pequena, e não a Clarice Starling. — Ao abrir os olhos, ela ressurge com a energia renovada. — O caso é da Astadourian agora. Ela está elaborando uma teoria com a qual... não concordo.

Minha garganta se fecha. Sou eu. A teoria de Astadourian é de que sou eu.

A sra. Dearie aperta minha mão.

— Estamos enfrentando ela. Não quero vocês dois mais envolvidos nessa história do que já estão, mas preciso que fiquem atentos. Ela descartou Leo, mas acho que ele *no mínimo* sabe de alguma coisa e não nos contou. — Ela faz uma pausa. — Estou com uma pulga atrás da orelha sobre o primeiro assassinato. A Gretchen. Todo mundo do clube foi convenientemente levado para lugares diferentes na hora da reunião. E, no momento exato do assassinato, Leo ligou para Tabatha Drake cinco vezes.

— Ela tinha pedido divórcio, não tinha? — indaga Dearie, pressionando a caneca contra a bochecha. — Ele devia estar perseguindo ela.

A mãe dele assente.

— É provável. Astadourian também acredita nisso. Mas... — Dearie e eu nos inclinamos para mais perto dela. — Alguns minutos depois, ela retornou a ligação. Se ele estivesse só perseguindo ela, pra que ligar de volta?

Dearie dá de ombros.

— Quando você namora um babaca, às vezes tem umas atitudes meio estranhas.

A sra. Dearie e eu trocamos um olhar rápido de pena. A depressão pegou meu melhor amigo pelo pescoço esta manhã.

— Tem mais uma coisa — diz a sra. Dearie. — Entre as cinco chamadas perdidas de Leo, e a hora em que ela retornou a ligação, Tabatha recebeu uma ligação do pai.

— Ray ligou para ela? — pergunto. — Ele me disse que eles nunca se falam.

— Bem, naquele dia se falaram. Ela nos disse que a ligação de Ray era irrelevante. Mas isso me incomoda porque foi a ligação de Leo que a levou pra fora do colégio. Se ela não tivesse retornado aquela chamada, poderia ter testemunhado o assassinato. Isso me parece importante.

Passo o dedo pela borda da caneca, enquanto uma ideia perversa se forma na minha cabeça.

— Tem como checar onde Leo estava quando ele fez aquelas ligações? E se estivesse no colégio? Isso provaria que…

Juntando nossos pratos vazios, a sra. Dearie balança a cabeça em negativa.

— Já pensamos nisso.

Ela volta da pia com um bloquinho e uma caneta, e começa a desenhar. Num esboço apressado, ela desenha um quadrado chamado *Colégio Stone Grove*, um chamado *Centro da cidade*, e outro chamado *Mooncrest*. Ao lado de cada quadrado, ela desenha uma torre triangular.

— Stone Grove tem dezenas de torres de celular — explica ela. — Mas qualquer ligação feita recebe sinal da torre mais próxima, e isso nos dá uma localização aproximada de onde a chamada foi feita, geograficamente falando. Todas as ligações que Leo fez naquele dia foram a partir da torre de Mooncrest. Se ele estivesse a pelo menos dois quilômetros do colégio, a torre seria essa outra aqui.

Ela aponta com a caneta para a torre mais próxima do colégio.

Enquanto meus ombros desabam, Dearie leva a caneca dele até a pia e fala:

— Então Leo tirou a ex dele do colégio enquanto Justin matava a Gretchen.

— Justin? — pergunta a mãe dele, genuinamente surpresa.

— *Dearie* — digo. — Sei que você quer ajudar, mas não dá pra sair por aí acusando qualquer pessoa de quem você não gosta. Grover fez isso e acabou com a minha vida.

Se encolhendo, Dearie ajeita o cabelo e diz:

— Desculpa. Só estava pensando em voz alta. — Ele se vira para a mãe. — Não sei se foi Justin, ou se... as coisas estão meio esquisitas. E não estou no clima para encontrar todo mundo no colégio hoje.

Nisso nós concordamos. Depois de abraçar Dearie, pergunto à mãe dele se podemos ficar com o desenho que ela fez. Ela concorda, mas me faz prometer que não vou mostrar para ninguém.

— Eu nem deveria ter compartilhado isso com vocês — comenta, pegando a bolsa em cima da mesa. — Mas esses assassinos estão com vocês na mira. Foda-se meu trabalho. Vou fazer tudo o que puder para manter vocês dois a salvo.

É reconfortante ser tratado como um adulto. Mas a pergunta que não quer calar é: por quanto tempo a sra. Dearie conseguirá segurar a agente Astadourian, agora que ela está de olho em mim?

Quando Dearie e eu chegamos no colégio, os outros alunos estão levando a coisa toda de "fiquem juntos" de forma bem literal, e andando em grupinhos dos armários até as salas de aula. A notícia sobre o Clube Queer ter sobrevivido por dois dias após recebermos a ameaça do Mr. Sandman se espalhou — ficar junto é a saída.

Antes de nos separarmos para as aulas da manhã, Dearie solta um grito. Eu estava olhando o celular, então não sei o que aconteceu, só sei que ele está se jogando nos meus braços.

Eu o pego. Meu celular cai no chão, e olho para a frente.

É ele. O homem com a máscara teatral caminha na nossa direção, a alguns passos de distância. Dearie e eu andamos para trás, nossos sapatos derrapando no chão enquanto tentamos correr. O mundo se move em câmera lenta. Não vai dar tempo — ele está perto demais. A risada do assassino é abafada por trás da máscara prateada de borracha.

Prateada... não é de bronze, como de costume.

Então, outra pessoa ri, e Dearie e eu olhamos ao redor, para outros alunos que estão gargalhando. O homem mascarado continua o escárnio enquanto a sra. Drake arranca a máscara do assassino.

Que merda.

É só um aluno chapado do primeiro ano zoando com a nossa cara. O garoto corre tão rápido que ninguém consegue pegá-lo. Meu coração não desacelera de jeito nenhum.

A sra. Drake está vestindo um macacão preto, e carrega olheiras fundas e escuras no rosto, com o cabelo preto todo bagunçado e cheio de pontas duplas. Parece que teve uma semana e tanto.

— Vocês estão bem? — pergunta ela.

— Estamos vivos — responde Dearie, recostado no armário para recuperar o fôlego, parecendo tão envergonhado quanto eu.

— Não tenho tempo para conversar agora — diz ela num sussurro, varrendo o corredor com os olhos cansados. — Quero falar com todas as pessoas do Clube Queer. Explicar algumas coisas. Não estava nos meus planos falar diretamente com vocês, mas como todes estão na mira, vocês têm o direito de saber.

Seguro a mão de Dearie num gesto de proteção. Ele está tremendo, mas estamos totalmente atentos às palavras da sra. Drake.

— É sobre seu ex-marido? — sussurra Dearie.

— Sim. — Ela massageia as têmporas com as mãos trêmulas. — A polícia não cansa de interrogá-lo, mas juro que ele é inocente. Da última vez também foi assim. Eles entenderam tudo errado.

Meu coração parece um tambor dentro do peito. Por que ela não fala tudo de uma vez?

A sra. Drake lança um olhar sombrio na direção leste do corredor. Mais alunos estão chegando.

— Eu estava ao telefone com Leo quando a Gretchen morreu — sussurra ela. — Não pode ter sido ele. — Enquanto tento parecer surpreso, ela encara Dearie. — E a *superior* da sua mãe não acha isso importante, mas vi algo engraçado lá fora…

O sinal toca. Uma multidão de alunos sai das salas de aula, nos cercando.

— Viu o quê? — Dearie e eu sussurramos.

Conforme os outros alunos se aproximam, o nervosismo de sra. Drake acaba vencendo. Ela vai embora sussurrando:

— Biblioteca depois da aula! Tragam a galera do Clube Queer. E mais ninguém!

Nunca quis tanto conversar com a sra. Drake, com aquelas roupas sem graça e a marmitinha cheia de uvas congeladas.

— Que merda foi essa? — pergunta Dearie enquanto os alunos nos cercam.

— Por que ela simplesmente não disse o que viu?

— Talvez prefira contar para o Clube Queer inteiro de uma vez?

Reviro os olhos.

— Esse Clube Queer… vou te contar, viu?

Dearie também revira os olhos.

— Tanto drama…

— Viu só? A gente foi em UMA reunião. E do nada viramos suspeitos de assassinato e estamos correndo atrás da sra. Drake.

Dearie leva a mão cansada até a testa.

— Sendo zoados por um hétero do primeiro ano como se fôssemos uns Flopados.

— Exatamente! Não podemos viver assim.

— Isso se a gente não morrer antes!

Depois de soltar uma gargalhada sombria, Dearie e eu nos separamos, cada um para sua respectiva aula. Agora que tenho encontro marcado com a sra. Drake e com a agente Astadourian depois da aula, o tempo nunca demorou tanto para passar. Saudades do fim de semana. Ficar de boa com o Dearie foi tudo o que minha alma precisava, mas meu corpo... bem, meu corpo anda sedento pelo sr. Benito Prince. Três noites de paquerinha por chamada de vídeo antes de dormir já me provocaram o suficiente. E nem vi um nudezinho ainda. Só um pedaço do peito dele aparecendo por baixo do cobertor. Todo o resto permanece escondido atrás daquelas roupas largas de garoto. O sorriso por trás dos óculos.

Preciso corrompê-lo.

Essa reta final do ensino médio não tem sido nem um pouco entediante. Isso eu posso afirmar. Aqui estou eu, assistindo a uma aula atrás da outra, escondendo minha virilha com uma pilha de cadernos como se fosse um adolescente na puberdade. Finalmente, quando grande parte do dia de aula já passou, Benny aparece no final do corredor, perto do refeitório.

Pelo menos acho que é ele.

Durante o fim de semana, meu garotinho fofo de óculos com aquela camiseta larga do Loki se transformou numa grande gostosa. As pernas lisas calçam chinelos e vestem shorts pretos com a bainha bem curta, destacando as curvas dele pela primeira vez em toda a sua existência. Ele veste uma regata cinza, com uma camisa creme desabotoada por cima — o tecido é tão transparente que dá para ver o formato dos ombros delicados dele. Ele aplicou uma camada fina de brilho labial e passou condicionador no cabelo — os cachos escuros brilham

SUAS NOITES SOLITÁRIAS ACABAM AQUI 205

e balançam enquanto ele anda. E, o mais chocante de tudo, ele abandonou os óculos.

Uma pena, mas ele fica gato de qualquer jeito.

Uma força sobrenatural me puxa em direção a Benny. No momento em que ele me vê chegando, abre um sorriso todo tímido. Ele segura os livros na frente da barriga e fica parado com um pé sobre o outro, toda garotinha. Ele fica superfofo assim e eu perco as palavras.

— Oi, Benny — digo, caminhando com minha jaqueta que, de repente, parece muito pesada. — Tirou os óculos?

—Ah, hum... — Uma onda de timidez toma conta de Benny e ele tenta empurrar os óculos que não estão mais ali. — Tô de lente hoje. Eu odeio, mas de vez em quando uso...

— Quando decide se vestir todo gatinho assim?

Ele levanta a cabeça, o peito balançando numa respiração rápida e ansiosa.

—Acho que sim.

— Bem, eu também gosto de você de óculos — comento. Ele morde o lábio inferior, e eu mordo o meu. É minha dança do acasalamento; imitar a linguagem corporal da outra pessoa. Primeiro se beija com a vibe, depois com a boca. Chego mais perto dele. — Tem certeza de que preciso esperar até eu te levar pra sair para poder te beijar?

Ele dá uma risadinha.

— Bem...

Dou uma piscadela.

— Tô indo ao banheiro. Quer ir comigo?

A alegria dele some.

— No *banheiro*?

— Tem mais privacidade.

— Uma privacidade fedida. — Benny olha por cima dos ombros, pensando. —Arquibancada?

— Clássico.

206 ADAM SASS

Segundos depois, embaixo da arquibancada do ginásio felizmente vazio, beijo Benny até pressioná-lo contra uma fileira de andaimes. Todas as minhas preocupações parecem fogos de artifício — primeiro explodem; depois, somem.

E se essa for minha última oportunidade de beijar Benny Prince?

Não é só Mr. Sandman que me faz pensar nessa possibilidade assustadora. Em algumas semanas, Benny vai se formar, como o resto de nós. Ano que vem, ele vai para uma universidade pública nos arredores de Tucson, então não estará tão longe quando eu voltar de Nova York para os feriados, mas e se eu desistir dos meus planos de Nova York? Ir para Los Angeles com Dearie seria mais perto. Tucson ficaria mais perto ainda. E se eu desistir de tudo e decidir apenas cozinhar para Benny enquanto ele estuda?

Os lábios dele têm gostinho de coco. O beijo é macio pra caramba. Ele agarra minhas bochechas geladas, enquanto passo os dedos pelas costas dele...

BUM!

Assim que minha mão toca a bunda dele — como uma punição divina —, dois formandos barulhentos entram na quadra. Benny se solta dos meus braços, tremendo de medo. Permaneço no mesmo lugar; nada me assusta a não ser Mr. Sandman. Os garotos são uns valentões altos e brancos, vestindo jaquetas do time de basquete. Sei quem eles são — Walker Lane e Teddy Marks; um é o garoto em quem dei um tapa, e ambos são futuros universitários babacas e peidorreiros.

— Nossa, Cardoso! — grita Walker, com um sorriso de escárnio, enquanto Teddy cobre a risadinha com a mão. — Te pegamos no pulo.

Passo o braço ao redor dos ombros de Benny, encaro meus colegas de time e digo:

— Vaza daqui.

Isso só faz Walker gritar mais alto.

— Parece que você arrumou um novo namoradi...

Agora solto Benny e marcho na direção deles.

— Quer mais um tapão?

Ele ri de novo, mas com menos empolgação. Teddy fica quieto.

— Você não faria...

— Tenho problemas muito maiores do que você, Lane. As pessoas acham que eu sou um *serial killer*. Você acha mesmo que alguém iria ligar se eu metesse a porrada em você de novo?

Meu rosto permanece duro feito pedra.

Walker se afasta e Teddy — como sempre — vai correndo atrás dele. O que importa é que Benny parou de tremer. Ele não está mais no clima, nem eu, mas pelo menos não fomos expulsos daqui como dois pervertidos. Vamos terminar esse momento com classe.

Beijo o cabelo de Benny, com cheirinho de baunilha, e quando ele sorri sei que está tudo bem.

— O Walker quebrou meu braço no sétimo ano — diz ele, com uma pontada de medo que ainda não foi embora.

Um garoto tão lindo assim não merece sentir medo. Balanço a cabeça e digo a verdade, a primeira coisa que me vem à cabeça:

— Nem me lembrava disso. — Beijo a ponta do nariz dele.

— Um dia, você também não vai se lembrar. Walker Lane não vai aparecer nunca mais no filme da nossa vida. Quando formos embora daqui, você poderá ser quem quiser. Pessoas *queer* podem fazer isso, é nosso direito.

Ele sorri.

— Sério?

— E tenho a sensação de que independentemente de quem você seja... — digo e dou um tapinha na bunda dele — ... vai continuar sendo o maior gatinho.

Benny deixa escapar uma risadinha safada, mas depois me encara sério, com uma admiração que nunca vi nos olhos dele.

— Você não tem medo de nada, né?

Sorrindo, chego mais perto.

— Tenho medo de muita coisa. O segredo é não deixar que vejam. Eles querem o seu medo. Tem que deixar eles passando vontade.

Para aliviar a ansiedade do Benny de que Walker e Teddy possam nos dedurar, decidimos nos separar durante o intervalo. Acho que assustei aqueles otários o suficiente para mantê-los calados, mas nunca se sabe o que esses zé-ruelas podem fazer, então decidimos pegar leve. De volta ao corredor, Dearie me encontra com um sorrisão no rosto.

— O que é isso na sua boca? — pergunta ele, com os olhos brilhando.

Pego um lenço na bolsa, limpo os lábios e — sim — tiro uma camada cintilante do brilho labial de Benny. Rindo, com a voz de um pai de família daquelas séries dos anos 1950, digo:

— Querida, não é o que parece.

— Aham — diz Dearie, entrando na brincadeira e imitando uma mãe dos anos 1950. — Você está de nheco-nheco com a secretária de novo! — Ele dá um tapa no meu braço, retornando com a voz normal num sussurro: — Benny Prince? Era com *ele* que você estava conversando de noite, seu safadinho?

— Eu só...

Benny fica emburrado.

— O que aconteceu com o plano de não baixar a guarda perto do grupo de Flopades?

Ainda sentindo o beijo de Benny nos meus lábios, a palavra *Flopade* ganha um gostinho amargo. Talvez eu não devesse ter usado tanto essa ofensa na época em que Dearie estava namorando Grover. Meio que machuca.

Incapaz de defender meu comportamento, dou de ombros.

— Tenho quase certeza de que ele é inocente.

Um brilho diabólico toma conta dos olhos de Dearie.

— *He's not that...*

— *Innocent* — completamos juntos.

Nossa felicidade perversa é interrompida pela chegada de outro Flopado: Mike Mancini (como é o Mike, posso chamar de Flopado, sim). Enquanto visto uma camisa branca básica e uma jaqueta leve, e Dearie está uma gracinha com seu cropped justo, o garoto me aparece com mais uma blusa amarrotada de gola rolê. Ele está usando uma corrente por fora da gola, então está igualzinho àquele meme besta do The Rock.

— Você não está sentindo calor com isso? — pergunto.

— Não — responde Benny, na defensiva. Meu Deus, esse Cebolitos não relaxa por um segundo. Ele se vira para Dearie. — Tá pronto?

Agora é minha vez de me virar e arregalar os olhos em total pavor. Dearie e Mike, não! Pelo amor de Deus, migo, fica solteiro por um minuto!

Por sorte, Dearie me explica num sussurro bem baixinho:

— Eu estava conversando com Mike durante a aula e, sem eu falar nada, ele levantou a mesma teoria sobre Justin.

Mike assente vigorosamente.

— É a única explicação para o atraso do alarme *e* para ninguém ter encontrado o Sandman na casa dele depois.

Uma sensação de enjoo toma conta de mim.

— O que essa cabecinha de vocês está planejando? — resmungo.

Dearie revira os olhos para mim.

— Ele não veio para o colégio hoje, então vamos passar lá pra tentar conversar com ele.

— Mas não vão mesmo! Ele vai laçar vocês dois pelo pescoço com arame farpado!

— E é por isso que você vai levar a gente.

— Mas e a sra. Drake? A gente precisa falar com ela, e depois tenho que conversar com a agente A.A. Minha agenda de detetive já está cheia hoje.

— A gente volta a tempo! Estamos no intervalo. Somos apenas três formandos dando uma saidinha rápida.

Mike fica radiante, com o peito estufado embaixo daquela gola rolê, orgulhoso de que, neste momento, ele tem mais colhões do que eu. Mas não se trata de medo, eu só odeio ser envolvido num plano sem saber de nada antes. Desde quando somos um trio?

Reviro os olhos para Mike.

— Então você finalmente parou de achar que eu sou o assassino?

Empertigado, ele me encara da cabeça aos pés.

— São dois assassinos.

Me aproximo dele.

— Bem, e se formos Dearie e eu? A gente pode estar te levando para a morte certa.

Mike está suando, mas não quer vacilar na frente do *crush* dele. Depois de um momento, ele admite:

— Nenhum dos dois Sandman é baixinho. O Dearie é pequeno. Então, mesmo se você for um deles, não machucaria o Dearie.

— Finalmente concordamos em alguma coisa. — Aperto a bochecha barbuda de Mike, pego as chaves do carro e aceno para os dois irem andando. — Primeiro os baixinhos.

CAPÍTULO VINTE E UM
Dearie

Estacionamos a duas ruas de distância para que os policiais a postos na frente da casa de Justin não percebam a Julieta, toda brilhante, extravagante e com a palavra TRAIDOR entalhada. Embora minha mãe tenha nos dito que um monte de gente no departamento está no Time Cole, não sabemos quem é quem. O bairro de Justin fica bem longe de onde Cole e eu moramos, na área mais privilegiada da cidade. Esta parte de Stone Grove já passou por poucas e boas. Há diversas casas construídas com materiais baratos, todas idênticas, metade delas desocupadas e tomadas pelo banco, com jardins de pedras e cactos.

A *sensação* é a de que aqui é uns dez graus mais quente.

Lentamente, três gayzinhos se aproximam da lateral da casa de Justin, com nossas costas grudadas nas paredes. Todas as janelas estão com as persianas fechadas, então o único jeito de ver lá dentro é entrando. Ainda bem que o FBI arrebentou a fechadura da porta da frente e ainda não se deu ao trabalho de consertar. Vai ser só uma questão de chegar chegando — o que me parecia um plano muito mais simples *antes* de encararmos a vastidão escura através da porta aberta. Nem um feixezinho de luz penetra a sala de estar.

Justin e seu pai estão sentados no escuro, de cortinas fechadas, sem nenhuma luz acesa? Coisa de assassino.

Mike trouxe duas armas de choque que pegou com a Lucy, mas Cole achou melhor deixá-las com os garotos menores.

— Tem certeza de que Justin mora aqui? — sussurra Cole.

— Ele disse que estava triste demais pra sair da cama — responde Mike. — Disse que ia tentar terminar o ano letivo de casa.

Cole revira os olhos pela milésima vez.

— Tá bancando a viúva melhor do que o Dearie. E ele só saiu uma vez com Grover. Igualzinho a quando fiquei com ele!

— Nossa, que *palhaçada* — murmuro, segurando a arma de choque com as duas mãos.

Cole aperta os lábios em desaprovação.

— Você tá superconvencido de que ele está envolvido, mas não temos um motivo sequer além de "ele é um incel que quer me incriminar".

Aponto a arma de choque na direção de Mike.

— Mike sabe um motivo.

Suando em bicas, Mike seca a testa com a manga do suéter.

— Bem… — sussurra ele. — Justin não queria se mudar pra cá. Os amigos dele estão em Boston e no ano passado ele estava com *tanta* raiva. Fazendo drama por qualquer coisa. Gritando com as pessoas. Deprimido. Se sentindo preso. A única coisa que deixava ele feliz era assistir a *Noites solitárias*. Talvez a série tenha inspirado ele…

Boquiaberto, Cole se vira para mim.

— Deprimido e dramático? Por que você não me disse isso antes, Dearie? — Semicerrando os olhos, ele sussurra: — Você acabou de descrever qualquer gay adolescente do país! Isso não é nada suspeito, seus frangotes.

Sem pestanejar, mando a verdade na lata:

SUAS NOITES SOLITÁRIAS ACABAM AQUI 213

— Não, mas fazer uma cópia da chave da sua casa é.

Cole fica quieto. Os ombros de Mike despencam, como se estivesse torcendo para não ter que contar essa parte. Finalmente, ele confessa a verdade:

— Depois que Dearie terminou com Grover, ele mandou mensagem pra mim e pro Justin, dizendo que ia riscar seu carro. — Cole solta um rosnado, mas Mike o dispensa com a mão.

— Tentei tirar essa ideia da cabeça dele, juro! Mas Grover e Justin estavam *doidos* pra acabar com você. Justin teve a ideia de ir pregando mais peças em você depois de arranhar a lataria, então ele me pediu pra invadir seu carro, já que ajudo meu pai com isso quando os clientes ficam presos pra fora do veículo. — Mike abaixa a cabeça, envergonhado. — Grover viu você colocar as chaves da sua casa no porta-luvas uma vez, então eles acharam que eu podia arrombar seu carro, copiar a chave da sua casa e…

— E O QUÊ? — questiona Cole.

— Sei lá. Me recusei a fazer isso. Daí eles me chamaram de esquisitão e pararam de falar comigo.

— Mike, um dos assassinos entrou na minha casa. Minhas mães poderiam estar lá. Por que você não disse nada?

— Porque… — Cedendo ao nervosismo, ele puxa a gola rolê para baixo.

— Porque…?

Entrando no meio dos dois, digo:

— Porque o Grover ficava agressivo pra caramba com qualquer um que fosse contrário a ele. Todo mundo sabe disso. Agora eu acho *possível* que Justin tenha seguido com o plano depois da morte de Grover. Isso já é motivação suficiente pra mim.

Cole e Mike se encaram e, finalmente, os dois se tranquilizam e assentem um para o outro. Nós três nos juntamos no cantinho atrás da entrada da casa, para não sermos vistos pela viatura estacionada na calçada. Depois que a ameaça de Mr.

Sandman passou, eles deram uma diminuída na proteção, tirando os agentes do FBI e deixando apenas policiais à paisana.

— Como faremos isso? — pergunto. — Vamos falar para os policiais que viemos ver o Justin?

— É arriscado e vai demorar demais — responde Cole. — Vamos só entrar e ver no que dá.

Esticando o pescoço na esquina, vejo um sedan estacionado, mas está longe demais para saber se tem alguém dentro.

— Se entrarmos correndo pela porta da frente, eles nem vão perceber — digo, segurando a arma de choque. Mike segura a dele, me empurra e nós corremos para dentro.

Se entrar na casa foi fácil assim para a gente, imagina para os assassinos.

A sala de estar de Justin é abafada. O ar-condicionado está ligado, mas com a porta aberta não adianta de nada. É como atravessar uma cortina de suor. A casa não tem decoração alguma, chega a ser triste. É o lar de um pai solteiro e seu filho esportista. A sala de estar tem um sofá velho e manchado que já foi caro no passado. Duas bandejas enferrujadas na frente, onde deveria existir uma mesinha de centro. Moscas rodeiam os pratos sujos com sobras do jantar. Não há nenhuma cadeira — a família Saxby não está acostumada a receber visitas. Nenhum quadro nas paredes. Nenhuma foto. Só uma área de entretenimento imaculada, com uma TV de oitenta polegadas e um monte de consoles de videogame com os fios todos embolados na parte de trás.

— Nossa, que *pavor* — sussurra Cole.

Só arregalo os olhos e balanço a arma de choque pelo ar como se fosse um mago. Ainda não adentramos muito na casa. Sair correndo pela porta continua sendo uma opção viável. À nossa frente, há três corredores — caminhos sombrios e vazios de onde um homem mascarado pode surgir de repente, com arame farpado em mãos...

— Melhor não entrarmos muito — sussurro.

— Concordo com o Dearie — murmura Mike.

Uma gota de suor escorre pela bochecha de Cole. Ele solta o ar lentamente para se acalmar, antes de concordar.

— Tô com vocês.

Como se fôssemos uma entidade, voltamos em direção à porta, quando escutamos um gemido num outro cômodo — tem alguém chorando. Cole se assusta. Tropeço para trás em cima de Mike, e as mãos fortes e calejadas dele me impedem de cair.

Ninguém diz nada. Esperamos a voz surgir de novo.

— Fiz tudo o que você queria! — A voz de um homem grita no outro cômodo. Um murmúrio suave vem em seguida, uma segunda voz. Então, o homem responde, tomado por uma angústia terrível: — Preciso ver ele! Por favor! Fiz tudo...

O homem — acho que é o pai de Justin — começa a chorar descontroladamente. Então, escutamos um TUM muito alto. Algo batendo com força em outra coisa. Tipo madeira. Ou o crânio de uma pessoa. As paredes finas ao nosso redor reverberam mais um golpe certeiro. E então... passos. Mais alto. Mais perto.

— Cole — sussurro.

— Corre! Agora! — sussurra ele de volta.

Não olhamos para trás. Em menos de dez segundos, saímos correndo da sala de Justin, atravessando a porta e chegando à rua. Rápidos porém cuidadosos. Nós sabemos como sair sem fazer barulho. Quando finalmente encontramos a luz do sol, corremos pelas calçadas desniveladas em direção à viatura de polícia. Se movendo como um tornado, Mike chega à porta do carona primeiro, Cole e eu logo atrás.

Porém, quando chegamos, Mike encara a janela do carro com a expressão desanimada e os braços congelados no ar.

O automóvel está vazio.

Os vidros estão abaixados, mas não tem ninguém ali.

— Isso não é nada bom — murmura Mike.

— Será que eles tão dentro da casa? — arrisco.

— Meu carro. Vamos! — grita Cole, empurrando Mike e eu pelos ombros para nos arrancar do transe. Corremos, derrapando no asfalto enquanto passamos por uma casa vazia seguida da outra.

Ninguém aqui para nos ajudar. Nenhum lugar para correr, exceto o carro.

Mike chega na frente, com Cole logo atrás. Minhas botas cubanas pesadas não foram feitas para correr e salvar minha vida, então talvez seja melhor eu repensar minhas escolhas de estilo, agora que minha vida é correr.

Mais uma rua até chegarmos na Julieta.

Desafiando todas as moléculas do meu corpo que me dizem para não fazer isso, olho para trás…

De pé no jardim de pedras de Justin, parado no meio dos cactos, nos observando, mas sem nos seguir, está Mr. Sandman — usando sua máscara de tragédia.

CAPÍTULO VINTE E DOIS
Cole

Dearie e eu voltamos para o colégio bem a tempo do último sinal. Minhas mãos estão pegajosas de suor quando paro o carro. Centenas de alunos passam pelos policiais e repórteres na entrada principal, e os héteros levantam uma nuvem de poeira enquanto correm para seus carros a fim de sumirem de perto desses *queers* amaldiçoados.

O que diabos aconteceu com Justin? Ele é o assassino ou mais uma vítima?

Não tenho ideia, mas sei que todos nós ainda estamos na merda. Vou levar Benny e o resto do pessoal para longe do colégio em velocidade máxima. Deixamos Mike na casa dele, com os agentes Manfredi e Jurgen do lado de fora — e deixamos por conta dele reportar os policiais desaparecidos e tudo o que rolou na casa dos Saxby.

Ah! E, óbvio, sobre Mr. Sandman — o original — que estava lá.

Fomos até a casa de Justin na esperança de flagrá-lo fazendo coisas do Sandman — e talvez tenha dado certo, talvez não, mas os assassinos com certeza têm alguma coisa a ver com aquela casa. Só precisamos descobrir que tipo de acordo o sr. Saxby tem com os dois Sandman.

"Fiz tudo o que você queria!", gritou ele. *"Preciso ver ele!"*

Ver o Justin? Será que ele está sendo mantido como refém? Mr. Sandman nunca sequestrou ninguém, mas, até aí, dessa vez tudo tem sido bem diferente.

Os remanescentes do Clube Queer se reúnem no corredor vazio que dá para a biblioteca — onde, assim espero, a sra. Drake nos aguarda com respostas para o mistério que ela começou a contar mais cedo, sobre a história de Leo com os assassinatos. Enquanto Dearie e eu entramos no colégio, Em, Theo, Lucy e Benny se aproximam da gente feito coelhinhos tímidos. Benny voltou com os óculos. Deve ter se cansado das lentes de contato (ou percebido que não precisava delas para chamar minha atenção). Lucy abraça Dearie e Benny mergulha na minha camiseta encharcada de suor. Theo e Em ficam de fora dos abraços, com os dedos entrelaçados. É amizade ou romance? Sei lá, não ligo.

A hora de *ficar juntes* é agora.

Depois que Dearie e eu repassamos rapidamente para elus tudo o que rolou, Benny me puxa para o canto. Os olhos dele estão arregalados e furiosos.

— Você foi investigar uma casa assombrada, com um assassino à solta, acompanhado por dois garotos brancos? — pergunta ele. — Tá querendo morrer?

Rindo, respondo:

— Isso aqui não é um filme, fofinho.

— Vai rindo… — Benny se acalma com uma sequência de respirações curtas e muito fofas. — Ainda bem que você não é meu namorado, senão eu te proibiria de fazer uma coisa dessas de novo.

Minha sobrancelha vai lá no alto. Cutuco o queixo dele.

— Quem disse que eu não sou seu namorado?

— Eu disse. — Ele aperta os lábios. — Até eu ter certeza de que você não tá querendo morrer.

Sorrio.

— Estou em condicional?

— Isso aí.

Quando voltamos para a rodinha do Clube Queer ao lado dos armários, Dearie está explicando a teoria dele sobre Justin para Theo e Em. Dentre todos aqui, Em é uma das maiores fãs de *Suas noites solitárias acabam aqui*, perdendo apenas para mim... e provavelmente para os assassinos. Ela coloca o cabelo platinado por trás da orelha enquanto absorve as informações terríveis. Pior que isso, está com o dedo mindinho entrelaçado ao de Theo.

Balanço a cabeça. Mais uma garota legal caindo nas graças de ume Flopade.

— Faz sentido — comenta Em. — Mas, pensando por esse lado, por que o pai do Justin estaria implorando para vê-lo? Se Justin for mesmo o assassino, ele não... estaria lá?

— Não sei — murmura Dearie, com a mão na boca. — Mas ou o Justin é o assassino ou... ele está morto.

Um silêncio chocante toma conta do grupo.

Não temos tempo para teorias ou dramas.

— De qualquer forma, quem quer que estivesse por trás daquela máscara nos viu sair — digo. — É alguém que sabe que estamos perto de solucionar o que está rolando. — Me posicionando no meio do grupo, uso minha voz de pai: — Então, vamos falar com a sra. Drake e depois voltamos para o confinamento.

Aceno para Benny e ele vem para meu lado direito. Dearie me abraça pela esquerda, e assente para Benny de um jeito amigável. Benny retribui com um sorriso amargurado que diz *você quase matou meu homem* e segura minha mão. Lucy observa nossas mãos e depois olha para mim, assoviando.

Enquanto atravessamos as portas da biblioteca, Theo — vestindo preto da cabeça aos pés, com uma gravata-borboleta também preta — se vira para mim com tristeza no rosto cheio de sardas.

— Vi as notícias sobre Paul. Os pais dele são horríveis. Sinto muito, muito mesmo.

Será que Theo foi abduzide por alienígenas e substituíde por um clone que sabe pedir desculpas?

Bem, parece que eu também fui substituído, porque sinto um pedido de desculpas chegando na ponta da língua enquanto meu coração amolece.

— Tá tudo bem. Você tinha razão. — Meu peito estremece com uma pontada urgente de dor. — Continuei pensando no Paul como se ele ainda estivesse vivo. Onde quer que ele esteja, não precisa mais se preocupar em se assumir.

Não acredito em como me sinto grato por estar cercado de Flopades.

Theo abre a porta e nós entramos. A biblioteca está escura. Nenhuma luz acesa. Como o sol continua forte lá fora, as cortinas fechadas projetam na sala um brilho sutil, meio bege. Nossa biblioteca é patética de tão pequena. Estantes aleatórias de livros, não muito mais altas que eu, ficam em cada um dos lados da sala, cheias de edições antigas sobre o mais puro nada. E a mesa para grupos de estudo no meio da sala parece sinistra. Embaixo dela, pura escuridão. Alguém pode estar escondido ali embaixo, esperando para nos agarrar pelos tornozelos.

— Sra. Drake — chama Dearie.

Nenhuma resposta.

— Tabatha? — grita Theo.

— Será que ela se atrasou? — pergunta Benny.

— Ela nunca se atrasa — responde Lucy.

— Exceto naquela reunião do Clube Queer — relembro. — Que ela prometeu que iria se explicar!

Enquanto Theo me pede para ficar quieto, Em se balança no lugar antes de dizer:

— Ela amarelou. E eu vou fazer o mesmo. — Num borrão de cabelo platinado, Em dá meia-volta e corre em direção à porta. Ela abre...

Mr. Sandman, no entanto, está esperando.

O Sandman Sorridente — não aquele que estava na casa de Justin. Isso aqui é uma emboscada.

Todo mundo grita e corre. Nem temos tempo para pensar.

Um fio brilhante e afiado — um colar — corta o ar, na direção do cabelo prateado da Em...

Soltando a mão de Benny, salto na direção de Em para puxá-la...

Mas antes que eu consiga me aproximar, ela já deu meia-volta, saltando como um gato em cima da mesa de estudos. Ela cai com a graça de uma atleta olímpica. A integridade da mesa já não é tão graciosa assim. Assim que Em pisa no tampo, ele vira, mandando o corpo dela para trás, em direção a uma estante de livros.

— VAMOS! — grita Theo enquanto o Sandman Sorridente se mexe. Theo é mais veloz, correndo até Em. Elu a coloca de pé e ês dues desaparecem atrás das estantes, em meio às sombras.

— EU SÓ FUI EM UMA REUNIÃO DO CLUBE! — grita Em.

Ao me virar, encaro o Sandman Sorridente, esperando com seu sorriso macabro para ver o que faremos em seguida. Pensando em Paul, acelero em direção ao assassino, pronto para derrubá-lo, mas, quanto mais perto chego, mais brilhante aquela coroa de espinhos fica. E, como se ele fosse um adversário na quadra de basquete, faço uma investida falsa para a esquerda, depois corro para a direita, em direção às estantes onde Theo e Em desapareceram.

Um *vooosh* afiado corta o ar. O arame não me atingiu.

Muita adrenalina toma conta do meu corpo, minhas pernas se movem de modo independente do meu cérebro. Com um *créc*, meu ombro bate na estrutura de metal da estante encostada na parede do fundo, lançando uma onda de dor para as minhas costas e uma pilha de livros para o chão.

Em algum lugar atrás de mim, Lucy grita.

Quando a dor passa o suficiente para clarear minha vista, viro pelo canto de uma estante para ver Lucy perto da mesa de estudos tombada. Pequena e determinada, Lucy encara o Sandman Sorridente enquanto segura uma pilha de livros nos braços. Um por um, ela os atira no assassino como se fossem tijolos. Eles passam de raspão pela máscara dele e ele nem se mexe. Alguns até o acertam, mas não passam de uma leve perturbação. Sandman avança. Lucy perde a força nos braços, deixando os livros caírem no chão. Ela se vira para correr, mas não vai dar tempo.

A não ser que eu faça alguma coisa.

Pegando vários livros do chão, corro de volta até o centro da sala, em direção ao Sandman Sorridente, que está de costas para mim. Pego o maior livro e miro bem na redoma brilhante na parte de trás da máscara.

BUM! BUM! BUM!

Mando três arremessos seguidos. Cada um deles o acerta em cheio.

O assassino cai como um saco de batatas.

Lucy não para. Ela salta sobre um carrinho de biblioteca e desaparece por trás da mesa de sra. Drake, descendo por um corredor sombrio. Aonde ela foi? Se eu me desse ao trabalho de frequentar essa biblioteca, saberia.

Minha mão treme e meu coração está na garganta, mas tento não respirar enquanto procuro pela biblioteca as duas pessoas mais importantes para mim: Dearie e Benny. *Por que* soltei a mão de Benny? Em evidentemente sabia como se cuidar sozinha. Eu poderia ter tirado eles dois daqui.

Sem querer ser a única pessoa dando sopa, me escondo atrás das estantes e me agacho para recuperar o fôlego. Essas estantes são a única coisa entre mim e a morte.

Será que devo ligar para a emergência? Para a mãe de Dearie? O assassino está caído de barriga pra cima. Duvido que vá ficar assim por muito tempo.

Nenhum sinal de Theo ou Em também.

Qualquer som pode acordá-lo. Preciso chegar na porta; ela não está tão longe. No lado oposto da biblioteca, depois da mesa de sra. Drake, sussurros ecoam pelas paredes. Passos suaves. Alguém ainda está aqui, tentando alcançar a mesma saída que eu.

Dearie, por favor, esteja com o Benny. Por favor, estejam escondidos embaixo de uma mesa ou qualquer coisa assim.

Não posso ir embora antes de encontrá-los.

Colocando os joelhos no chão, engatinho em direção às janelas mais distantes. Paro para olhar através das frestas entre os livros nas prateleiras mais baixas. Elas me dão uma visão desimpedida da mesa de estudos tombada, onde o Sandman Sorridente caiu...

Mas ele não está lá.

— Meu Deus — sussurro.

Ele não está lá. Ele COM CERTEZA não está parado atrás de mim com um colar de arame farpado.

Depois de três segundos horríveis, me permito olhar para cima. Ninguém. Estou sozinho.

BUM. À distância, a porta da biblioteca é aberta. Não consigo ver daqui, mas duas pessoas saem gritando. Os sapatos derrapam no chão do corredor. Podem ser Em e Theo.

Me forço a respirar. Alguém vai chegar aqui em breve.

Clique-claque. A porta se fecha sozinha.

Outro BUM. Mais longe, outra porta é aberta. No final do corredor onde Lucy desapareceu, um feixe de luz branca atravessa a biblioteca e muitas pessoas saem correndo, até a porta se fechar de novo.

Talvez Lucy tenha tirado Benny daqui? Ela, Benny e Dearie? Apesar do alívio que esse pensamento me traz, ele significa que estou sozinho na biblioteca.

Daqui a pouco. Eles vão voltar com ajuda daqui a pouco. Não posso ficar parado. Preciso continuar me movendo até a sra. Dearie, ou a agente A.A. ou qualquer outra pessoa chegar para assustar o Sandman Sorridente, ou para finalmente prendê-lo.

Ainda engatinhando, olho para a direita e para a esquerda em busca de qualquer movimento além do meu. Um segundo depois, minha testa bate em algo duro, algo que fede a graxa de sapato.

Uma bota de salto alto. Nos pés de uma pessoa. Caída no chão da biblioteca.

Um corpo.

Meu coração para quando identifico o salto.

— Dearie — choro como um garotinho. *Não, não!* Esquecendo o Sandman Sorridente, esquecendo minha própria segurança, me ajoelho e me jogo em cima do corpo do meu melhor amigo. Porém, o que encontro é um macacão preto. É uma mulher com olhos fundos, encarando o teto com o olhar vazio.

Sra. Drake. Está morta, com arame farpado enrolado no pescoço. Ela está caída numa poça de sangue escuro, formando uma auréola atrás de sua cabeça.

Diferente de Gretchen ou Grover, as feridas dela não estão mais sangrando. Ela já estava morta quando chegamos aqui. Ao lado da cabeça, um cartão de papel pardo foi colocado, como um convite para um jantar.

SUAS NOITES SOLITÁRIAS ACABAM AQUI.

Preciso ir embora *agora.*

Trrrrriiiimmmmm.

O som de um celular tocando atravessa a biblioteca silenciosa como um arpão. Me movo tão rápido que um espasmo de dor me atinge nas costas.

Trrrriiiiiimmmmm. O toque horrível se aproxima.

Isso tem que parar, ou o Sandman Sorridente vai procurar o que está fazendo o barulho. Olho meu celular, mas não vem dele. A sra. Drake está segurando o próprio aparelho, que continua com a tela apagada. Não é o dela também.

Trrrrrrriiiiiiiiimmmmmm.

O som surge de novo. Olho para minha bolsa transversal que, de alguma forma, continua no meu ombro depois de todo esse caos. O telefone toca de novo. Está vindo da bolsa. Abro a aba de cima e procuro em meio aos cadernos, canetas e meu iPad. Nada de celular. Quando toca de novo, sei que estou perto. Há dois bolsos grandes de zíper no interior da bolsa. Abro o primeiro...

E puxo um pedaço pequeno de arame farpado. As pontas afiadas tocam minha pele, mas estou boquiaberto demais para soltá-las. Isso estava na minha bolsa esse tempo todo?

Trrrrrrrrrriiimmmmmmm.

Ainda segurando o arame, abro o segundo bolso. Lá dentro, há um celular antigo.

Trrrrriiimmmmmmmmm.

De alguma forma — *de alguma forma* —, um dos assassinos colocou isso na minha bolsa. Quando? Como?

Ai, meu Deus.

Foi por isso que todos nós recebemos as mensagens e ficamos confinados. Por isso que o Sandman Sorridente apareceu na minha casa mesmo sabendo que eu não estaria lá. Ele estava plantando evidências.

Vai embora, Cole. Larga tudo e vai embora.

Mas eu preciso falar com ele. Preciso confrontá-lo.

Prendendo a respiração, reúno a última gota de coragem que ainda me resta e atendo a chamada.

— Alô — digo.

— Te peguei, Sandman. — A voz de uma mulher emana do celular e da minha frente. Um gatilho de arma estala. Olho para cima. A agente Astadourian, de calça preta impecável, aponta uma arma de fogo para mim com uma das mãos e segura seu celular com a outra. Três outros agentes dão cobertura.

Ainda estou segurando a maldita arma do crime.

— Abaixem as armas — ordena ela aos agentes. Eles continuam com as armas empunhadas, hesitantes. — AGORA. — Finalmente, eles a escutam e a agente A.A. abaixa a própria arma. Ela dá uma risadinha. — Esse rapaz aqui não vai a lugar nenhum.

NO PRÓXIMO EPISÓDIO DE
SUAS NOITES SOLITÁRIAS ACABAM AQUI:
EM BUSCA DE MR. SANDMAN

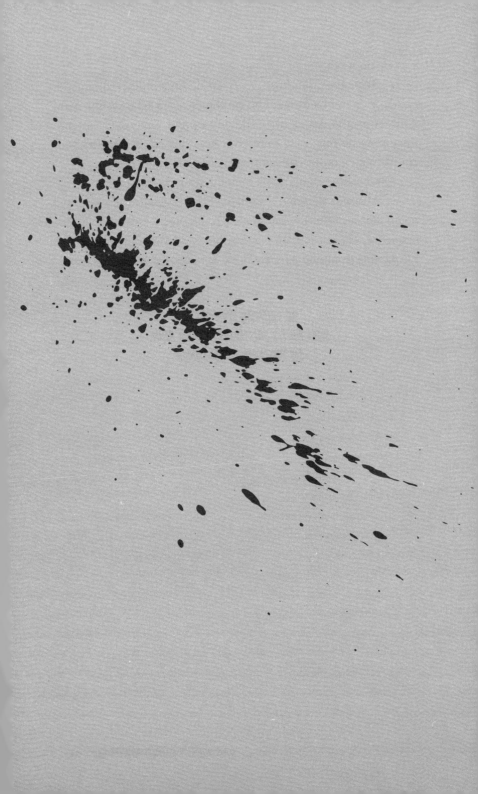

Com os casais forçados, vieram novas famílias. E tem jeito melhor de provar ao mundo — e ao assassino — que você é feliz, amado e satisfeito do que tendo um bebê?

Em meados da década de 1970, com Mr. Sandman entrando em seu quarto ano de atividades e sua identidade ainda desconhecida, San Diego foi palco de um fenômeno inesperado: Os Bebês de Sandman. Foi um pico de nascimentos de crianças resultado pelos incontáveis namoros e casamentos de pessoas desesperadas para não serem as próximas da lista. Relacionamentos que poderiam — ou deveriam — ter acabado se não fosse pela sombra de Mr. Sandman, geralmente transformada em um recém-nascido, um altar visível — uma oferenda — à falta de solidão.

Meio século depois, onde estão esses filhos do terror agora e como se sentem a respeito de suas origens sombrias?

CONTINUAR ASSISTINDO?

PARTE CINCO
OS BEBÊS DE SANDMAN

CAPÍTULO VINTE E TRÊS
Dearie

Estamos de volta à sala 208. As circunstâncias são bizarramente similares às da última vez em que estive aqui, quando estávamos todes sentades em grupinhos isolados, esperando para respondermos às perguntas da minha mãe sobre o assassinato da Gretchen.

Só que, desta vez, só sobraram quatro de nós.

Gretchen, Grover e a sra. Drake estão mortos. Cole está sob custódia da polícia. Theo foi rapidamente entrevistade e levade embora pelos pais. Mike está em casa. Justin está sabe lá Deus onde — ou ele é um dos assassinos, ou está sendo mantido como refém em algum lugar, ou está morto.

Só restaram Benny, Lucy, Em e eu. Os quatro furiosos demais para se entristecerem. Benny se arrumou todo para Cole, mas agora os olhos dele estão fuzilando o carpete, os lábios brilhantes retorcidos numa carranca permanente. Lucy encara a parede com raiva — quase a atravessando, como se tentasse buscar respostas em outra dimensão. Em só resmunga, morde a ponta da caneta e encara o vazio.

Já eu estou num nível além da fúria, como o centro calmo de um furacão devastador.

A sra. Drake queria contar ao Clube Queer algo importante que viu do lado de fora do colégio quando Gretchen foi morta — algo que o FBI estava ignorando. Será que o Sandman Sorridente sabia que a sra. Drake iria se reunir com a gente em segredo?

Aposto que sim — a emboscada foi muito bem planejada.

Está basicamente confirmado que um dos assassinos é um de nós. Justin seria a resposta óbvia, mas, assim como Leo Townsend, a história dele está cheia de buracos. Aprendi com a experiência de Cole a pensar duas vezes quando todas as evidências apontam para uma pessoa de um jeito óbvio.

Abro o Instagram para tranquilizar a mente. Espero encontrar um monte de publicações e stories espalhando as notícias sobre a prisão de Cole, mas, por sorte, eles mantiveram tudo em sigilo até agora. Por outro lado, só se fala sobre o assassinato da sra. Drake. Alunos postando homenagens com fotos dela (e da gente) em tempos mais felizes: o macacão da bandeira do Orgulho LGBTQIAPN+ que ela usou no verão passado (completando o visual com uma maquiagem nas cores da bandeira trans), ela toda encolhida sentada no topo de um tanque de água esperando alguém acertar uma bolinha no alvo para ela cair durante um evento de caridade e, o mais doloroso de todos, ela e Grover.

Nesta foto do nosso segundo ano de ensino médio, Grover — com um moletom largo e espinhas no queixo — parece mais feliz do que eu jamais o vi na vida real. Meus dedos ficam gelados. Continuo descendo pelo feed. Uma postagem atrás da outra até eu finalmente encontrar algo que não é sobre morte: aquele babaca do time de basquete, Walker Lane, e uma garota loira qualquer anunciando que vão ao baile de formatura como um casal. Héteros como sempre achando que o baile é um anel de noivado. Porém, duas postagens depois, vejo um noivado de verdade: Michael De La Rosa e Marina Silva mostrando um anel com um diamante gigante no dedo dela.

Nossa... estão fechando o último ano do ensino médio com chave de ouro, hein?

Três publicações depois, mais um anúncio de noivado: Tracee Manning e Stephen Burns.

Esse povo está esperando um bebê?

Uma pesquisa rápida confirma minhas suspeitas: todas as fotos foram postadas na última hora, depois que o corpo de sra. Drake foi encontrado. Como se estivessem conjurando um feitiço de proteção sobre suas casas, essa galera está gritando: "Nada de solidão por aqui! Passa reto, Mr. Sandman!"

Ou seja, agora que uma mulher hétero finalmente morreu, todo mundo começou a levar o massacre a sério? Que nojo.

Quatro publicações depois, levo uma pedrada na cabeça: Theo abraçando a Lucy, os rostos coladinhos. Na foto, Theo está de cabelo loiro e o cabelo da Lucy está comprido — e não com a lateral raspada que ela usa agora. É uma foto do ano passado! *Contando as horas pra passar a formatura ao lado da* MINHA GAROTA*!!!*, escreveu Theo. *Muito feliz agora que estamos* FINALMENTE JUNTES*!!!!*

Para piorar, a legenda termina com um emoji de aliança.

Parafraseando a srta. Britney Spears, PAREM!

E eu achando que Theo e Em haviam se conectado.

— Ei, meus parabéns! — grito para Lucy do outro lado da sala. Em e Benny estremecem, como se tivessem sido acordados de um pesadelo. Lucy reconhece a foto no meu celular imediatamente e fecha a cara.

— Que foi? — pergunta Em, meio distante.

— Lucy e Theo vão se casar ou alguma merda assim! — anuncio.

— Theo *me* pediu pra fazermos um post assim e pensei que era só um convite para um encontro, o que eu meio que já estava esperando, mas aí descobri que seria um namorinho falso

SUAS NOITES SOLITÁRIAS ACABAM AQUI **235**

como quem diz "Não me mate", daí eu disse não... isso é perturbador! — Em não consegue parar de rir. — Então você foi a segunda opção, Lucy?

— A gente se ama! — responde Lucy, com seriedade.

Exausto, Benny bate a palma da mão sobre a mesa.

— Do que vocês estão falando?

Lucy se encolhe ao ver nossas expressões horrorizadas.

— Não preciso explicar minha vida amorosa pra vocês três e acho uma pena vocês não conseguirem ter a mente mais aberta. Só rindo mesmo.

— Quem você pensa que tá enganando, garota? — pergunto. — Você é como todas as outras pessoas! — Levanto o celular e deslizo a tela, mostrando um monte de noivados, como um advogado de acusação mostrando provas. — Mr. Sandman consegue farejar solidão. Ele não vai se deixar enganar por nada disso.

Lucy faz cara feia.

— Por que a gente não pode ser de verdade? Você nem me conhece.

— Bem, *eu* te conheço — diz Em, com o rosto enterrado nas mãos. — E você não suporta Theo.

— Nosso lance é meio *Orgulho e preconceito*! — A voz de Lucy fica tão estridente que a garganta dela se fecha, a impedindo de continuar. Mas não é como se ela precisasse; a expressão de vergonha já diz tudo.

— Lucy — chamo, com delicadeza. — Tá todo mundo com medo.

Lágrimas começam a escorrer pelas bochechas dela, enquanto ela se abana numa tentativa de segurar o choro.

— É tudo real, eu juro — afirma num soluço. — Por que não seria? Benny e Cole ficaram juntos.

Ao ouvir o nome de Cole, Benny fica possesso.

— Mas o lance deles rolou de verdade — retruco. — Você está me dizendo que na última hora, enquanto estávamos correndo para salvar nossas vidas, Theo teve tempo de se ajoelhar e pedir a Em em casamento? E depois de levar um não, ele pediu *você* em casamento, e agora é amor? — Lucy me encara com os olhos inchados. — Beleza, mostra o anel.

Ela desvia o olhar.

— Theo está economizando pra comprar um.

Em ri de pura exaustão e Benny levanta o rosto do tampo da mesa só para revirar os olhos. Gentilmente, digo:

— Theo tem um monte de carros de luxo e uma moto.

— TÁ BOM. — Lucy suspira, puxando a alça da mochila. — A gente viu que tava todo mundo fazendo e fizemos também. Se proteger é uma atitude esperta! Vamos formar duplas. Pode ser Theo e eu, Benny e Cole, você e Mike, Em e… alguém?

— Em e alguém — repete Em suavemente.

— Namorar alguém apenas pra proteger a outra pessoa só deixa as duas ainda mais solitárias — retruco, lutando contra outra lembrança dolorosa de Grover implorando para que eu não o abandonasse. Mesmo sabendo que aquilo nos colocaria em perigo, terminar com Grover libertou minha alma. Namorar por pena é tóxico.

Do outro lado da sala, Lucy abaixa os olhos. Ela sabe que estou certo.

— Bem… — Benny finalmente se pronuncia. Ele se levanta e, sem nenhum aviso, chuta a carteira em que estava sentado. Mas logo a cena perde o efeito, porque ele começa a pular num pé só ao machucar o dedão. — Comigo não é nada falso! O Cole é importante pra mim! — Benny segura a cabeça. — Ele finalmente me notou e eu pensei, nossa, agora ele finalmente vai perceber que eu não sou um Flopado. — Ele gira, furioso, na minha direção. — *Todo mundo* sabe que vocês chamam a gente assim. Grover sabia e isso *machuca*.

Enquanto meus ombros ficam tensos com medo e culpa devastadores, Lucy abaixa a cabeça. Benny mal consegue recuperar o fôlego.

SUAS NOITES SOLITÁRIAS ACABAM AQUI   **237**

Não tem como negar. A gente falava isso mesmo. Era uma piadinha idiota minha e de Cole, mas a gente nunca disse para ninguém. Era só aquele tipo de coisa que a gente fala entre amigos para ser engraçadinho. Mas o resultado disso tudo foi: dor. Solidão. E agora, morte. Sem dizer nada, me levanto da cadeira, sentindo dor na panturrilha depois de passar o dia todo correndo para lá e para cá. Enquanto me aproximo, Benny treme da cabeça aos pés. Abro os braços e pergunto:

— Posso?

Ele simplesmente fecha os olhos e aceita meu abraço. É diferente do abraço de Cole. Benny tem minha altura e isso não é um abraço de amor, mas de reparação. Desconhecidos com o mesmo trauma. Ele me abraça de volta com força, com gratidão, até nós dois sentirmos os braços de Em e Lucy nos envolvendo também. Solto um dos braços de Benny e trago as duas para dentro. Nós quatro juntamos a cabeça em solidariedade.

— Cole não fez nada disso — digo dentro da rodinha. — A gente vai tirar ele dessa.

Benny se solta do abraço primeiro e levanta um dedo em alerta.

— Se tem uma pessoa que eu tenho certeza de que não tem nada a ver com isso, é o Cole. E vou fazer tudo o que puder para que o mundo saiba disso.

Falo como um sinal de paz pro Benny:

— Eu também.

— E eu — concorda Em.

Nós três olhamos para Lucy, que dá de ombros por obrigação.

— Não foi ele.

Passo uma camada nova de hidratante labial sabor cereja e digo:

— Se tivermos sorte, Justin é o assassino. Todo mundo foi pra casa dele. Ele será pego e Cole será solto.

— Mas nós não temos sorte — diz Em.

— Não.

— Faz sentido ser o Justin — comenta Lucy, tocando os lábios. — Ele odiava o Cole, tinha atitudes péssimas e nunca se aproximou de nenhume de nós. Era como se estivesse puto por ter que ser parte do clube.

— Um *queer* que se odeia matando outras pessoas *queers*? — pergunto. — Que deprimente.

Lucy e Em assentem, concordando em exaustão.

— Além do mais, Justin ser pego não ajuda muito o Cole — grunhe Benny. — São dois assassinos. Vão acabar achando que são Justin *e* Cole.

— Sim — concordo, com um suspiro. — Mas não consigo deixar de pensar que um deles é o Sandman original.

Depois de pensar por um momento, Benny se anima.

— "Sempre dois existem, um mestre e um aprendiz." — Três cabeças confusas se viram na direção dele, que sorri todo nervoso. — Mestre Yoda.

— Até que faz sentido — digo. — O Sandman original recrutando um de nós…

— Não — interrompe Em, tendo uma ideia. — Não tem motivo para o Mr. Sandman ser tão obcecado por nós. Mas… talvez alguém do Clube Queer seja. Ume de *nós* assistiu à série e descobriu quem era o original. Daí *essa pessoa* encontrou *ele*. E os assassinos estão executando o plano *dela*.

Nós quatro trocamos olhares nervosos. Presumi que se fosse ume de nós, a pessoa estaria encurralada por um monstro persuasivo e experiente, mas… pensar que pode ter sido ideia de ume *alune*? Só torna tudo ainda mais errado. Mais sombrio. Cole me contou o alerta de Leo, sobre como quem quer que seja o assassino, ele já estava em nossas vidas. Perto.

Perto demais.

— Será que são Justin e Leo? — pergunta Lucy.

Analisamos uns aos outros cautelosamente. Ninguém tem certeza de nada.

SUAS NOITES SOLITÁRIAS ACABAM AQUI 239

— Ao trabalho — diz Benny. — O único jeito de desvendarmos isso, e salvarmos Cole, é analisando os detalhes. Precisamos encontrar alguma coisa. Uma pista que nos leve adiante.

Assinto. Por mais que isso me deixe enjoado, precisamos fazer por Cole.

Durante os vinte minutos seguintes, repassamos todos os detalhes importantes do caso: cada vítima e cada evidência; celulares com digitais minhas e de Cole plantados nos nossos armários; hoje, outro celular e um colar de arame farpado encontrados na bolsa de Cole. O Sandman Sorridente deve ter colocado lá quando invadiu a casa dele.

Será que Justin roubou e copiou a chave da casa de Cole? Será que foi assim que entrou e plantou as provas?

E então, temos Leo Townsend. Parte do massacre original, Leo se muda para Stone Grove e, cinquenta anos depois, os assassinatos voltam a acontecer — depois do divórcio dele.

Nós sabemos que as ligações dele para a sra. Drake aconteceram num momento preciso, para levá-la para longe do assassinato de Gretchen. E Cole disse que Leo começou a chorar quando tentou alertá-lo de que alguém próximo da gente era o assassino. E se Leo *for* o Sandman original, mas não voltou a matar? E se estiver sendo forçado a ajudar — chantageado para ajudar um aprendiz mais jovem?

Por um segundo, respiro fundo. Tá tudo uma confusão danada e Cole continua preso numa cela enquanto tentamos desvendar a situação. A sensação é a de que não temos mais tempo. Benny olha para mim, estende a mão e dá uma apertadinha na minha. É um gesto carinhoso, mas também carrega uma certa rigidez — *presta atenção, bicha*, os olhos dele parecem dizer.

Atenção. Estamos juntos nessa.

— Suas digitais — fala Benny para mim. — Precisamos descobrir como elas foram parar naqueles celulares.

Nós nos deitamos esparramados pelo carpete. Fico tamborilando os dedos no celular, muito ansioso. A coisa mais fácil do mundo é encostar o dedo em qualquer coisa e deixar uma digital, principalmente se alguém quiser que você faça isso. Mas em que situação a gente encostou naqueles celulares antigos pra cacete?

— Se a gente não conseguir resolver a parada das digitais… — diz Lucy, encarando o teto vagamente. — Alguém quer tentar adivinhar o que a sra. Drake iria nos contar?

— Era algo importante o bastante para custar a vida dela — sugere Benny.

— Eu sei o que era — anuncia Em. Todos nós nos sentamos, como vampiros levantando de um caixão. — Só estou… tentando entender por que era importante.

— Então, tem o FBI… — respondo. — A sra. Drake me disse que eles não se importaram muito.

Em prende o cabelo num rabo de cavalo e diz:

— A sra. Drake contou para mim e para Theo. A gente estava conversando com ela sobre… tudo. Ela nos disse que, quando Gretchen foi assassinada, ela estava no estacionamento brigando com Leo pelo telefone. — Em levanta as mãos. — Mas, quando escutou os primeiros gritos, notou uma pilha de roupas em cima de um banco. Ela não pensou em nada de primeira, mas depois voltou lá e encontrou as roupas. Era um uniforme de zelador. Desde que o colégio teve aquele corte de orçamento, os zeladores só vêm às terças e quintas, mas Gretchen foi assassinada numa quarta. E por que as roupas estariam lá fora, afinal?

Aquele dia horrível volta à minha mente, como se eu estivesse folheando um livro bem rápido. A tensão vai embora quando sou tomado por uma onda de compreensão.

— Em… a gente viu um zelador naquele dia.

Ela dá um salto no lugar.

— Como assim?

Benny, Lucy e Em me observam, em silêncio total, enquanto repasso com eles os acontecimentos daquele dia:

SUAS NOITES SOLITÁRIAS ACABAM AQUI **241**

— Estávamos esperando a reunião do Clube Queer começar. Cole estava atrasado. Em, você e eu estávamos fazendo hora, e aí um garoto do primeiro ano entrou, perguntando se aqui era o Clube Queer. A gente disse que sim, mas ele surtou e foi embora. — Engulo em seco. — Um zelador estava segurando a porta para ele, enquanto o garoto conversava com a gente.

— Eu lembro — concorda Em, sem fôlego. — *Aquele* era o Mr. Sandman?

— Foi meio esquisito, por isso que eu me lembro — digo.

— O garoto era pequeno, mas conseguia alcançar a maçaneta, e a porta estava abrindo normalmente. Cole chegou logo depois.

Como um dia amanhecendo, Lucy resplandece, tomada por uma ideia maravilhosa.

— Eu sei como ele conseguiu as digitais no celular! — Ela se levanta num salto, aplaudindo a si mesma enquanto uma energia fora do comum toma conta. — Dearie, você disse que a Em já estava na sala quando você chegou. Daí o zelador segurou a porta para o garoto e foi embora. Ele estava usando luvas?

Dou de ombros.

— Pode ser que sim. Não me lembro.

Destemida, Lucy passeia pela sala com a energia renovada.

— O Cole chegou. E depois?

— Depois que Cole chegou aqui, esperamos mais alguns minutos e depois fomos embora. E foi assim que descobrimos sobre o ataque.

Os olhos de Em e Benny nos acompanham como se isso aqui fosse uma partida de tênis. Lucy grita de alegria e corre até a porta.

— Desde o assassinato da Gretchen, o clube nunca mais se reuniu direito — diz ela. — Quase ninguém usa esta sala, então tenho vindo aqui escondida pra ter uma sala de estudos particular. É ótimo, tirando a parte chata que o pessoal da limpeza sempre ignora: as maçanetas são *grudentas*!

Com uma postura de liderança, Lucy abre a porta e Em, Benny e eu a seguimos até o corredor vazio. Lucy se abaixa no chão de linóleo e se posiciona de frente para a maçaneta da porta 208. Benny e eu nos agachamos para ver o que está fazendo Lucy sorrir. Embaixo da maçaneta, há um resíduo grudento e prateado, como se fosse o resto de uma fita isolante.

— Quem assiste a um monte de séries sobre assassinatos — afirma Lucy — sabe muito bem como fita adesiva é capaz de transferir digitais.

— Ai, meu Deus… — Suspiro.

Lucy se levanta, o olhar ávido com a descoberta.

— O Mr. Sandman, vestido de zelador, colocou fita adesiva na maçaneta. Ele estava observando quem entrava. Sabia quando o Clube Queer iria se reunir e, de alguma forma, sabia que a maioria de nós não viria. — Lucy estala os dedos ao ter outra ideia. — Ou ele estava usando luvas ou sabia exatamente onde encostar na maçaneta para não deixar as próprias digitais. — Ela aponta para mim. — Daí *você* abriu a porta e *pá!* Impressão digital. Ele vê um aluno novo chegando e *ai,* não! Cuidadosamente, ele abre a porta para o garoto, que vai embora. Ele vê o Cole chegando e *pá!* Pega as digitais dele. — Ela bate uma palma. — Enquanto vocês conversam, ele transfere as digitais da fita adesiva para os celulares, esconde nos armários de vocês, tira o uniforme e deixa no banco, onde a sra. Drake encontrou.

Lucy, tomada pela adrenalina, imita explosões enquanto gira no ar.

Benny, Em e eu ficamos em silêncio, chocados. É isso. Foi assim que ele conseguiu.

— Mas como ele conseguiu fazer *isso* e matar Gretchen? — pergunta Benny. — Aconteceu tudo ao mesmo tempo.

— O mestre e o aprendiz — respondo. — Um está matando; o outro, incriminando.

— MINHA NOSSA! — grita Lucy, sendo levada pelo próprio espírito como se estivesse surfando numa prancha invisível. Do nada, a exaustão a alcança. — Preciso me sentar. — Ela se agacha no chão, a cabeça entre os joelhos, enquanto tenta acalmar a própria energia.

Enquanto isso, a minha só está começando a ferver. Aperto a mão de Benny e digo:

— É assim que vamos libertar o Cole.

Enquanto a esperança retorna ao olhar de Benny, mando mensagem para minha mãe avisando que temos novidades chocantes.

CAPÍTULO VINTE E QUATRO
Cole

A sala de interrogatório é pequena, abafada e quente. Uma janela espelhada só por dentro fica na parede descascada e cheia de infiltrações ao meu lado. Por trás do espelho, imagino vários detetives, policiais e agentes do FBI me observando e escutando. Encaro a janela toda hora, na esperança de que o espelho se ilumine tipo naquele episódio de *Drag Race* com a revelação atrás da penteadeira. Surpresa! Tudo isso não passa de uma pegadinha muito elaborada! Olha para o espelho! É a queen babilônica Monét X Change!

"Se você quiser sair da cadeia", diz ela, *"vai ter que me derrotar num lipsync de 'This Is My Life', da Dame Shirley Bassey!"*

Aff, uma baladinha? Eu estava esperando poder abrir um espacate e me safar fazendo piruetas na passarela.

— Cole, tá me escutando? — pergunta tio Nando.

Saindo da minha fantasia criada para evitar o estresse, seco uma gota de suor da testa. Tio Nando está sentado comigo numa mesa de interrogatório bamba. Não sei como consegue manter a calma; ele veste um terno completo — sob medida, abotoado e sem nenhum amassadinho. Seu cabelo preto — idêntico ao meu antes de eu platinar — está penteado para trás, mas há alguns fios grisalhos perto das têmporas. Exatamente como eu quero envelhecer se conseguir sair disso aqui vivo.

Não me dou ao trabalho de mentir.

— Eu não estava prestando atenção.

Franzindo o cenho, tio Nando bate com sua caneta prateada cara sobre o bloco de notas.

— Parece que a tinta do cabelo está afetando seu cérebro, *mi hijo*. Você precisa levar isso a sério.

Ai, não, ele não disse isso. Só hoje já fui perseguido *duas vezes* por um assassino, caí em cima de um cadáver e depois fui jogado numa van do FBI.

— Juro que estou levando tudo a sério — digo, com dificuldade para engolir. — Só estou apavorado, então fica difícil, tipo, me manter presente. — Lágrimas que não espero nem desejo surgem nos meus olhos. Não sou de chorar, muito menos na frente de tio Nando, mas meu corpo tem outros planos. — Tá na cara que estou sendo feito de alvo. Não sei como aquelas coisas foram parar na minha bolsa, mas acho que foi quando o assassino invadiu minha casa. Tá tudo gravado. Isso não é óbvio?

Quanto mais sufoco minhas emoções, mais força elas fazem para sair.

Se mexendo em desconforto, tio Nando desvia o olhar das minhas lágrimas, o que me faz parar de chorar conforme a raiva substitui todas as outras emoções.

— Desculpa se a bichinha está te irritando.

Ele olha para mim, parecendo ofendido.

— Como é que é?

— No velório da *abuela*. Eu tinha doze anos. Você me mandou parar de chorar.

— Eu *nunca* te chamei de…

— Você mandou um garotinho parar de chorar no velório da avó dele. Qual é o seu problema?

Tio Nando me dispensa com um gesto. Se não fosse a polícia nos assistindo do outro lado do espelho, eu voaria em cima dele e mostraria o que acontece quando seu sobrinho fica maior do que você. Em vez disso, deixo a raiva consumir cada célula do meu corpo.

— Pergunta pra sua mãe — fala tio Nando, envergonhado. — Fui grosseiro com todo mundo naquele velório. Era minha mãe, afinal. — Ele dá de ombros, desfazendo a cara feia. — Não ligue para o que eu digo. — Ele balança o bloco de notas. — A não ser que seja sobre isto aqui, tá bom?

Isso é o mais perto que vou conseguir de um pedido de desculpas de alguém da minha família.

— A primeira coisa que você precisa saber é que eles vão tentar te deixar mais assustado e confuso do que você já está — sussurra tio Nando. — O caso deles já está fechado, então querem te pegar mentindo ou contradizendo algo que tenha dito antes. Então, fale toda a verdade, até mesmo sobre as coisas aparentemente sem importância, mesmo se estiver com medo de que algo possa soar mal ou colocar algum dos seus amigos em apuros. Eles terão que provar tudo depois, então, se você se prender aos fatos sem deixar a emoção interferir, o trabalho deles vai ser mais difícil.

Assinto rapidamente, torcendo para que a voz firme de tio Nando injete coragem no meu corpo. Até agora não deu muito certo.

— Que merda de situação — comento.

A expressão dele não muda.

— Não, é uma merda para eles porque já é a segunda vez que mexem com você. Não sou de distribuir abraços em velórios, mas sou o cara certo pra *isso*. — Ele aproxima a mão a centímetros da minha, mas se segura. *Sem toques*, fomos alertados. — O meu também está na reta aqui. Você tem ideia do garoto de ouro que você é para nossa família? Quando você nasceu, tentei te segurar e sua *abuela* disse: "Me dá esse bebê! Você vai deixar ele cair!" Serei deserdado se não te salvar.

Abro um sorrisinho. Fatos.

— Estou feliz de te ter aqui comigo.

— Acho bom.

Enquanto ele ri, uma luz vermelha acende acima da porta à minha frente. Um alarme soa uma vez, seguido pela tranca da porta sendo aberta. Meu coração acelera no peito. Quando a porta range ao abrir, a agente Astadourian entra sozinha. É a primeira vez que a vejo desde que me escoltou para fora da biblioteca. Ela joga uma pasta de evidências verde sobre a mesa.

Manda ver, agente especial. Abre essa pasta, e o Nando vai desmantelar prova por prova, explicando de maneira fria o quanto seu caso é absurdo.

— Agente especial Astadourian — diz tio Nando. — Com todo o respeito, mas preciso da garantia de que sua equipe não será descuidada como o departamento foi da última vez que arrastaram meu cliente, atleta brilhante e aluno de honra, para cá com base em evidências espúrias. O nome do Cole precisa ser mantido longe da imprensa.

Astadourian assente, abrindo a tampa de plástico do copo de café.

— Até eu incriminá-lo?

Levo uma voadora no peito, mas meu tio continua inabalável.

— Você *vai* incriminá-lo?

Astadourian sorri, com pés de galinha marcados ao redor dos olhos profundos. A maturidade lhe dá uma aura poderosa; eu seria obcecado pela agente se não estivesse tentando acabar com a minha vida. Ela abre a pasta verde.

— Vamos começar com as evidências "espúrias".

A agente Astadourian espalha várias fotografias sobre a mesa, cada uma com uma impressão digital presa no topo. Meu estômago se revira de novo, como se eu estivesse subindo a ladeira de uma montanha-russa — *clec-clec, clec-clec* até o alto —, me preparando para algo muito caótico.

Ela aponta para a primeira foto: um celular antigo.

— De fevereiro — declara ela. — As digitais do Cole foram encontradas no aparelho, que mandou uma ameaça de morte para Grover Kendall, já falecido. — Seguro o ar enquanto ela pega uma transcrição impressa. — Em entrevistas, as pessoas que fazem parte do Clube Queer do Colégio Stone Grove contaram que Cole possui um histórico de abuso verbal e emocional contra a vítima.

— *Abuso?* — interrompo, com raiva.

— Cole — adverte tio Nando, e eu fico quieto.

Que palhaçada! Só porque Grover e eu não éramos mais amigos, agora eu o abusei? Quantas dessas provas são apenas pessoas repetindo exageradamente as histórias que Grover contava?

— Podemos usar "bullying"? — pergunta Astadourian. — "Bullying" é uma palavra melhor?

— Quer que eu responda? — pergunto, com frieza. Ela assente. — Grover, Dearie e eu éramos amigos no primeiro ano do ensino médio. Então, nós dois nos afastamos do Grover. Ele ficava com ciúme quando eu estava perto do Dearie e ele, não, porque Grover sempre foi apaixonado pelo meu amigo. Estava convencido de que nós dois éramos um casal.

Paro para respirar.

— Grover me atacava, mas só quando eu estava sozinho. *Eu* era o alvo *dele*. Sou um cara grandinho que não se magoa fácil, então praticar bullying comigo é diferente. Ninguém notava ou se importava. Nem mesmo Dearie, porque Grover sempre bancava o coitado. Ele era manipulador e eu não engulo sapo desse tipo sem revidar. — Me inclino para a frente, grato por finalmente poder colocar isso tudo para fora. — Acredito que Grover colocou todas as pessoas do Clube Queer contra

SUAS NOITES SOLITÁRIAS ACABAM AQUI   249

mim de propósito. Não me surpreende você ter anotaçõezinhas de pessoas *me* chamando de abusador, porque elas não conseguiam perceber um abusador de verdade mesmo quando estavam sentadas ao lado dele no almoço.

Tio Nando assovia, impressionado.

Astadourian e eu não quebramos o contato visual. Depois de um longo momento, ela diz:

— Me parece que você tem bastante raiva desse rapaz. — Meu queixo treme, mas mando ele ficar quieto. — Estou curiosa. Se não foi você quem mandou as ameaças, quem você acha que foi?

— Justin Saxby?

— Já vamos falar dele. — Ela passa para a próxima fotografia: a palavra TRAIDOR arranhada na Julieta. — Grover vandalizou um carro tão bonito. — Ela estala a língua e parte para a fotografia seguinte: um close em preto e branco da mão de um cadáver, com as unhas sujas de marrom. *Grover.* — Sangue embaixo das unhas da vítima. — Ela olha para mim. — Seu sangue.

— Ele me arranhou — murmuro, virando meu pulso para mostrar as cicatrizes amarronzadas.

— Testemunhas dizem que foi uma briga — acrescenta Astadourian, deslizando a fotografia seguinte: cartões com a mensagem SUAS NOITES SOLITÁRIAS ACABAM AQUI. — Encontradas nas cenas dos crimes contra Grover Kendall e Tabatha Drake. Suas digitais estão em ambas.

— COMO? — A sala parece menor. Me viro para tio Nando.

— Nunca encostei nesses cartões. — As últimas palavras soam como um grito. — O celular e o arame farpado na minha bolsa… Eu não tinha ideia de que eles estavam lá dentro, mas evidentemente durante a invasão…

— Vamos falar disso. — Sem piscar, Astadourian desliza a foto seguinte: outro celular antigo. — Recuperamos um celular em Mooncrest. Mais cedo naquele dia, o aparelho recebeu a

250 ADAM SASS

seguinte mensagem: *Finalmente acabou pro Grover. Acabe com o grupo de mensagens do Clube Queer antes do filme para que ele não se sinta seguro mandando mensagens pra ninguém.* Sem conseguir ouvir mais, esfrego a cabeça na tentativa de fazer a dor passar.

— Estávamos em busca do celular que enviou essas mensagens — diz Astadourian, coletando as fotos. — Ele estava na sua bolsa. Quando seus amigos correram para me dizer que o assassino estava no colégio, liguei para o número na esperança de encontrar algo. Você atendeu. E a arma do crime estava na sua mão.

— Por que ele guardaria todas essas coisas? — pergunta tio Nando. — O celular ou a arma. — Ele retira os óculos e limpa as lentes com um paninho de microfibra. — Ou aquele outro que estava no armário. Isso é tão fácil que chega a ser suspeito. Digitais em tudo. Evidências deixadas para qualquer um encontrar.

Astadourian fecha a pasta.

— Eu não disse em momento algum que ele é esperto.

Tio Nando se inclina sobre a mesa.

— Esse garoto é o filho da puta mais inteligente que eu já conheci e, minha senhora, eu estudei em Georgetown. Ele pegou minha bola de beisebol autografada pelo time de 93 dos Angels. Um objeto valiosíssimo. Ninguém da família sabe como ele conseguiu pegar nem onde escondeu.

— Está no seu armário de louças — murmuro.

— Quê?

— Tem um fundo falso. Dearie e eu que fizemos. Está escondida lá. — Nando aperta o peito como se um médico tivesse acabado de dizer que ele vai sobreviver. Dou de ombros. — Só estava dando o troco pelo velório da *abuela*.

Minha revelação dá a ele um novo jeito de ver a vida e Nando se vira para Astadourian com a força renovada.

SUAS NOITES SOLITÁRIAS ACABAM AQUI 251

— Há uma técnica para determinar se impressões digitais foram transferidas de uma superfície para outra. Presumo que vocês já fizeram esse teste antes de arrastarem um rapaz traumatizado para cá.

Por um momento, Astadourian fica sem palavras.

— Sr. De Soto, estamos realizando esses testes agora, baseados em novas descobertas.

Não sei se me sinto aliviado ou enfurecido.

Tio Nando luta para manter a raiva intacta por trás do maxilar rígido.

— Acho que você não sabe de nada. Acho que esse é mais um caso de polícia preguiçosa, sem ideias, desesperada para colocar a culpa em alguém, pontos extras se o culpado não for branco, pra que todo mundo volte pra casa antes do jantar. E você vai deixar um garoto inocente apodrecer na cadeia com base em provas tão fracas que sua única esperança é conseguir um júri racista o suficiente para acreditar nisso. E mais jovens vão continuar morrendo.

Pela primeira vez desde que o pesadelo começou, sinto uma força profunda e duradoura.

Finalmente *alguém* falou a verdade.

Agente Astadourian, branca como uma pá de cal, pega um saco plástico hermético grande. Dentro, há uma carta.

— Só tem mais uma coisa que eu gostaria de te ouvir falar a respeito — diz ela. — Encontramos isso depois de revistarmos sua bolsa.

Ela empurra a carta para mim. Mesmo através do plástico, a caligrafia impecável da carta é fácil de ler:

Querido Cole,

Você faz com que eu me sinta jovem de novo. Quando Mark morreu, achei que era o fim. Mas, depois da noite de ontem, escrevi muitas páginas, como não fazia havia anos. Que alegria ainda ter surpresas na vida. Você é um rapaz lindo. Sei o que você vai dizer. "Você só me acha um ativo lindo." Embora isso também seja verdade, quero que saiba como sua alma é linda. Você terá uma vida maravilhosa em Nova York. Os garotos vão te encontrar! Tenho inveja de você, por estar no começo da vida. Às vezes, eu queria poder ter uma segunda chance. Obrigado por amar um velho bobão como eu.

Para sempre seu,
Claude

Meu coração está batendo tão forte que parece que vou explodir feito um balão de água.

Claude Adams, a segunda vítima. Morto numa cabana próxima a Mooncrest.

— Eu nunca vi isso — sussurro, com a voz contida. — É falsa. Nunca conheci Claude…

— Então como suas digitais foram parar na carta? — pergunta Astadourian, com frieza.

— Não sei! — Olho para tio Nando. — Talvez eu tenha tocado depois que o Mr. Sandman colocou na minha bolsa junto com todas as outras coisas?

— Não precisa se preocupar — garante Nando, assentindo. — Você nunca teve contato algum com aquele homem. Deixa comigo. — Ele se vira para Astadourian. — Vamos aguardar o teste de digitais. Libere o Cole pra voltar pra casa. Você está sendo enganada. Precisa entender isso.

Astadourian respira fundo, irritada.

— Estamos sem tempo. Cole, preciso que você me ajude a encontrar seu parceiro. Onde está Justin Saxby?

— Meu parceiro? — Dou uma risada, me esquecendo por um instante dessa situação horrível. — O que vocês acharam

SUAS NOITES SOLITÁRIAS ACABAM AQUI 253

na casa do Justin? Eles estavam mortos? Os policiais que não estavam no carro?

Ela responde, com um olhar vazio:

— Vai ser melhor se você colaborar. — Mas eu já desapareci dentro da minha cabeça, onde me sinto seguro. Astadourian vai embora e, ao abrir a porta, ela se vira para mim. É quase como se estivesse... assustada. — O número de mortos está aumentando. Se não for você, se eu estiver mesmo errada, dois assassinos querem te matar. De uma forma ou de outra, eu diria que o lugar mais seguro para você no momento é a cadeia.

CAPÍTULO VINTE E CINCO
Dearie

Pouco mais de uma hora depois da descoberta de Lucy sobre as digitais, minha mãe chegou. Achei que nos escutaria e ajudaria, mas ela mal reagiu à notícia da nossa descoberta sobre como os assassinos incriminaram Cole. Em vez disso, só deixou todo mundo em casa, pedindo aos pais de cada aluno que mantivessem seus filhos lá dentro e não os deixassem sair sob quaisquer circunstâncias. E, o pior de tudo, ela não comentou sobre o que as pessoas encontraram na casa de Justin.

Ela não está falando sobre nada.

Minha mãe só envia mensagens no estacionamento do Tío Rio, o restaurante e karaokê da família de Benny. Com o sol prestes a se pôr, a placa néon acima do restaurante se ilumina em rosa-choque e violeta. Depois de um minuto dela mandando mensagens e eu encarando um cartaz anunciando a atração musical da noite — uma banda chamada Laceface —, grito:

— MÃE.

Ela vira a tela do celular para baixo e levanta a cabeça, estressada.

— Frankie?

— Por que você tá brava comigo?

— Porque você está tentando encontrar uma dupla de assassinos e não sabe o que está fazendo, e não é a primeira vez que você fica se metendo onde não deve. Todas as vezes, os assassinos quase te encontram e, todas vezes, por pouco você e seus amigos não foram ASSASSINADOS. — Ela pisca, se recompondo para não ficar furiosa demais. — Já chega.

Minha garganta se fecha. Ela está nervosa demais para conversar, mas a vida de Cole está em jogo.

— Mãe — digo suavemente. — Meu namorado morreu. Meu melhor amigo está preso. Vocês estão atrás do suspeito errado. O que mais você quer que eu faça?

O carro está quente pra caramba. Mesmo estando de regata, meu corpo está todo grudento. Não sei como minha mãe está conseguindo existir de terninho. Ela olha para o celular e de novo para mim.

— A teoria das digitais de Lucy prova que Cole está sendo incriminado falsamente, não prova? — pergunto. — Vocês vão fazer os testes e então a Astadourian será obrigada a…

— A agente Astadourian já está decidida — anuncia minha mãe, com uma raiva distante. Ela sabe que Cole é inocente. No rosto dela, vejo as batalhas diárias que tem travado com o FBI por causa disso. Batalhas perdidas.

Minha mãe envia outra mensagem e consigo quase ver o código passando pelos olhos dela enquanto ela digita.

— Se nós vamos ajudar Cole — diz ela —, precisamos de mais apoio dentro do departamento. Mas preciso que você confie em mim e que fique em segurança. Pare de correr por aí sozinho. — Ela olha para o celular de novo, e uma nova mensagem transforma a carranca dela num sorriso. — Kevin vai ajudar. Vou para a casa dele e nós vamos debater como apresentar essas novas provas para a agente Astadourian.

Antes que eu possa implorar para ir junto, ela acaricia minha mão com o polegar. Dando uma piscadela, minha mãe diz:

— Todas as pessoas do Clube Queer receberam ordens para ficar com a família. Parece que você terá que vir comigo.

Finalmente um plano do qual eu gosto.

Vinte minutos depois, enfim chegamos na casa de Kevin. Ele mora perto do centro, bem longe do subúrbio pacato onde Cole e eu crescemos sofrendo. O centro de Stone Grove tem uma vida noturna gay, mas não é como se Kevin tivesse tempo de sobra em sua carreira de médico-legista para aproveitar, como ele costuma dizer. O condomínio onde ele mora parece um cartão-postal antigo de Palm Springs: pôr do sol colorido no deserto, cercado por cactos e palmeiras como um oásis agradável. O prédio evidentemente já foi um hotel que algum proprietário inconsequente comprou e transformou em apartamentos. As paredes de chapisco são decoradas com umas estruturas alaranjadas que parecem pranchas de surfe.

Um toque de decadência *queer* em uma cidade hétero sem vida.

Minha mãe usa a própria chave para abrir o portão porque ela costumava cuidar da gatinha de Kevin antigamente. Ele teve uma gatinha por longos vinte anos — antes mesmo de eu ser nascido —, que faleceu tranquilamente em janeiro. Mesmo assim, Kevin ficou arrasado. Uma vez escutei ele chorando na cozinha, contando para minha mãe que aquela gata era o único ser que precisava dele. Apesar de a minha mãe insistir que ela também precisava (e amava) de Kevin, as palavras dele machucaram meu coraçãozinho gay de um jeito bem particular. Kevin é uma pessoa tão bonita que sempre achei que vivia tendo encontros por aí, assim como Cole, e que estava feliz com a própria vida.

É difícil para minha mãe entender a solidão *queer*. Como ela se esconde em plena luz do dia.

SUAS NOITES SOLITÁRIAS ACABAM AQUI **257**

Bem, agora Kevin pode adicionar Cole e eu à lista de pessoas que precisam dele.

Depois do portão, atravessamos o pátio típico de hotel com uma piscina cintilante bem no meio. Kevin me disse que esse lugar era um antro de gays alguns anos antes, mas, por um motivo ou outro, os gays sempre iam embora e seguiam com suas vidas. Mais um motivo pelo qual preciso fugir para uma cidade grande. Não consigo mais lidar com essas gayzices de cidade pequena.

Com a cabeça rodopiando, sigo minha mãe até a porta do apartamento de Kevin. Ela bate, mas, depois de algumas tentativas sem nenhuma resposta, manda mensagem para Kevin. Olho para trás, avistando a piscina e os quartos quietos com persianas fechadas. É assustador.

— Ele falou que a porta está aberta — diz minha mãe, guardando o celular e girando a maçaneta.

O medo me atinge como um soco.

— *Mãe* — sussurro, agarrando o pulso dela. Ela olha para mim como se eu fosse um alienígena, mas já invadi muitos lugares bizarros hoje, e os resultados foram desastrosos. — Por que Kevin não pode simplesmente abrir a porta?

Ela nem pestaneja. Sua outra mão flutua silenciosamente até o coldre na cintura. Ela abre o botão e pega seu revólver de trabalho. Quero saltar para trás, mas não quero sair do lado dela. Lentamente, ela volta para a porta, com a arma em punho.

Espero estar errado.

Por favor, que eu esteja errado…

Só que Mr. Sandman sabe cada um dos nossos passos antes mesmo de os darmos. Todos que tentam nos ajudar — Paul, sra. Drake e até mesmo Kevin — estão em perigo.

A porta é aberta com um rangido. Tudo está escuro, mas o sol forte do fim da tarde ilumina o suficiente para nos dar alguma esperança de que Mr. Sandman não está esperando nas sombras. Minha mãe entra primeiro, arma à frente, analisando o ambiente, com as costas viradas para a porta para diminuir seus pontos de vulnerabilidade.

— Fica aqui — pede ela para mim, então espero na entrada.

Em cima de mim, o ar-condicionado de parede sopra um vento congelante pela sala. Daqui, vejo os números vermelhos no termostato: dezesseis graus. O ruído branco do aparelho deixa minha nuca arrepiada.

— Kevin — chama minha mãe, baixinho. Um pouco mais alto, ela acrescenta: — Diga alguma coisa.

O conjugado dele é, obviamente, cheio de detalhes fabulosos. Ele sabe como arrumar o cafofo. Artes douradas nas paredes. Um monte de espelhos para expandir o espaço visual. Almofadas com estampas tropicais em cima de um sofá vermelho-beterraba. Não... o sofá de Kevin sempre foi creme...

— Mãe, sai daí — murmuro, me segurando para não gritar.

Kevin Benetti — meu primeiro crush, o melhor amigo da minha mãe e um homem lindo, brilhante e engraçado, embora extremamente solitário — está caído morto de barriga para baixo no sofá, que ficou vermelho por causa do sangue que saía do pescoço dele.

O colar afiado. O bilhete em papel pardo posicionado em cima das costas dele.

— Não! — grita minha mãe num tom triste e apavorado que nunca ouvi antes, mas que vou lembrar pelo resto da minha vida.

Eu a observo enquanto ela caminha de costas em direção à porta. Quando ela passa da soleira e volta para meu lado, sua mão trêmula tenta fechar a porta, mas eu estico o braço e o faço.

— Frankie, fica do meu lado! — grita minha mãe, e em obediência me agarro a ela enquanto ela nos leva para longe desse hotel infernal e solitário de volta até o carro. Com uma olhada rápida, ela verifica se tem alguém escondido no banco de trás.

Seguro a maçaneta da porta pronto para pular para fora caso eu veja um pedacinho que seja daquela máscara.

Não há ninguém. Com um murmúrio lúgubre, ela tranca as portas e sela nossa segurança.

Não falo nada nem a abraço. O lado profissional dela toma conta rapidinho, mesmo com as lágrimas escorrendo pelo rosto. Assim que chama reforços pelo rádio, ela pega o celular de novo e rapidamente coloca o número de Kevin no aplicativo de busca.

Ela está rastreando o telefone dele. Era Mr. Sandman quem estava respondendo às mensagens, não Kevin.

— Ele está no prédio — diz ela, encarando o pontinho que pisca sem parar, indicando a localização.

Me estico pra ver a tela do celular enquanto minha mãe volta para o chat com Kevin.

O assassino está digitando.

Os três pontinhos param por um momento e minha respiração também. Por fim, uma mensagem chega:

Já parei de usar esse celular agora. Tchau, Mary.

CAPÍTULO VINTE E SEIS
Cole

Como saber que horas são na cadeia? Eles têm relógios por toda parte? Estou acostumado a ver no celular, como se fosse um relógio de bolso das antigas, mas agora estou preso nas entranhas da delegacia de Stone Grove sem celular, sem relógio e sem janelas para saber se é dia ou noite. Estou começando a me sentir um pouquinho... inquieto.

Por que *essa* é a pior parte de ser acusado de assassinatos em série?

Minha cela parece antiga — nada nessa cidade foi reformado depois da década de 1970. Esse porão não passa de um monte de fileiras de jaulas de ferro, uma de frente para a outra. A minha tem uma cama velha, uma pia, uma privada e uma vista da pequena escada que leva para o andar principal. Os sons de vida lá em cima são reconfortantes: vozes conversando, telefones tocando, barulhos de teclados. Mesmo sabendo que estão conversando, ligando e digitando sobre minha ruína iminente.

Essa cela de merda é só a primeira parada, um pequeno oásis antes de me mandarem para o Lugar dos Garotos Crescidinhos.

Astadourian está convencida de que Justin e eu somos os culpados. Ele e eu, que não conseguimos nem fazer um trabalho de Biologia em dupla sem estrangular um ao outro, mas, óbvio, orquestramos todos esses assassinatos elaborados. Nem conseguiram arrumar um motivo plausível para nos culpar. Mau comportamento? Me poupe!

Enquanto esperamos o resultado dos testes de digitais, tio Nando está repassando as informações para as minhas mães, que contrataram um bufê completo para a multidão de parentes de Los Angeles e Tucson que estão chegando na nossa casa para me apoiar. E, mais importante, pedi a Nando que trouxesse Julieta do estacionamento do colégio até a delegacia e a cobrisse com uma lona. A qualquer momento as pessoas vão descobrir que estou em prisão preventiva e minha bebezinha arranhada será a primeira vítima dos "justiceiros".

Mas não se eu puder evitar!

— *It's up to you* — canto suavemente, deitado de lado na cama e encarando o vazio. "New York, New York" ficou na minha cabeça enquanto eu pensava nos piores cenários possíveis. É reconfortante imaginar minha vida em Columbia.

Nos meus devaneios em cárcere, Dearie fica tão de saco cheio da mãe, dessa cidade e de nossas antigas vidas, que desiste de Los Angeles e vai comigo para Nova York. Vamos recomeçar do zero!

— *It's up to you* — canto desanimado, deitado na cama. — *It's up to* YOU. — Me sento rápido demais e fico tonto. — *If I can make it in jail, I'll make it anywhere!* — Bato o pé no chão de concreto, aumentando o ritmo e o volume. — *Because it's up to* ME, *New York!*

Bato nas barras de ferro como se fossem uma bateria, enquanto uma energia enlouquecedora toma conta de mim.

O barulho chama atenção da única outra pessoa presa aqui embaixo, e ele se levanta da cama. Um cara branco de quarenta e poucos anos, com uma camiseta suja e nojenta e a cabeça raspada.

— CALA A BOCA! — grita ele.

Enfio a cara no vão entre as grades e berro em resposta:

— Não mexe comigo, cara. Fui preso por assassinatos em série.

Ele se deita de novo na cama, murmurando:

— Moleque chato do cacete.

Bem, até que foi fácil. Consigo me virar na prisão. Quando eu não me garantir no soco, é só agir feito um esquisitão chapado e lelé da cuca, e vão me deixar em paz. Desde que eu não pense sobre o lugar onde estou e o fato de que os assassinos de verdade *não foram* presos... vou ficar bem.

Meu Deus, preciso de água.

CRÉÉÉÉC. Ouço o rangido da porta enferrujada no topo da escada. Daqui, só consigo ver um par de pernas — lisas, longas e vestindo short curtinho. Benny, meu querido Benny. Sabia que ele e Dearie estavam bem, mas vê-lo ali é uma pancada dura.

Insano pelo isolamento, dou pulinhos na pontinha dos pés como um professor de aeróbica dos anos 1980 quando Benny termina de descer a escada.

— Oi, Cole — diz ele, o olhar assustado.

— Oi — respondo. — Você deveria estar em casa. Não é seguro andar por aí.

— Eu precisava te ver. Lucy descobriu algo que pode ajudar e Dearie falou com a mãe dele.

Enquanto Benny reconta o caso das digitais misteriosas, minha cabeça volta a funcionar. Foi por isso que a Astadourian do nada decidiu fazer aqueles testes. Se isso me liberar, a única coisa que ela poderá usar contra mim é aquela carta falsa de Claude Adams...

Não acredito que a narrativa de "Cole & Dearie São Piranhas" que Grover e Theo inventaram chegou num júri federal. Por causa disso, as pessoas acreditam facilmente que eu transei com um homem de um bilhão de anos na casinha dele, matei o cara e depois guardei a cartinha de amor que ele escreveu para mim.

Quando terminamos de nos atualizar, o silêncio assustador retorna.

Dá para ver o sofrimento que Benny carrega no olhar.

— Você precisa ir pra casa — aconselho.

— Não me diga o que fazer. — Ele dá um passo adiante e as luzes do teto projetam sombras angulares dos óculos dele por cima de suas bochechas e da boca. Se eu estivesse em qualquer outro lugar com ele…

Agarro as barras de ferro enquanto a realidade me alcança com violência, feito ondas numa encosta rochosa.

Tenho a lógica e os fatos ao meu lado, mas nem sempre isso salva pessoas em situações como a minha. Já vi séries de crimes reais o bastante e vivi dias suficientes nessa cidade horrível. Às vezes, ser ilógico e irracional só te dá mais poder na vida.

— Por favor, Benny — insisto. — Não posso perder mais ninguém.

— Você não vai perder. — Ele dá mais um passo, sua expressão ficando séria. — Olha, não me zoa, mas às vezes sou meio vidente e já vi o que acontece no futuro: quem quer que esteja fazendo tudo isso, você e eu vamos parar essa pessoa.

Abro um sorrisão.

— Você viu isso na sua bola de cristal?

— Eu disse pra não me zoar!

— Desculpa, foi mais forte que eu! — Sem conseguir parar de sorrir, pressiono o rosto contra as barras de ferro e admiro aquele garoto. Ele é meu namorado? Me parece promissor, mas quero esperar para processar algo tão importante assim só depois que o perigo passar.

Tamborilo os dedos pelas barras. As mãos pequenas e macias dele estão tão perto.

— Quero muito tocar você — digo.

Ele dá um risinho.

— Teremos tempo de sobra pra isso, depois que pegarmos o mestre e o aprendiz.

Usando uma quantidade desnecessária de referências à Ordem dos Sith, Benny me explica a conclusão lógica a que ele e Dearie chegaram sobre os dois assassinos Sandman.

— Então, é o Leo? — pergunto. — Quando falei com ele, Leo parecia tão devastado com tudo isso. Ele poderia até estar mentindo, mas não sei não, hein. Meu radar pra mentiras nunca erra.

Benny franze o cenho.

— Durante o assassinato, a sra. Drake estava fora do colégio ao celular com Leo.

Assinto.

— E as chamadas dele partiram da torre de celular de Mooncrest. Ele não estava no colégio.

Outra pista que não leva a nada.

Caminho pela cela, pensando em como Leo poderia continuar atrelado aos crimes, mas nunca estar envolvido de fato. Como se alguém estivesse tentando incriminá-lo da mesma forma que estão fazendo comigo. Alguém próximo.

— Tem mais uma coisa me perturbando — digo. — A carta falsa do Claude Adams dizia que eu terei uma vida maravilhosa em Nova York.

— Nova York? — pergunta Benny, com uma pontada de tristeza.

— Tipo, talvez eu meio que vá estudar Cinema lá no próximo semestre. Sabe como é, se eu não estiver na cadeia.

— Ah...

Não olho para ele, só continuo andando pela cela. Meus pensamentos estão agitados demais se concentrando na carta e em seus mistérios para lidar com o fato de que não era assim que eu gostaria de ter falado sobre Nova York para Benny.

— Desculpa não ter contado antes — falo. — E é por isso que estou com uma pulga atrás da orelha. Não contei pra ninguém além da minha família e do Dearie. Então, por que Claude Adams me escreveu sobre Nova York, se a universidade de Columbia nem tinha me aceitado antes do assassinato dele?

Benny rói a unha do dedão enquanto processa essas duas realidades incômodas que se entrelaçam.

— Então você está dizendo que foi Dearie quem falsificou aquela carta?

Dou uma risada.

— Ele nunca faria isso. Mas… eu contei pra outra pessoa.

Paro de andar.

Uma ideia começa a se formar na minha mente. Se eu estiver certo — e geralmente estou —, Leo Townsend é inocente.

Dois Sandman. Mestre e aprendiz. Alguém que conhece o Clube Queer. Capaz de se aproximar de mim o suficiente para colocar minhas digitais em qualquer coisa. E, então, me lembro de mais um fato. Com as mãos suadas por causa desse pensamento horrível, marcho em direção às grades e a Benny.

— Benny, corre lá em cima e liga pro meu tio — peço. O garoto escuta atentamente. — Ele precisa pedir pra agente Astadourian checar mais uma ligação no celular da sra. Drake.

CAPÍTULO VINTE E SETE
Dearie

Os reforços que minha mãe chamou chegam: quatro policiais leais a ela, e não a agente Astadourian. Eles prometeram avisá-la antes de alertar os agentes sobre o assassinato de Kevin. Como parece que Kevin foi morto antes de Cole ser preso, minha mãe quer evitar que Cole seja responsabilizado por esse novo crime. E, se ela mesma ligar para Astadourian, será obrigada a cumprir ordens e retornar à delegacia.

Minha mãe tem outros planos.

Dirigimos em silêncio pelo subúrbio. O tempo todo espero as lágrimas dela voltarem. Uma forma de colocar tudo para fora. Sei que o choro está ali, como nuvens de tempestade sem nenhuma gota de chuva.

— Aonde estamos indo? — pergunto, agarrado ao cinto de segurança.

— Mooncrest — responde ela, discando um número.

— Você vai prender Leo?

— Só quero conversar com ele, sem a presença da polícia para assustá-lo. Só bater um papo sério. Da última vez que estive com ele, dava pra ver que ele não estava dizendo tudo. Independentemente de ser o Sandman ou não, ele sabe de alguma coisa. Astadourian não quer continuar investigando ele, mas... ele vai falar comigo.

— Por quê?

Minha mãe sorri.

— Porque não vou como a Detetive Dearie, vou como sua mãe.

Meu coração flutua. Só quero que ela se demita desse maldito emprego, como vive dizendo que vai fazer.

Por favor, que esse seja o último caso dela.

Minha mãe atende o celular.

— Detetive Dearie. Ainda está de olho em Leo Townsend? — Alguém murmura do outro lado. — Muito bem. Fique com ele. Nada de prisão. Caminhe lentamente. Se ele correr, o segure, mas prefiro que tudo seja feito de maneira amigável. Leve ele para algum lugar calmo, onde possamos conversar. — Mais murmúrios, desta vez com tom de surpresa. — Não, eu estou indo até aí. Vinte minutos. Aconteça o que acontecer, não deixe ele pegar no celular. Nada de ligações ou mensagens.

Ela desliga e leva o celular aos lábios, perdida em pensamentos.

Toco o braço dela. Ao sentir meu toque, minha mãe se encolhe como se eu fosse o assassino e isso me faz saltar. Depois de soltar um suspiro pesado de alívio, as lágrimas chegam.

— O que foi? — pergunto.

— Ele sabia — responde ela, em meio às lágrimas. — O assassino sabia que Kevin estava sozinho e ninguém iria procurar por ele o dia inteiro.

Com um rugido doloroso e terrível, minha mãe solta sua fúria sobre o volante. Eu não falo nem me mexo.

— Ele deve ter ficado tão assustado — lamenta ela enquanto aperta o volante. — Kevin vinha tendo pesadelos de que seria o próximo. Eu prometi a ele... por que ele não *me contou* que recebeu a ameaça? Eu o teria levado pra nossa casa!

Agora sou eu quem desaba. O peso do luto é grande demais. Cole na cadeia. Grover no necrotério. Kevin. Paul. Gretchen. Sra. Drake. Até mesmo Claude Adams. Todas essas pessoas não tiveram alguém que as amasse o bastante para salvá-las.

— E eu ainda zoava o Kevin — digo, com a voz trêmula. — Piadas sobre ele ser velho, sobre os encontros horríveis dele e... Grover tinha razão. Eu sou um babaca.

Ela se encolhe.

— Grover disse isso?

— Não, hum... — Continuo puxando o cinto de segurança e evitando o olhar da minha mãe. — Ele só... era só brincadeira. Mas ele gostava de Kevin. E eu gostava muito de ter o Kevin por perto.

Minha mãe toca minha perna.

— O Kevin te amava. Ele se considerava um tio pra você.

— Eu também considerava ele meu tio. — Faço uma pausa. — Ele era solitário?

Minha mãe balança a cabeça suavemente.

— Às vezes, sim. Às vezes, não. Nem sempre é fácil de perceber.

Assinto sem parar, até a verdade chegar à ponta da minha língua.

— Eu sou solitário, mãe.

— Eu sei. — Ela acaricia minha bochecha. — É por isso que estamos indo visitar o sr. Townsend. Chegou a hora de ele contar a própria história e, talvez, a gente consiga dar um fim a isso tudo.

Minutos depois, os subúrbios de Stone Grove desaparecem do retrovisor enquanto o sol baixo emite raios quentes e brilhantes sobre o planalto avermelhado. Voamos pela Estrada Mooncrest em direção ao cemitério, com o rosa-choque das flores de cactos suavizando a paisagem. É uma viagem muito diferente

SUAS NOITES SOLITÁRIAS ACABAM AQUI **269**

da que fiz com Cole durante a noite, três dias atrás. Aquela foi assustadora, com Mr. Sandman à espreita em cada sombra, mas agora não há onde ele possa se esconder enquanto o sol se põe nessa cidade linda e solitária que vai me fazer tanta falta.

MORTE À FRENTE, diz a placa pregada em um cacto.

Não mais. Chega de mortes.

Ao meu lado, minha mãe abaixa o vidro e, com a velocidade do carro, o cabelo dela voa para todas as direções. Seu olhar de aço não sai da estrada. Abaixo meu vidro também, deixando o vento balançar meus cachos e arejar meus pensamentos.

Minha mãe vai interrogar Leo. Ele vai ceder e entregar o outro assassino e, se não for Justin, vou venerar sexualmente Mike Mancini por uma semana inteira.

Bom. Quer dizer, isso não seria a pior das coisas. Mike é gato e eu *estou* sedento. Enfim, hora de acabar com isso tudo.

Passamos por baixo do arco de entrada do Cemitério Mooncrest. Embora o sol esteja perto de sumir atrás do planalto, a área parece menos assombrada hoje. A cabine de projeção de Ray Fletcher se impõe atrás da área de piquenique como um posto de salva-vidas. A única parte de Mooncrest que parece assustadora agora é a entrada da arena, que foi bloqueada com fitas amarelas pela polícia.

A dor atravessa meu peito. Grover entrou aqui e nunca mais saiu.

Minha mãe desce para rasgar a fita de isolamento ao meio e, depois, volta para o carro, nos levando até a cabine de projeção. Do banco, ela analisa a arena, procurando pelos policiais que ordenou que trouxessem Leo para cá.

Em vez disso, encontramos Ray Fletcher, descendo os pequenos degraus da cabine em direção ao gramado. Ele parece ter passado a noite enchendo a cara. Nada daquele sujeito arrumadinho, meio Tom Hanks, da sessão de cinema na sexta. Esta noite, Ray está com a barba grisalha por fazer há uns dois dias e veste uma camisa social amarrotada com manchas bem estranhas. Ele anda, meio cambaleante, até nosso carro e minha mãe sai para abordá-lo.

Ai, meu Deus. Esqueci que Cole me disse que a sra. Drake é filha dele.

Ele deve ter ficado sozinho aqui, afogando a tristeza no álcool depois de ouvir as notícias.

— Detetive — cumprimenta Ray, com alegria, protegendo os olhos do sol.

— Sr. Fletcher — replica minha mãe, com educação. — Estou procurando pelos policiais que enviei para cá. Você viu alguém nos últimos trinta minutos?

— Sim, eles passaram aqui — balbucia Ray. — Pegaram meu amigo e marcharam pra trás da tenda de lanches.

Tropeçando ao se virar, Ray gesticula em direção à cerca dos fundos, onde Grover foi encontrado. De onde estamos, a tenda de lanches parece tão pequena quanto um hotel do Banco Imobiliário. Minha mãe assente, se vira para mim, que continuo dentro do carro, e pede:

— Espera aqui.

Por mais que eu queira ver minha mãe botando pressão em Leo, o resultado provavelmente será melhor se ela fizer isso sozinha. Além do mais, o último lugar onde quero estar é atrás daquela maldita tenda. O sangue de Grover provavelmente ainda está no chão de terra.

Enquanto minha mãe vai encontrar os policiais, Ray grita, meio sem ânimo, em direção a ela:

— E o meu amigo? — O homem parece tão derrotado que não posso deixá-lo sozinho ali.

Saio do carro, deixando a porta aberta. Cole é mais próximo de Ray do que eu, mas nós somos cordiais um com o outro. Além disso, ele acabou de perder a filha e precisa de alguém para conversar.

SUAS NOITES SOLITÁRIAS ACABAM AQUI   271

— Será que você poderia me explicar, Frankie — começa Ray, com uma risada cansada —, o que está acontecendo nessa porra de cidade?

Retribuo a risada, me abraçando enquanto a noite esfria ao meu redor.

— Queria poder explicar qualquer coisa que aconteceu esse ano — digo. Ray ri de novo, se apoiando contra o capô do carro, e perde o equilíbrio mais uma vez. Corro para segurá-lo.

— Nossa, hum… Você tá bem?

— Não. — Ray passa a mão trêmula pela testa. — Minha filha está morta.

Sinto Ray tremendo enquanto tento ajudá-lo a ficar de pé. Não acredito em quantas pessoas de luto precisei reconfortar num único dia.

— Eu, hum… fiquei sabendo. Bem, eu estava lá. Sinto muito.

Ray assente, o queixo tremendo enquanto ele tenta falar a terrível verdade:

— Tabatha e eu estávamos começando a nos reaproximar. — Ele agarra a própria cabeça, devastado. — Agora eu nunca mais… — Ele solta o ar, tentando se recompor. — Não gostei de quando ela se casou com meu velho amigo, mas não dava pra me meter nesse tipo de coisa. Conheço Leo há cinquenta anos. Eu que o convenci a se mudar pra cá, sabia? Minha família sempre visitava a família dele em San Diego. Era o que me tirava desse lixo de lugar vez ou outra, mas aí aconteceu aquela coisa horrorosa com o…

Trrrriiiiimmmmm.

Salto no ar como se tivesse fogo sob meus pés. Ray olha em volta, confuso.

O celular toca de novo — de dentro do carro. Minha mãe deixou o celular dela lá.

— Desculpa — digo, correndo para pegar o aparelho. O identificador de chamadas me atinge como um soco no estômago: agente Astadourian.

272 ADAM SASS

Merda. Ela vai arruinar tudo.

Ignoro. Minha mãe não quer que ela saiba onde estamos.

Mas antes que eu possa voltar até Ray, meu celular começa a vibrar no bolso de trás da calça. *Bzzzzzzzzzzzz*.

É Benny.

Ele não me ligaria a não ser que tivesse novidades ou problemas, ou os dois, para contar.

— Tudo bem, Benny? — Me sento, metade do corpo dentro do carro, metade fora.

— Dearie, onde você está agora? — pergunta Benny, soando apavorado.

— Mooncrest — respondo. — Minha mãe disse que... hum... não conta pra ninguém...

— Ai, meu Deus! — grita Benny para as pessoas que estão com ele.

— Benny, o que está acontecendo?

— Dearie, a gente descobriu uma coisa.

Antes que ele possa dizer mais, uma voz mais urgente toma conta da chamada.

— Frankie, é a agente Astadourian. Passa o telefone pra sua mãe.

Aperto o assento do carro e torço para que a verdade não estrague as coisas:

— Ela está conversando com Leo.

— Frankie, entra no carro, encontra sua mãe e volta pra cá.

Do lado de fora, Ray Fletcher balança perigosamente enquanto tenta se manter de pé.

— O que Benny descobriu? — pergunto, baixinho, para que Ray não ouça. — Por que ele está com você?

— Sua mãe voltou — grita Ray.

Olho por cima do painel e minha mãe está, de fato, lá longe, uma pecinha pequena de Banco Imobiliário voltando para mim. Pelo menos ela poderá atender a essa chamada e eu não terei que ouvir a A.A. gritando comigo.

— Só estou te contando isso porque você está em perigo — diz Astadourian. Não interrompo, pois ela tem toda a minha atenção. Algo me parece errado. — No dia em que a Gretchen foi assassinada, Leo ligou para Tabatha Drake várias vezes antes de ela atender. Não dei atenção porque as chamadas dele vinham de uma torre de sinal próxima a Mooncrest.

— Nossa, que loucura — respondo, torcendo para parecer chocado com essa informação.

— Sua mãe parece brava — comenta Ray lá fora.

Olho por cima do painel de novo; minha mãe está perto, mas ainda a um campo de futebol de distância. Ela corre como um leopardo. Meu coração para. O que aconteceu? Mais um corpo?

— Deixei algo passar — explica Astadourian. — Leo não foi o único que ligou para Tabatha naquele dia. Ray Fletcher, o pai dela, também ligou. Foi a chamada dele que a convenceu a sair e falar com Leo. Frankie, nós acabamos de investigar a chamada de Ray e ela foi feita de uma torre perto do colégio. Ele estava no colégio quando a Gretchen morreu.

Quase deixo o celular cair.

Olho por cima do painel. Minha mãe corre em minha direção — ainda muito distante —, a arma em punho.

— Frankie — alerta Astadourian. — Perdemos contato com os policiais em Mooncrest quinze minutos atrás. Não chegue perto de Ray Fletcher.

Não consigo me mexer.

Ray dá a volta no carro em minha direção, seus tropeços bêbados de repente virando uma caminhada perfeitamente sóbria. Muitas realidades apavorantes me atingem ao mesmo tempo:

O Mr. Sandman original é Ray.

Os policiais estão mortos.

Leo está morto.

Minha mãe encontrou os corpos, como o de Grover, empilhados atrás da tenda.

E a verdade final: ela não vai chegar até mim a tempo.

— Ele está aqui — digo, ao mesmo tempo em que o vovô amigável de Mooncrest se inclina à minha frente, sorrindo.

Uma mão grande e poderosa me puxa pelo cabelo, rápida como uma cobra dando o bote, e sou puxado para fora do carro. Uma dor como nunca senti antes atravessa meu crânio enquanto ele me levanta pelos cabelos. A lâmina chega no meu pescoço no momento em que minha mãe nos alcança.

— PARADO! — grita ela, apontando a arma.

Mr. Sandman urra:

— MAIS UM PASSO E ELE MORRE!

CAPÍTULO VINTE E OITO
Cole

Da minha cela, tudo o que ouço são os gritos lá de cima. Algo deixou todo mundo num grande frenesi. Não acredito que, depois de todas as horas que perdi assistindo a *Suas noites solitárias acabam aqui*, era Ray esse tempo todo. Perturbado pelas implicações, porém satisfeito por estar certo de novo, deito na cama e tiro os sapatos. E o melhor de tudo: consegui acabar com o caso mal embasado da agente Astadourian literalmente *dentro* da cadeia.

Tudo o que tio Nando precisa fazer é conseguir a confirmação da Universidade de Columbia sobre a data em que mandaram minha carta de aprovação e ver como ela não bate com a época em que Claude Adams ainda estava vivo. Junto com a teoria das digitais feita por Lucy, isso vai colocar todas as evidências em cheque e amanhã de manhã já estaremos processando o FBI.

E, então, voltarei para casa. Mas meu estômago se revira só de pensar em Ray. Todas as horas que passei sozinho com ele naquela cabine de projeção, todo o tempo que passei assistindo àquela série… Como poderia saber que eu estava virando amigo de um dos monstros mais infames do mundo?

E contei *tudo* para Ray. Sobre Nova York, porque eu estava empolgado pra compartilhar a novidade com outro cara apaixonado por filmes; sobre minha relação com Dearie, minha briga com Grover, minhas questões com o Clube Queer. Ele tinha todas as informações de que precisava para armar para cima de mim. Eu estava sempre na cabine dele, encostando nas coisas, tocando em papéis que provavelmente acabaram se tornando os bilhetes de Mr. Sandman e cartas incriminatórias. Ele usava luvas brancas para mexer nos rolos de filme — impedindo que suas digitais fossem parar em qualquer coisa que eu viesse a tocar.

E Ray provavelmente passou a vida inteira se certificando de que seu velho amigo Leo levasse toda a culpa por ele. Leo me alertou que o assassino já estava em minha vida. Será que ele já sabia? Será que sempre suspeitou do amigo? E Ray matou a própria filha, a sra. Drake! Por quê?

Vai saber os motivos que esses fodidos usam para justificar o que fazem!

Não consigo parar de pensar na cara de Astadourian quando perguntei sobre a casa de Justin. Ela parecia enojada, como se estivesse pensando em Justin massacrando a própria família. Mas, quando fomos até lá, o pai dele parecia estar implorando para ver o filho, como se *Justin* estivesse em perigo…

O que estava realmente acontecendo lá?

Estou deitado, assoviando e sonhando acordado com a coletiva de imprensa da minha liberdade, quando as portas do andar de cima são abertas com um barulho agudo. Benny desce a escada correndo como se estivesse fugindo de uma pantera. Ele chega em minha cela, sem fôlego, e fala:

— Você estava certo.

Os lábios dele estão tremendo.

— O que houve? — pergunto, me sentando. Benny aperta o peito para tranquilizar a respiração. Ele me encara com um olhar devastado por trás dos óculos, querendo dizer alguma coisa... mas não consegue. — Benny, o que foi?

— Dearie foi para Mooncrest. Ray pegou ele.

CARALHO, COLE, VOCÊ TEM QUE ESTAR CERTO TODA VEZ?

Me viro, forçando o cérebro a pensar num novo plano.

— Todo mundo está indo pra lá agora — diz Benny.

Minha visão fica embaçada. As barras verticais me cercando se dobram e se contorcem.

Chego nas grades, agarro Benny pela gola da camisa e o trago até meus lábios. O beijo é delicado, urgente e rápido — e proibido, mas a polícia deve estar muito ocupada salvando Dearie para se importar com o que estou fazendo. Eu precisava me despedir de Benny de alguma forma.

— Vai pra casa — peço, usando minha voz de pai. — O segundo assassino continua à solta.

— Mas e você? — pergunta ele, desesperado.

— Estou numa cela. O Sandman não consegue me pegar. VAI!

Benny dá um saltinho assustado e me beija uma última vez antes de sair correndo. A porta do porão se fecha quando ele sai e sou jogado de volta ao silêncio.

CAPÍTULO VINTE E NOVE
Dearie

O sol foi embora numa velocidade surpreendente. No momento em que ele mergulhou atrás do grande planalto que cerca Mooncrest, o ar ficou congelante enquanto um crepúsculo arroxeado engoliu a arena de piquenique. Ray Fletcher e minha mãe cercaram um ao outro entre a cabine de projeção e o estacionamento. Minha mãe mantém a arma apontada para ele, de olhos bem abertos. Ray se move com a mesma calma, uma das mãos agarrando meus cabelos e a outra pressionando delicadamente uma faca em meu pescoço.

O *serial killer* vivo mais infame dos Estados Unidos está segurando uma lâmina contra minha jugular e eu nem sequer quis assistir àquela merda de série. Tudo o que meu corpo quer fazer é dar um trago no vape que está no meu bolso, mas meu cérebro sabe que o melhor é me manter parado, senão já era.

— O que você vai fazer, Ray? — pergunta minha mãe.

Ele ri e sinto seu hálito de Coca-Cola de cereja. Aquela atuação de bêbado era uma grande mentira para nos fazer acreditar que estava de luto pela morte da filha.

Pobre sra. Drake.

— Detetive, eu não vou a lugar nenhum — diz Ray. — Minha filha morreu, então é o fim da linha para mim.

— Concordo. — Minha mãe respira fundo. — Por que você não solta o Frankie e nós conversamos?

Ray grunhe.

— Não, *não*, detetive. Esse é o seu filho. Seu filho único. Me manda soltar o *seu filho*.

— Foi isso que eu disse.

— Diga "solta o meu filho" ou ele morre. — A faca afunda em meu pescoço com mais um pouquinho de pressão. Respiro fundo.

Minha mãe treme.

— Solta o meu filho!

O apelo de minha mãe provoca alguma coisa em Ray. Ele solta o ar lentamente, do jeito que eu faço quando estou fumando vape com Cole e sentindo a vibe. MEU DEUS, como eu queria meu vape agora.

— O jeito como você vem mantendo suas emoções fora desse caso, detetive... — comenta ele. — Você esconde tão bem.

Ray empurra a lâmina mais fundo. Sinto a primeira pontada de dor e solto um ganido.

Algo nesta faca está me fazendo delirar. É quase... nostálgico, de alguma maneira.

Ray ri.

— Detetive, o jeito como suas emoções fluíram nas palavras: *Meu filho. Solta o* MEU FILHO. É assim que se implora. Eu implorei para que meu aprendiz não matasse minha filha. Disse para ele matar outra pessoa do clube, mas você sabe como são os jovens. Nunca nos ouvem. — Então, o segundo assassino é alguém do colégio. Ray solta mais uma risadinha. — Mas *eu* consigo me comover quando alguém implora. E você implorou direitinho. *Solta o* MEU FILHO. Sabe o que escutei por trás dessas palavras? Responda.

— Medo — responde minha mãe, sem hesitar.

— É mais profundo do que isso. Ouvi uma viagem no tempo. Sua mente passeando pelo seu futuro infeliz: natais, aniversários, noites de cinema... tudo isso sem *seu filho*.

— Por favor! — A voz da minha mãe embarga, mas a arma dela nem balança.

Mais uma onda de dor atravessa meu crânio enquanto Ray me levanta pelos cabelos até eu ficar na ponta dos pés.

— Detetive, chame todos os reforços para cá. Todo mundo que você tiver nessa cidadezinha de merda.

— Por que você quer isso? — pergunta ela cuidadosamente.

— Como eu disse, não posso fugir. Quero uma despedida DAS GRANDES. Acho que mereço.

— Meu rádio está no carro e eu não vou perder você de vista.

— Seu celular — digo, minha voz meio estrangulada por causa da pressão da lâmina. — Está bem ali no banco do carona. A porta está aberta. É só esticar seu braço para trás.

— Viu só? — sussurra Ray. — Trabalho em equipe. Liga agora ou eu mato ele.

Bem devagarzinho, minha mãe rasteja até a porta aberta andando de lado. Ela procura freneticamente com o braço, sem tirar os olhos (e a arma) de Ray. Por fim, ouço o celular dela emitir um apito delicado.

— Ligue para a agente Astadourian — pede ela, e o celular obedece.

No primeiro toque, a voz de Astadourian atende:

— *Mary, cadê você? É o Ray! Não o Leo...*

— Eu sei — interrompe minha mãe, nos encarando por um momento demorado e aterrorizante. — Ray pegou o Fr... — Ela se corrige: — Ray pegou meu filho.

— Garota esperta — sussurra Fletcher, impressionado.

O efeito é tão intoxicante em mim como é no Mr. Sandman. Toda vez que ela diz *meu filho*, minha morte de certo modo parece mais próxima. Mais evidente. Todo mundo que nunca mais vou ver, todas as coisas que não vou poder fazer. Nenhum império criativo. Nenhum namorado em Los Angeles. Nem Cole. Nunca vou chegar a conhecer a pessoa que eu estava me tornando.

— Ele sabe que não pode fugir — diz minha mãe. — E pediu todas as nossas unidades em Mooncrest para uma grande despedida.

— *Então ele terá uma* — afirma Astadourian.

Os olhos de minha mãe se movem rápido como um beija--flor, de Ray para mim.

— Venham rápido.

Com isso, minha mãe solta o celular e se move em nossa direção, embaixo do portão de entrada. O céu roxo do crepúsculo escurece, ficando índigo. A noite está nos engolindo, mas sem nenhum dos refletores de Mooncrest acesos, minha mãe não terá boa visibilidade para atirar.

Mr. Sandman, entretanto, só precisa deslizar a lâmina. A escuridão deixa ele em vantagem.

Ray estala a língua em desaprovação.

— Ah, Leo… A família dele foi tão receptiva com a minha toda vez que visitamos San Diego, odiei ter que colocar a culpa nele. Mas foi tão fácil. Todo mundo estava procurando por alguém de lá. Ninguém chegou a pensar que o assassino poderia ser simplesmente um garoto entediado do interior que só estava de férias na cidade.

— Por que você recomeçou tudo, Ray? — pergunta minha mãe. — Ficou entediado?

Ela dá um passo à frente, se movendo milímetro a milímetro. Em meio à noite, estou começando a perder os detalhes do rosto dela.

— Meu aprendiz me descobriu. — Ray ri. — Eu estava aposentado. Daí lançaram aquela série e todo mundo viciou. Meu aprendiz é tão inteligente. Desvendou tudo, coisa que nenhum de vocês conseguiu durante todo o tempo em que morei aqui. É ambicioso também. Se quer saber, foi o aprendiz que realizou todas as mortes novas, tirando Leo e os seus policiais. Precisei improvisar quando fiquei sabendo que vocês estavam vindo. Ah, e Claude Adams. Um pedido do aprendiz: eu poderia escolher qualquer um. Desde que fosse um homem gay. E o Claude era tão solitário...

O Sandman Sorridente. *Justin?* Pode ser qualquer pessoa do Clube Queer obcecada com a ideia de que Cole é o motivo da vida infeliz que ela leva.

— Quem é seu aprendiz, Ray? — pergunta minha mãe em meio à escuridão.

Ele assovia.

— Se eu te contar, vou estragar a surpresa. Mas não se preocupe, a espera não será longa. Temos um plano. Frankie, é uma pena que você não vai poder descobrir quem é.

— Mãe... — sussurro. Não consigo ver o rosto dela, só a silhueta em meio às sombras.

— Estou aqui, meu amor — murmura ela, incapaz de esconder o terror em sua voz.

No escuro, minha mão se fecha ao redor do vape no meu bolso. Ray não se mexe. Ele não me vê. Só tenho uma chance, mas sou habilidoso. Gays sabem ser discretas.

Ray dá um passo para trás, me afastando de minha mãe, com a faca ainda colada em meu pescoço.

É *agora ou nunca, gay.*

Enquanto Ray me puxa, levanto o braço segurando o vape com força, até que a ponta azul seja a última coisa que o olho esquerdo de Ray vai enxergar na vida. O vape sobe com tanta força que não encontra nenhuma resistência, e o líquido com cheiro repugnante escorre pelo meu pescoço. A dor deve ser excruciante porque a mão dele solta meus cabelos e a lâmina sai do meu pescoço. Caio no chão, tentando fugir, mas Mr. Sandman pega a faca no ar e meu antebraço se abre com uma dor instantânea e dilacerante. Não consigo ver o quanto o corte é profundo, mas não há tempo para isso. Ligo a lanterna do celular e aponto para Ray, iluminando o olho inchado dele.

— AGORA! — grito.

Um tiro atravessa o deserto silencioso quando minha mãe dispara.

Ray perde o equilíbrio e cai de costas com força.

— Deixa a lanterna ligada! — ordena minha mãe, e eu tento encontrá-la aos tropeços, com sangue escorrendo pelo braço enquanto aponto a luz para Ray.

Ele aperta uma ferida sangrenta no ombro, tateando a pele antes de olhar pra gente.

— Quem é o outro assassino? — questiona minha mãe, apontando a arma para ele.

Ray ri no chão.

— A polícia está chegando?

— A qualquer momento.

— Que bom. — A risada dele vira uma tosse. — Você caiu direitinho.

— Caí no *quê*?

— Vocês nunca vão parar meu aprendiz a tempo — diz ele.

Com o braço bom, Ray levanta a faca e corta a própria garganta. Minha mãe e eu gritamos para que ele pare, mas não adianta. Enquanto a garganta dele explode numa cachoeira vermelha, suas mãos caem sem vida para os lados.

— QUAL É O NOME DELE? — Minha mãe chuta o sapato de Ray, mas a perna dele só balança e para.

Décadas de assassinatos no país se espalham pelo solo do cemitério Mooncrest. Ray está morto. O Mr. Sandman original.

À distância, uma batida ritmada corta o ar — helicópteros. Astadourian está perto.

Iluminando meu braço, vejo que é um corte superficial, doloroso e sangrento, mas só preciso de um curativo. Minha mãe me puxa para o abraço mais forte do mundo.

— Frankie. — Ela chora no meu pescoço, esfregando meus cabelos sem parar. — Estava tão escuro. Eu não conseguia te ver.

Tento abraçá-la com mais força, mas minhas pernas estão fracas — e as últimas palavras sombrias de Ray continuam ecoando em minha mente.

— O que ele quis dizer com "você caiu direitinho"? — pergunto. — Como isso pode ser uma armadilha?

A agente Astadourian trouxe toda a delegacia de polícia às pressas por vinte e cinco quilômetros, até o meio do nada. Posso ver as luzes das viaturas ao longe. Eles chegaram.

Ray disse que não conseguiríamos parar o aprendiz a tempo. Parar o quê?

Mas, de repente, a resposta se desdobra em minha mente como num filme. A delegacia está vazia. Todos os policiais no deserto, a quilômetros da cidade. O Sandman Sorridente caminhando em direção à próxima vítima sem ninguém para impedi-lo e nenhum lugar para onde a vítima correr.

É, *sim*, uma armadilha.

Pego minha mãe pelo pulso.

— Mande as unidades de volta para a delegacia!

— Por quê? — pergunta ela.

— Cole está sozinho! Ele é o próximo.

SUAS NOITES SOLITÁRIAS ACABAM AQUI **285**

CAPÍTULO TRINTA
Cole

Na cela, o silêncio me sufoca. Não há mais o som dos policiais no andar de cima. Nenhuma ligação. Só o ronco fraco do homem bêbado a três celas de distância e minha respiração estremecida. Uma sensação de náusea toma conta do meu estômago e eu salto para a frente, me segurando contra as barras de ferro. Tento não pensar em algumas coisas terríveis.

Ray Fletcher pegou Dearie.

Estou preso e não posso ajudar.

E tem muito menos gente nessa delegacia do que havia há pouco tempo.

O suor escorre pelas minhas bochechas. Pressiono a testa contra as barras para me concentrar e organizar os pensamentos. Imagens horrendas de *Suas noites solitárias acabam aqui* atravessam minha mente. Ray matou todas aquelas pessoas — as gargantas abertas e perfuradas — e se safou por décadas! Agora, ele pegou Dearie.

Enfim, não há mais nada a fazer além de deixar o pensamento mais apavorante me dominar: Dearie pode já estar morto. Eu me afasto das grades, tudo vira de cabeça para baixo e caio de joelhos no chão de cimento. Antes que eu possa impedir, antes que consiga chegar na privada, despejo tudo que há em meu estômago no chão, num jato barulhento.

Algumas celas à distância, o homem bêbado solta um grunhido sonolento e murmura com a cara contra o colchão:

— Mas que p...? Tô tentando dormir, moleque...

O cheiro azedo se espalha por toda parte.

Infelizmente, botar tudo para fora não clareia minha mente. Cuspo no chão até a boca ficar limpa, rastejo para a cama e me deito em posição fetal, tremendo. Nenhuma estratégia me vem à cabeça. Nenhuma ideia sobre a identidade do segundo assassino, seus motivos ou próximos passos. Nem mesmo o luto me encontra. Em vez disso, minha mente só fica martelando *não, não, não, não, não, não, não, não, não, não, não, não, não* sem parar até me anestesiar.

As luzes se apagam e a cadeia é engolida pelo breu. Mal consigo enxergar um palmo à frente do nariz. Já está na hora de dormir? Eu adoraria, mas me parece cedo. Alguma coisa estava errada.

No escuro, um passo toca delicadamente o chão, gentil como uma gota de chuva. Me sento. Não respiro. Não faço nenhum barulho. Mais um passo. Mais alto desta vez. Não, mais alto não. Mais *perto*. Alguém está caminhando em minha direção. Aquela porta no topo da escada é barulhenta pra cacete e não ouvi ninguém abri-la. Quem quer que seja, já estava aqui.

O Sandman Sorridente.

Cubro a boca. Meu coração joga pingue-pongue em meu peito.

Passos mais próximos. Ele está em frente à cela.

Não vai conseguir entrar. Está escuro demais. Ele não poderia ver mesmo se pudesse.

Cliiiiique. Uma chave pesada desliza pela fechadura, a três passos da minha cabeça.

Não brinca.

Cléééééc. A porta da cela range enquanto a chave abre a fechadura enorme.

Não BRINCA.

Clique-a-cléééééc-a-cléééééééc. Minha cela é aberta.

Ele está aqui dentro.

Levanta, Cole. AGORA.

Os pés do Sandman Sorridente tocam o chão da cela uma vez... duas... A respiração dele abafada pela máscara enche meus ouvidos. Rastejo até os pés da cama, mas mãos usando luvas de borracha agarram meu tornozelo. Gritando, balanço a outra perna até atingir algo sólido. Primeiro a cama. Depois o chão. Então a parede. E, finalmente, um corpo.

— AI! — grita o assassino. Meu tornozelo está livre.

Rapidamente, rolo para o chão e depois me arrasto para debaixo da cama.

Ele não vai me encontrar no escuro.

— ARRRGHH! — ruge o Sandman Sorridente, levantando a cama como se fosse uma simples cadeira, antes de jogar o móvel contra a parede. Ele sabe onde estou.

Ele tem visão noturna e eu estou perdido no escuro. Perfeito.

Só corre, Cole. Sua cela está aberta. Começa a se debater, ele vai se afastar e você consegue fugir!

Mas e se alguns policiais ainda acharem que eu sou o assassino? Vão atirar se me virem escapando.

COLE. SE. VOCÊ. FICAR. AQUI. VAI. MORRER.

CORRE!

Consigo dar alguns passos antes de sentir algo áspero e grosso no pescoço. Levo os dedos até o pescoço para me libertar. Não é um colar afiado — é uma corda.

— NÃO! — grito, meio sufocado. — SOCORRO! ACORDA!

Mas o ronco do meu companheiro de prisão bêbado continua a preencher o ar.

Atrás de mim, o Sandman Sorridente solta uma risada cruel e anasalada. Minhas mãos se fecham ao redor do pulso do assassino, e eu o puxo com toda a minha força — vou derrubar esse desgraçado e prender ele no chão como se isso aqui fosse só uma partida de luta livre, e não uma batalha pela minha vida. Mas, quando o puxo, algo duro e ossudo me atinge nas costas — ele deve ter levantado o joelho. A dor é tão repentina e intensa que só consigo soltar um barulho gorgolejante. Grunhindo, o assassino tenta me levantar do chão apertando o laço, mas sou pesado demais e estou me debatendo muito.

— ARRRRGGGGHHHHHH! — grita ele, frustrado, me arrastando pelo espaço para ganhar mais estabilidade.

Só que, sem querer, já preparei uma armadilha para ele.

O sapato do Sandman Sorridente derrapa em algo pegajoso e molhado — meu vômito de nervosismo. Ele perde o equilíbrio e nós dois caímos no chão. Ele cai primeiro, e eu caio em cima dele como um saco de cimento. Finalmente o nó se afrouxa, e o ar retorna aos meus pulmões. Nós dois recuperamos o fôlego, mas, assim que consigo uma lufada de oxigênio, golpeio com o cotovelo o que espero que seja o abdômen dele.

O Sandman Sorridente grunhe como um porco no abate.

Começo a socar. Agora não é mais luta livre; ele virou um saco de pancadas. Anda, Sandman, deixa eu te mostrar do que esses braços são capazes — bem, além de chamar atenção de metade da população *queer* de Tucson (e de uns héteros entediados também). TUM. TUM. TUM. Cada soco violento me dá uma ideia mais clara de onde ele está: um ombro, a máscara, um braço e, finalmente, as costelas.

TUM. TUM. TUM.

Eu me concentro no mesmo ponto no peito dele, de novo e de novo, e, com sorte, vou quebrar as costelas e perfurar um pulmão.

Levanto o punho uma última vez...

SUAS NOITES SOLITÁRIAS ACABAM AQUI **289**

Mas o laço do assassino, que estava frouxo ao redor do meu pescoço, se aperta mais uma vez. Mais apertado do que nunca. A força dele voltou. Sua vontade de viver (ou de me matar) é maior do que meus anos de treinamento.

Cuspo nele. Chuto seus tornozelos. Bato em suas mãos. Mas a pressão continua firme.

Nossa, esse filho da puta quer me matar *mesmo*.

Estamos numa luta de vida ou morte.

Com um último berro, minha força se esvai. Ele é agressivo demais. Caio de joelhos, o laço implacável.

Tudo bem. Vou encontrar Dearie daqui a pouco. Uma eternidade de boa com ele. Não me parece tão ruim assim.

— *Ei, você!* — Ouço meu melhor amigo dizer.

Sorrio com minha alucinação à beira da morte.

— Ei, você... — sussurro. De repente, o preto vira vermelho e a escuridão explode.

Pensei que estava sonhando. Morrendo. Mas é tudo real. O Sandman Sorridente urra quando as luzes brilhantes e vermelhas de um sinalizador atravessam as barras da cela, jogando nuvens cintilantes ao nosso redor. Para mim, é a primeira coisa que sou capaz de ver em minutos. Mas, para quem estava esse tempo todo usando visão noturna, é uma desvantagem terrível.

O laço se afrouxa de novo e eu começo a tossir.

Acima de mim, o Sandman Sorridente — aquele vilão com sua máscara de comédia e um macacão preto — leva as mãos enluvadas até os óculos para se proteger dos flashes vermelhos. Enquanto fico caído no chão recuperando o ar, a centímetros da poça de vômito, bastante fraco, o assassino sai correndo da cela.

A toda velocidade, ele vira à direita no corredor. À esquerda há apenas uma parede e, mais à frente, a escada de onde veio o sinalizador.

Mas ainda assim não há nenhuma saída pela direita.

Um tilintar barulhento ecoa pelo porão. Um segundo depois, as luzes voltam.

Tudo traz alívio. A visão. A segurança. O ar, doce como bala açucarada.

Tiro o laço do pescoço e olho para o corredor da direita bem a tempo de ver as botas do Sandman Sorridente desaparecerem no ar e então ele some. Deve ter sido assim que ele entrou. Sem forças, me viro para a escada que leva até a delegacia. Botas cubanas descem em minha direção. É Dearie! O peito dele sobe e desce por baixo da regata enquanto ele segura mais um sinalizador, dessa vez laranja. Seu braço está enrolado numa bandagem sangrenta e mais sangue seco escorre pelas bochechas felizes.

Mas ele está vivo — e eu também.

Os dois melhores amigos lindos e insuportáveis, Cole e Dearie, sobreviveram a mais um ataque sangrento. Tem como não nos amar?

Momentos depois, outro garoto o segue pela escada. Benny. Ele não foi para casa COMO EU MANDEI. Está lado a lado com Dearie, agarrando desesperadamente um extintor de incêndio como se fosse uma arma.

Meu coração amargurado se enche de alegria. Meus garotos.

NO ÚLTIMO EPISÓDIO DE
SUAS NOITES SOLITÁRIAS ACABAM AQUI:
EM BUSCA DE MR. SANDMAN

Foi o término que ninguém pôde prever. No dia dos namorados de 1975 — quatro anos depois que os assassinatos começaram —, Mr. Sandman fez sua última vítima e, com isso, a máscara trágica nunca mais foi vista. Por que ele parou por ali? E, mais importante, para onde foi?

Ao desaparecer tão repentina e misteriosamente, Mr. Sandman nos negou uma solução. Mas o que é uma solução? Depende de cada pessoa.

Pode ser clareza — **ISSO COM CERTEZA ACABOU**.

Pode ser significado — **ISSO ACABOU, MAS FOI IMPORTANTE TERMOS PASSADO POR ISSO**.

Pode ser justiça — **ISSO ACABOU, E EU SINTO MUITO POR TER TE MAGOADO**.

Às vezes, pode ser apenas um alerta — **ISSO ACABOU. NÃO SOU QUEM VOCÊ ACHOU QUE EU FOSSE, E VOCÊ TINHA RAZÃO EM DUVIDAR DE MIM**.

Mr. Sandman foi embora sem deixar clareza, significado ou justiça, porém houve um alerta: ficar juntos nem sempre te dá um final feliz.

CONTINUAR ASSISTINDO?

PARTE SEIS
ME DEIXE SÓ

CAPÍTULO TRINTA E UM
Dearie

Ter sobrevivido junto com Cole a duas tentativas de assassinato dos assassinos Sandman deveria ser o fim de um longo dia, mas, infelizmente, é só o começo.

A agente Astadourian soltou Cole com um pedido de desculpas bem desesperado. Se o desespero foi por arrependimento genuíno ou por medo de como isso poderia pegar mal para ela, Cole não aceitou de qualquer forma. Ele só quer encontrar o Sandman Sorridente o mais rápido possível. Ou seja, estamos juntos na delegacia para planejarmos nosso próximo passo. Fernando, tio de Cole, deixou um alerta para Astadourian de que, assim que o assassino for pego, eles acertarão a indenização pelo tratamento horroroso que Cole recebeu.

Logo depois que foi solto, as mães de Cole encheram a delegacia com bandejas de sanduíches. Monica, sempre três passos à frente de todo mundo, trouxe uma muda de roupas limpas para Cole e deu uma olhada nos ferimentos no nariz e na garganta dele. Embora ela quisesse levá-lo para o hospital por precaução, Cole insistiu que, se não fosse nada sério, aquilo poderia esperar. Por sorte, Sandman não o deixou com nenhum ferimento grave. Por mais que as mães dele não quisessem deixá-lo, Cole e eu precisávamos debater, então elas voltaram para casa para acalmar as dezenas de familiares agitados que acabaram de chegar à cidade.

Benny também não queria ir embora, mas Cole o convenceu mesmo assim:

— Sua mãe vai parar de ser minha maior fã se não receber notícias suas o mais rápido possível.

Ainda assim, Benny não se convenceu logo de cara, então Cole deu uma tarefa para ele: recrutar o grupo de Flopades. Para a próxima fase do nosso plano, Cole e eu decidimos que precisamos do Clube Queer conosco. Minha mãe concordou em deixá-los virem até a delegacia para uma atualização geral da situação, então um dos policiais saiu com Benny para buscar Lucy, Mike, Theo e Em.

Assim que eles saíram, Cole e eu finalmente pudemos descansar por um segundo.

Enquanto minha mãe, Astadourian e todos os agentes e policiais sobreviventes se reúnem na sala ao lado para iniciar a busca pelo Sandman Sorridente, Cole e eu relaxamos no escritório de minha mãe. A sala é toda de madeira cor de uísque, do chão ao teto. É cheia de detalhes do sudoeste estadunidense — luminárias turquesa, cactos enormes e mantas de lã indígena, colocadas sobre as poltronas de couro em volta da mesa de reunião. O predecessor de minha mãe que decorou o espaço. É tão supermasculino que chega a ser babado de *camp*.

Em silêncio, Cole e eu acompanhamos as notícias em nossos celulares — os dois lendo detalhes sobre o caos causado por Mr. Sandman. No celular de Cole, uma transmissão ao vivo no Cemitério Mooncrest, onde Ray Fletcher — agora publicamente reconhecido como o assassino original — é carregado num saco de transporte para cadáveres. Há muito mais corpos para contar, adicionando Leo Townsend e os policiais que o

298 ADAM SASS

estavam vigiando. A transmissão é intercalada com cenas em preto e branco de *Suas noites solitárias acabam aqui*, uma lista de chamada dos anos 1970 com todas as mortes que finalmente foram vingadas.

Uma das primeiras coisas que minha mãe fez assim que Cole estava em segurança, foi pedir à equipe dela que confirmasse Ray como o assassino original, para que a notícia começasse a se espalhar. Sabendo que era Ray, peritos criminais usaram uma pegada incompleta para confirmá-lo como culpado por pelo menos quatro vítimas de San Diego. Uma busca na cabine de projeção em Mooncrest encontrou os sapatos que confirmavam as pegadas. Sapatos de quando ele era adolescente, que ele guardara. Por quê? Só para manter as provas por perto? Por que não os queimou?

Acho que ele queria ser encontrado. No minuto em que minha mãe e eu chegamos em Mooncrest, Ray estava pronto para ser capturado. As provas esperando para finalmente serem coletadas. Depois de tanto tempo de anonimato, Ray deve ter ficado feliz quando o aprendiz o abordou pela primeira vez.

Ele fora encontrado. Reconhecido.

As noites solitárias *dele* finalmente acabaram.

Cole nem pisca ao assistir às famílias das vítimas de Ray chorando no noticiário. Silenciosamente, acaricio as costas dele. Ray era um herói para Cole, e Mooncrest era nosso paraíso do cinema, nossa promessa de uma vida linda e brilhante, longe da prisão desértica de Stone Grove.

Essa promessa já era, amor. Podemos até fugir dessa cidade, porém estaremos magoados e separados.

No meu celular, diferente do noticiário nacional a que Cole está assistindo, o jornal local enfoca as vítimas recentes de Stone Grove. Sra. Drake, exterminada em meio aos livros da própria biblioteca — sua inocência agora questionada por causa de seu grau de parentesco com o assassino. O quanto ela sabia? Quando descobriu? Por que o Sandman Sorridente a matou? Só minha mãe e eu sabemos que Ray tentou — e falhou — impedir que o aprendiz tirasse a vida dela. Também tem Kevin, encontrado morto em seu apartamento solitário. Uma transmissão ao vivo da cena do crime de Kevin é intercalada com vídeos caseiros dele apresentando uma noite de bingo com *drag queens*. Então, o jornal passa para as notícias mais recentes: a casa de Justin Saxby foi encontrada cheia de corpos. O pai de Justin e os dois policiais desaparecidos, todos mortos. A polícia e o FBI, agora unidos, estão atrás de Justin, em vez de Cole, como principal suspeito.

Até o momento, a narrativa da mídia tem sido: "MASSACRE! *Mas graças a Deus acabou.*"

Porém, o Clube Queer sabe que não acabou.

O Sandman Sorridente está à solta e nos procurando.

Por uma boa razão, a imprensa ainda não sabe que, há apenas algumas horas, o Sandman Sorridente invadiu a delegacia, passou por um duto de ventilação (que ainda não temos ideia de como ele acessou), tentou matar Cole e depois escapou sem deixar rastros.

— Então, quando você subiu naquele helicóptero em Mooncrest — diz Cole, desviando os olhos do noticiário — ... você, tipo, ficou pendurado naquele degrau de baixo, tipo um herói de filme de ação, ou viajou com a porta aberta, tipo aqueles filmes de guerra?

— Hum, fiquei sentado bonitinho usando o cinto de segurança — respondo, coçando o curativo recém-trocado no meu braço.

Cole grunhe.

— Nada descolado.

— Pois é. Mas pulei no estacionamento antes de o helicóptero pousar completamente.

— Foda!

— Eu sei! Foi super *As panteras*, tipo, eu peguei os sinalizadores e comecei a correr na frente dos policiais gritando "MEU

AMIGO!", e o Benny já estava lá dentro no escuro, balançando o extintor de incêndio. Ele quase arrancou minha cabeça.

— Meus príncipes baixinhos me salvaram. — Cole acaricia meu dedo mindinho com o dele.

— Sim. — Sorrindo, seguro a mão dele, nós dois cansados porém pilhados.

— Sinto muito pelo Kevin. — Cole abre um sorriso triste.

— Ele foi o primeiro cara gay que eu conheci. Quer dizer, meu pai não conta. Enfim... não acredito que ele era tão solitário. Ele era o maior *daddy* pegador, lembra?

Dou uma risada cansada.

— Ô se lembro.

— Ele era uma inspiração. — Cole beija dois dedos e os ergue em homenagem a Kevin, que com certeza já está curtindo uma balada lá no céu.

Minha felicidade momentânea passa quando uma nuvem tempestuosa começa a se formar no meu peito.

— Não acho que o assassinato de Kevin foi planejado — digo, inclinando a cabeça. — Se ele tivesse recebido a mensagem de ameaça, aposto que teria contado pra minha mãe. Na série, o Mr. Sandman já matou sem ameaçar antes?

Cole tamborila os dedos pela mesa de reunião.

— Na real, não. Ray sempre mantinha tudo em ordem. Teve *uma* vez, uma vizinha de outra vítima que foi morta. Ela teve o bilhete final, mas nunca encontraram a primeira ameaça. As pessoas acham que foi porque ela morava muito perto da outra vítima. Ela viu o rosto do Mr. Sandman e ele teve que improvisar. — Ele pega meio sanduíche de uma das bandejas e dá uma mordida, engolindo com nojo. — Picles?! Meu Deus, esse dia só piora!

Com raiva, Cole devolve o sanduíche para a bandeja. Acaricio minha barriga exposta, processando uma ideia interessante:

— O assassino errou. A morte de Kevin é como picles num sanduíche. Não faz sentido estar ali.

SUAS NOITES SOLITÁRIAS ACABAM AQUI **301**

— Se o assassino for Justin, por que ele mataria Kevin? — pergunta Cole, cuspindo picles num guardanapo. — Eles nem se conheciam.

— Kevin era médico-legista. Talvez tenha descoberto algo que não devia.

Eu me lembro dos meus últimos momentos com Kevin. Minha mãe estava instalando os equipamentos de segurança na sala, Kevin me puxou para o canto e me deu um celular antigo. Falou que o assassino estava com o celular de Grover e poderia estar me rastreando.

— Ele me perguntou sobre tatuagens — digo, me sentando.

— Queria saber por que Grover odiava tatuagens.

Cole revira os olhos.

— Tipo quando ele te *proibiu* de fazer uma tatuagem?

Uma energia borbulhante e crepitante preenche meu corpo. No dia em que terminei com Grover, ele colocou algo na minha mão. Era pequeno, pesado e gelado. Não lembro o que era, mas me parece importante. Parece *essencial* para entender a morte dele.

— Grover era... — Mas então minhas palavras param, como se meu cérebro estivesse fechado para balanço. — Ele não era um bom namorado. — Inspiro fundo. — Ou uma boa pessoa, principalmente com você.

Quando olho para Cole, ele sorri como se estivesse esperando anos para me ouvir dizer isso. Eu não estava pronto. Venho protegendo Grover, me sentindo culpado por o ter abandonado e, depois, culpado pela morte dele. Mas não posso mais fugir da realidade — a birra de Grover com Cole era cheia de uma violência sádica. Que o levou para a cadeia e, por um milagre, ele sobreviveu.

— Eu deveria ter te escutado antes — admito.

Os olhos de Cole brilham.

— Não se preocupa. No final, todo mundo acaba me escutando.

A porta do escritório é aberta e, de uma só vez, todas as pessoas sobreviventes do Clube Queer entram na sala de minha mãe: Benny, Mike, Lucy, Em e Theo.

Minha mãe e Astadourian estão tendo a reunião delas sobre a busca pelo segundo assassino.

E nós teremos a nossa.

A reunião imediatamente se transforma numa confusão de abraços, suspiros e fofocas. Mike abre um sorriso radiante para mim, com as bochechas vermelhas embaixo da barba rala e da gola rolê embolada.

— Oi.

Sorrio de volta.

— Oi. Você tá bem?

— *Você* tá bem? Benny nos contou que você estava em Mooncrest! A gente achou que você fosse morrer.

Tento rir da situação, mas o fantasma da faca de Ray em meu pescoço me impede.

— Foi por pouco. Mas a gente pegou ele.

Mike assovia de alívio, os olhos cintilantes.

— E você ainda salvou Cole! Você é, tipo, incrível!

Sorrio, mas meu coração não está no clima.

— Vou me sentir melhor quando dermos um fim a essa história.

Muitas pessoas maravilhosas morreram por minha causa.

— Então, ele ainda pode estar aqui nos dutos de ventilação? — pergunta Lucy, os olhos grudados no teto como se o Sandman Sorridente fosse pular em cima da gente a qualquer momento.

— Ele foi embora — responde Cole, balançando a cabeça em negativa. — Acharam um rastro do meu vômito seco que ia até o estacionamento.

Benny acaricia as costas de Cole, que se abaixa e dá um beijo na testa dele. É chocante ver Cole de casalzinho com alguém, ainda mais com Benny, todo tímido e pequenininho.

— Bem, fico feliz que por algum milagre você sobreviveu — diz Theo, unindo as mãos como quem faz uma oração.

Cole arqueia a sobrancelha.

— Fica mesmo?

— Óbvio, mas parece mesmo bem milagroso. Tenho algumas perguntas.

A sala inteira vaia Theo, mas Cole apenas ri.

— Que tipo de jogo você acha que eu estou jogando? Fui atacado, preso, DEI para a polícia a pista para encontrarem Ray e depois fui estrangulado dentro da cela. Se eu fosse mesmo o Mr. Sandman, seria muito mais fácil só matar vocês!

Com um silêncio desconfortável, Cole e eu apontamos para as bandejas de sanduíches e todo mundo decide comer. Benny coloca dois sanduíches no prato e, sem nem precisar que peçam, começa a cirurgia necessária: ele abre a fatia de pão, descarta as rodelas de picles entre as fatias de queijo e frios, e depois entrega o sanduíche sem picles para Cole.

Filho da mãe, esse Flopado vai acabar sendo a alma gêmea do meu amigo.

Sorrindo de orelha a orelha, Cole morde o lábio, dá um soquinho leve no ombro de Benny e devora o sanduíche num piscar de olhos. Enquanto Benny fica se sentindo todo, Lucy e eu trocamos olhares, unidos no mesmo pensamento: *Nossa, esse garoto quer ficar com Cole pra valer.*

Depois que todes terminam de comer, juntamos tudo o que descobrimos sobre o dia em que Gretchen morreu e como isso pode nos ajudar a decidir o próximo passo. Ray me disse que o aprendiz assassinou todas as vítimas, com exceção de Claude Adams, Leo e os policiais que estavam com ele. Ray poderia estar mentindo, mas não sei o que teria a ganhar ao nos confundir.

Ou seja, quem quer que tenha matado Gretchen era uma pessoa que estudava lá, enquanto Ray estava ocupado coletando digitais minhas e de Cole.

— Entãããão, a polícia agora acha que é o Justin? — indaga Lucy. — Mike, ele não estava com você quando Gretchen foi assassinada?

Mike assente, se virando para mim.

— A gente ficou junto o tempo todo. Ele foi ao banheiro uma vez, mas foi muito rápido. Não acho que tenha escapado ou algo do tipo.

Fico em silêncio, passando a mão pelo curativo apertado no meu braço e repassando o mapa do colégio mentalmente — onde todos estavam, onde Gretchen estava, a ordem dos acontecimentos.

Enquanto penso nessas coisas, Theo ajeita o cabelo com nervosismo e se aproxima de Mike.

— Justin não pode ter... atacado Gretchen e Grover *antes* de te encontrar?

Cole revira os olhos.

— Sem deixar um rastro de sangue sequer? Com a Gretchen morta e o Grover sangrando horrores pelo pescoço por vinte minutos antes de ser encontrado?

Enquanto Theo bufa e se encolhe, Cole cobre o rosto de exaustão.

Tocando minha ferida, chego à mesma conclusão frustrante que todo mundo: não houve nenhuma oportunidade para que Justin Saxby tivesse assassinado Gretchen, machucado Grover e encontrado Mike sem ser visto.

— Alguém já se perguntou *por que* Justin iria querer matar a gente? — questiona Em.

Olho para Cole e depois para todo mundo.

— Ray disse que o aprendiz descobriu quem ele era assistindo à série, algo que ninguém mais conseguiu. O Justin é viciado na série?

Em dá de ombros.

— Todo mundo é.

— Bem, por que ele iria querer fazer isso? — indaga Lucy.

— Não acho que Justin seja assim.

— *Serial killers* não precisam de um motivo — comenta Benny.

— Óbvio que precisam — argumenta Cole, dando uma piscadela. — Como eu sempre disse: atenção. E o Justin era desesperado por atenção.

Todos nós paramos para pensar em Justin: o garoto loiro e alto, transferido da Costa Leste, todo orgulhoso de ser irlandês, com suas roupas verdes e a tatuagem de trevo. Sempre rabugento. Desapegado de todo mundo. Aos dezoito anos, já era um gayzinho amargurado.

Se Justin for o assassino, ele trabalhou rápido, mas sua motivação seria finalmente se sentir um astro. Ninguém mais no mundo conseguiu descobrir a identidade de Mr. Sandman, mas o aprendiz conseguiu. Justin, rejeitado por Cole e incapaz de se sentir acolhido em Stone Grove, teria adorado ouvir que ele, *sozinho*, foi inteligente o bastante para resolver o mistério.

A solidão nem sempre é apenas sobre romance. Tem muito a ver com autoestima também.

É possível, mas, ainda assim, um tiro no escuro.

— Talvez não seja o Justin — sugiro. — Ray disse que só matou Claude Adams porque o aprendiz precisava que a vítima fosse um homem gay.

Cole assente.

— Para que pudessem me incriminar com aquela carta idiota dizendo que eu estava transando com ele.

— Todos os mortos ou eram pessoas *queer* ou estavam tentando ajudar essas pessoas. Talvez o motivo não seja tão complicado, talvez seja mais um trabalho da boa e velha homofobia.

— Odeio homofobinha — murmura Theo cobrindo a boca com a mão. Em dá uma cotovelada em Theo, e elus riem juntes como se aquilo fosse uma piadinha interna. Interessante. Se Theo continuar assim, talvez consiga mesmo um encontro com Em no fim das contas.

— Pode ser o Walker Lane — diz Benny.

Com um sanduíche inteiro na boca, Cole argumenta:

— Walker Lane nunca, sob nenhuma circunstância, teria assistido à série e tido a capacidade mental para descobrir que era o Ray.

Um coral de murmúrios em concordância toma conta da sala antes de Em começar a morder sua caneta de novo.

— Isso é a parte mais bizarra dessa nova onda de assassinatos — fala ela. — Nos anos 1970, Ray matava qualquer pessoa. Por isso que o país ficou tão apavorado. Desta vez, eram só pessoas *queer*... o que tornou tudo muito mais solitário, porque nós estávamos sozinhes. *Eu* me senti sozinhe. Todes nós nos sentimos.

Instintivamente, como se tentássemos banir a solidão da sala, nós nos aproximamos. Cole puxa Benny para mais perto. Em segura a mão de Theo, que segura a mão de Lucy. E sobra Mike e eu. Não nos amamos, mas a solidão *queer* gera intimidade. Enrosco meu braço embaixo do dele e passo a mão pelas costas de Mike. Ele abre um sorrisinho fraco, como quem morre de medo de perguntar o que isso significa.

— Não importa quem é o assassino — declara Cole, quebrando o silêncio. — Não importa o que ele quer. Porque enquanto os policiais que entenderam tudo, tudo, tudo errado esse tempo todo estão na sala ao lado investigando com as táticas de sempre, nós mesmes vamos criar uma armadilha pra esse otário.

Em e Theo arregalam os olhos. Mike e Lucy se entreolham, espantados.

Ajeitando o cabelo, levanto e me espreguiço, erguendo a barra da camisa e mostrando um pedacinho da barriga, que Mike Mancini encara sem nem disfarçar. Prendendo a atenção da sala, anuncio:

— Vamos dar uma festa em memória das vítimas. Hoje. — Me viro para Theo. — E vamos precisar da sua casa.

CAPÍTULO TRINTA E DOIS
Cole

O Clube Queer se divide em dois times. Benny e eu ficamos na delegacia enquanto Dearie leva Mike, Lucy, Em e Theo para a casa de Theo em River Run. Surpreendentemente, convencer os pais delu a liberarem a casa para o memorial foi fácil. Os investigadores também se dividem: a sra. Dearie fica comigo, enquanto Astadourian e sua equipe vão para River Run monitorar a armadilha. Os demais agentes e policiais se espalham pela cidade em busca de Justin.

Mas não é como se eu achasse que eles vão encontrá-lo.

O Sandman Sorridente não vai ficar parado por aí esperando ser chamado pelos agentes da Astadourian. Ele quer Dearie, tenho quase certeza disso.

Por sorte, a sra. Dearie acredita na nossa teoria de que o assassinato de Kevin fugiu dos padrões e merece uma certa atenção. Benny e eu a seguimos até o escritório de Kevin para investigarmos. Se uma das pessoas do Clube Queer é o assassino, talvez nós sejamos os únicos capazes de encontrar as pistas certas.

— Acho que Kevin descobriu alguma coisa que o assassino não queria que ele achasse — diz ela enquanto nos aproximamos do elevador no fundo da delegacia. — Você tem bons instintos, Cole. E vocês dois conhecem seus colegas. Se acharem algo estranho, me avisem.

Lá embaixo no porão, descobriremos a identidade do Sandman Sorridente. Sei disso.

Só preciso provar.

Eu, a sra. Dearie e Benny chegamos no elevador da delegacia. A resposta nos espera lá embaixo. Dou uma cutucada em Benny, que está tão tenso que se assusta com meu toque.

— Tem certeza de que não prefere ir para a organização da festa em vez de ficar revirando o porão comigo? — pergunto.

Com uma risada amarga, Benny balança a mão em negativa, me dispensando.

— Ai, faz favor. Aquela armadilha mortal é o último lugar onde eu gostaria de estar agora. — Ele olha para a sra. Dearie, que encara ansiosamente o celular. Benny sorri. — Eles vão ficar bem.

Enquanto esperamos o elevador, uma notificação faz meu celular vibrar: *FrankieDearie iniciou uma transmissão ao vivo.*

— É o Dearie — anuncio, e Benny e a sra. Dearie se empoleiram nos meus ombros para assistir à live.

No vídeo, Dearie e Mike gargalham no banco de trás de um carro, fazendo algazarra como se estivessem a caminho de Las Vegas. Dearie acaricia a bochecha barbada de Mike e fala com as centenas de pessoas que já estão assistindo: *"Melhor sentimento do mundo! A gente pegou ele!"*

"voCÊ pegou ele", diz Mike, acariciando ele de volta.

"Tá bom, tá bom, minha mãe que pegou." Dearie dá uma piscadela. *"Mas eu meti meu vape no olho dele."*

Mike dá um pulinho de felicidade.

"Você é tão gostoso." Mike puxa Dearie para mais perto, e morde o ar perto da orelha dele, como uma tartaruga, fazendo meu melhor amigo morrer de rir.

"Ai, Miiiiiike, paraaaaa."

Benny se encolhe, e sinto que estou pronto para vomitar pela segunda vez no dia de hoje. O comportamento dos dois é atuação para atrair o assassino, mas, se Mike e Dearie ficarem juntos de verdade, espero que não sejam assim, ou vou precisar dar umas aulinhas de como se comportar na internet. Gay, hétero, bi, pan — ninguém quer ver uma merda dessas.

"Estamos a caminho da festa-de-noivado-barra-memorial-para-as-vítimas na casa de Theo", informa Dearie. *"Acho que também vai ser a festa da vitória E um pretexto pra exibir meu novo namorado, Mike Mancini. Meu gatinho."*

Mike morde o lábio, pensativo.

"A gente precisa de um nome de casal."

"Ai, MENTIRA. Eu tava pensando nisso agora mesmo!" Dearie, todo sorridente, dá um tapinha no ombro dele. *"Mancearie?"*

"Francini?"

Dearie ri. *"Bem, desde que eu possa te chamar de meu namorado..."* Os dois se beijam.

Ao meu lado, Benny solta um grunhido sofrido. Dou uma risada.

— É só atuação.

Ele me encara, sério.

— Para o Mike não é, não.

A ponta das minhas orelhas queimam de vergonha.

— Quer dizer, o Dearie acha ele bonitinho.

— Sério? — pergunta a sra. Dearie, esperançosa.

— Ele me disse isso logo depois que Mike se assumiu — respondo. — O ataque de Grover meio que complicou os sentimentos dele e... provavelmente misturou os caras com quem ele deveria ter namorado.

A sra. Dearie assente, compreendendo, e eu acho que ela queria tanto quanto eu que Grover saísse da vida do filho.

Será que Mike é bom para namorar? Diferente de Grover, ele parece entender limites.

Dearie encerra a live assim que eles começam a passar pelas placas familiares de River Run: *"Se cuida, galera, porque tem mais um Sandman à solta. Mas tenho uma mensagem pra você, assassino. Eu sei quem você é."* Ele beija a câmera. *"Hoje à noite vou abrir outra live durante a festa e tudo será revelado."* Fecho o vídeo enquanto Mike vibra de empolgação, trazendo de volta para a delegacia o silêncio mortal enquanto nosso elevador finalmente chega e nós descemos até o necrotério.

— A gente vai mesmo dar uma de filme de terror e reunir todo mundo numa festa? — pergunta Benny, observando ansiosamente o painel digital do elevador se aproximar do andar *N*.

Acaricio as costas dele.

— Dearie se lembrou da sua ideia. É um bom jeito de fazer o assassino aparecer.

A sra. Dearie suspira, irritada.

— Sim, bem... vamos resolver isso aqui rápido e ir pra festa.

Quando o elevador chega no porão, ela pega a arma. A porta se abre revelando um corredor escuro e vazio. A umidade gelada toma conta do ar. A sra. Dearie sai do elevador primeiro, buscando sinais de qualquer movimento inesperado. Até agora, nada. Só um feixe de luz fluorescente cortando o corredor. Se protegendo, ela usa o cotovelo para ligar um monte de interruptores, nos banhando com uma luz doce e envolvente.

Gentilmente seguro Benny pela lateral do corpo enquanto seguimos a sra. Dearie pelos corredores vazios, passando por janelas de laboratórios escuros, o azul fluorescente do necrotério e, finalmente, o escritório do médico-legista. A sala de Kevin é organizada, porém com toques da personalidade dele: um retrato emoldurado de si mesmo, lindo e feliz, numa cabana nas montanhas nevadas, relaxando com amigos ao redor de uma fogueira; um brinquedo de gato antigo, que pertencia à sua gatinha, e uma ampulheta com areia rosa-choque.

A sra. Dearie coloca um par de luvas cirúrgicas azuis e pega a ampulheta com extremo cuidado.

— Nós viajamos para Aruba nas férias — explica ela, perdida nas lembranças. — Não acredito que ele guardou isso. Foi há uns seis anos. Acho que não venho aqui embaixo desde essa época.

— Isso é uma pista? — pergunta Benny.

— Como?

— Você colocou luvas.

—Ah. — Voltando ao normal, ela guarda a ampulheta e joga um par de luvas para cada um de nós. — Só não quero que a gente toque em nada. Ainda não tivemos tempo de isolar a sala.

Coloco o par de luvas nas minhas mãos suadas e observo o que me parece ser um escritório comum. Achei que teriam umas coisas mais mediquêscas aqui, como vidros de evidências ou sacos com itens suspeitos.

— Onde podemos encontrar os laudos médicos de Kevin sobre as vítimas? — pergunto.

— No laboratório — responde a sra. Dearie. — Vi os laudos de autópsia em cima da mesa quando passamos por lá.

— Kevin costumava deixar coisas importantes espalhadas assim para qualquer um ver?

— Nunca. O que quer que tenha acontecido, ele saiu daqui às pressas.

— Mas você disse que ele foi morto no sofá, certo?

— Nós *encontramos* ele no sofá.

— Você está com o celular dele?

Ela balança a cabeça, fazendo que não.

— O assassino levou. Não conseguimos recuperar.

Aponto para o iMac dele.

—A gente precisa ver as mensagens que ele enviou. Você tem a senha dessa coisa?

— Sim, a não ser que ele tenha trocado nos últimos dias, mas nós só trocamos às terças.

Ela atravessa a sala até a escrivaninha, digita uma senha superlonga e sorri quando é recebida pelo brilho suave e arroxeado da área de trabalho. Meus nervos voltam a gelar. Podemos estar a poucos minutos de encontrarmos a solução para isso tudo.

Benny e eu damos a volta na mesa até a sra. Dearie, mas ela já está investigando as mensagens mais recentes de Kevin. O computador ainda toca baixinho uma playlist de R&B dos anos 1990.

— Deve ter sido algo enviado de um número restrito — diz ela.

— Números restritos também podem ser só contatinhos de pegação. — Minha voz quase cantarola.

— Eu sei bem. — Ela me encara, com a sobrancelha arqueada num tom de julgamento. — Como *você* sabe disso? — Dou a ela um olhar sabichão. — Frankie já fez algum tipo de... pegação?

Meu corpo inteiro rejeita aquela conversa, como se ela tivesse me alimentado à força com Kryptonita.

— *Algum tipo de pegação* — repito, imitando a voz de uma branquela de meia-idade. A sra. Dearie franze o cenho. — Mary, com quantas pessoas você transou quando estava no ensino médio? Sua mãe sabia de todas elas?

— Tá bom, vou ficar quieta! — resmunga ela, voltando às mensagens de Kevin.

Eu me aproximo para olhar mais de perto, porém a sra. Dearie já achou o que estávamos procurando: um número restrito, a última pessoa que mandou mensagem para Kevin, além dela mesma. Imediatamente, Benny e eu olhamos para trás, por cima dos ombros, como se alguém estivesse nos observando. Mas não há nada ali além de um armário enorme — grande o bastante para esconder um homem. As pontas de meus dedos estremecem quando a sra. Dearie abre a janela de conversa.

O histórico de mensagem de Kevin com o Mr. Sandman é breve, porém maior do que de qualquer outra vítima.

SUAS NOITES SOLITÁRIAS ACABAM AQUI 313

Desconhecido: Suas noites solitárias acabarão em breve.

Kevin: Eu sei quem você é.

Desconhecido: Estou com medo, Kevin. Ele está me obrigando a fazer isso. Achei que a gente só ia provocar as pessoas, mas aí ele me disse que me mataria se eu não ajudasse.

Kevin: Você precisa deixar Frankie e Cole em paz.

Desconhecido: Estou tentando, mas ele disse que eu não tenho escolha.

Kevin: Você sempre terá uma escolha.

Desconhecido: Estou com tanto medo.

Kevin: Venha para a delegacia. Podemos te proteger.

Desconhecido: Não tem como me proteger dele.

Kevin: Confia em mim. Vai ficar tudo bem.

Desconhecido: Ah, eu sei que vai. Só estava ganhando tempo.

Kevin: Quê?

Desconhecido: Atrás de você.

As mensagens terminam assim. O Sandman Sorridente já estava esperando para encurralar Kevin. Ele sabia que Kevin estava quase descobrindo sua identidade.

— Kevin… — sussurra a sra. Dearie, quase incapaz de respirar.

— Ele conhecia o Sandman — afirma Benny, relendo as mensagens por cima do meu ombro. — Ele estava tentando *ajudar* o assassino.

Uma ideia horrível se forma em minha mente.

— Ei, Bennyzinho — chamo. Depois de um suspense prolongado, meu lindo garoto de óculos parece desesperado para estar em qualquer outro lugar, até mesmo na festa armada. — Vem comigo até o necrotério?

314 ADAM SASS

CAPÍTULO TRINTA E TRÊS
Dearie

Pelo menos uma vez por ano desde que começamos o ensino médio, Theo Galligan deu uma festa em sua casa e, por mais que elu seja insuportável para a maioria de nós, todo mundo comparece, para nos sentirmos ricos por uma noite. É um acordo de falsidade que beneficia as duas partes. Por mais que Theo tenha virado as costas para mim e para Cole depois que saímos do Clube Queer, qualquer alune *queer* do colégio tem um convite garantido.

Esta noite, elu está armando uma armadilha para Sandman.

A parte boa de confiar uma festa dessas a uma pessoa teimosa e obcecada por aparências como Theo é que elu pode ficar uma pilha de nervos que eu não vou nem perceber. Cá está elu, sorrindo para todo mundo na sala de estar enorme, fazendo brindes de cidra como se fosse réveillon. Elu está com uma roupa formal toda preta (com suspensórios e sem paletó), e uma gravata-borboleta prateada. Lucy fica de braço dado com Theo, rindo de todas as piadas e, de modo geral, se portando como uma primeira-dama silenciosa e solícita. Ela vestiu um cropped brilhante cor de champanhe.

A Amiga das Mamães está brilhando como nunca!

Elu propõe um brinde para um público cativo de dezenas de estudantes, a maioria tendo assistido à live e se convidado para a festa. Em meio à aglomeração de rostos vagamente familiares estão Em, de calça jeans e uma blusa justinha com estampa tropical; Mike, gato e fofo como sempre, com sua gola rolê inapropriada para o clima, e a agente Astadourian, com a jaqueta de suede de sempre, no estilo Tia Descolada. A expressão dela está tão emburrada e atenta, que as pessoas a encaram como se fosse um corvo sinistro.

Simplesmente o que todos precisam para relaxar: a presença notória de uma agente do FBI.

Acredito que deve ter pensado que teria mais gente aqui para ela se camuflar, mas até o momento a vibe de "festa adolescente" está mais para "obrigade por comparecerem ao meu evento político beneficente".

Em frente à multidão, os Galligan — os pais ruivos de Theo, que amam a cor cáqui — ouvem o discurso de noivado bizarro com uma mistura de orgulho e inquietação.

— Sim, foi repentino e, sim, somos jovens — anuncia Theo. Lucy, sempre cheia de energia, encosta a testa na têmpora delu.

— Mas eu sempre estive à frente do meu tempo.

Theo e Lucy murmuram uma sequência de "eu te amo" e "não, EU te amo", antes de se beijarem, arrancando gritos da maioria das pessoas, incluindo a mãe de Theo, que não para de retocar o delineado. Queria que Cole estivesse aqui, para eu ter alguém resmungando comigo. Com sorte, o assassino vai aparecer daqui a pouco, e aí a Astadourian poderá prendê-lo e libertar Lucy desse circo.

Daqui a pouco. Minha live com Mike foi uma palhaçada digna de Oscar, mas sei que a insinuação de que iríamos revelar quem é o assassino vai garantir que ele apareça.

Beijar Mike foi esquisito. Era algo em que eu já tinha pensado antes, mas fazer numa atuação fingida me pareceu... errado, como se eu estivesse simplesmente brincando com um pobre Flopado assim como fiz com Grover.

"*Você é meu?*", Grover me perguntou com doçura, minutos antes de eu terminar com ele.

Estávamos deitados na minha cama, testas coladas. O estresse de saber que eu iria terminar com ele era tão grande que só consigo me lembrar de fragmentos da nossa conversa. Naquele momento, o que mais me consumia era o desejo de acalmá-lo. Fazer com que se sentisse seguro.

Mas aí terminei o namoro e ele colocou o item misterioso na minha mão. Depois disso, não lembro de mais nada.

O detalhe que me escapa é irritante. Algo que não consigo recordar, não importa quanto me esforce para enxergar no meio daquele nevoeiro. Então, Mike me cutuca e eu volto ao presente.

Dessa vez, não vou deixar nada de ruim acontecer. Entrelaço meus dedos nos dele. Mike dá um salto, mas depois sorri. Ergo nossas mãos e beijo os nós dos dedos dele.

— Nossa — sussurra ele. — Que gostoso.

As bochechas dele ficam vermelhas embaixo daquela barbinha de garoto, e meu coração fica quentinho por poder fazer alguém se sentir bem. Por poder dar o que alguém quer. Não sou um babaca. Mesmo depois que capturarmos o Sandman Sorridente, serei uma pessoa boa que deixa os outros felizes.

Enquanto o discurso de Theo se torna solene, relembrando Gretchen, Grover, sra. Drake "e os demais", todo mundo abaixa a cabeça, refletindo em silêncio. Mas minha mente não está silenciosa; ela grita tão alto que minha consciência começa a cambalear. O salão de festa começa a girar e me agarro à mão de Mike com mais força para me manter de pé. Por sorte, o pai de Theo me traz de volta à realidade ao bater com um talher na taça de champanhe.

— Nenhum de nós se sentiria em segurança se não fosse por algumas das pessoas aqui presentes — diz ele, erguendo a taça. — Agente especial Astadourian, é uma honra recebê-la. — A agente assente desconfortavelmente, como se estivesse rezando para que aquele homem não desviasse a atenção para ela. — E Frankie Dearie. Você e sua mãe pegaram um assassino que já era famoso antes mesmo de Olivia e eu sermos apenas um sonho de nossas mães. — Risadas educadas se espalham pelo salão. — Ao Dearie!

— AO DEARIE! — grita todo mundo.

Em aperta meu ombro e até mesmo a agente Astadourian não consegue esconder o sorriso. Então por que minha vontade é me esconder num buraco e sumir? Porque Cole sofreu muito mais que eu e não está recebendo nenhum brinde. Porque Kevin Benetti merece um brinde em sua homenagem também.

Como sempre, não fiz nada além de escapar de mais uma situação enquanto todos ao meu redor pagavam um preço muito mais alto.

Está todo mundo agindo como se tivesse acabado, mas isso é apenas o olho do furacão e o Sandman Sorridente é mais ágil, forte e cruel do que seu mestre. Ele quase matou Cole dentro da delegacia e ainda não foi pego.

Não estamos seguros aqui. Onde eu estava com a cabeça?

— Essa história ainda não acabou — continua o sr. Galligan, como se lesse meus pensamentos. — Além da agente Astadourian, há mais agentes a postos lá fora. Os portões de River Run possuem segurança reforçada. E o melhor de tudo… — Gargalhando, ele mostra um aplicativo de segurança no celular, que enche a tela de botões grandes e azuis, e aperta um. Naquele momento, várias portas se trancam nos fundos, na frente e no andar de cima.

— ATIVADO — diz uma voz feminina robótica na porta da frente.

O sr. Galligan sorri de orelha a orelha.

— Desculpa manter a festa aqui dentro, mas são as regras da casa para hoje. Portas fechadas por dentro, então ninguém mais entra. Mas, caso alguém saia e o sistema não tranque a porta em trinta segundos, a polícia estará aqui em questão de minutos. — Dando uma piscadela, ele guarda o celular no bolso. — E eu sou o único que pode desativar.

Célebres últimas palavras.

— Divirtam-se! — grita a sra. Galligan antes de puxar Theo e Lucy para um abraço. — Se precisarem de qualquer coisa, estarei lá em cima, na biblioteca.

As luzes diminuem. Cada lâmpada da casa se transforma num crepúsculo estrelado artificial, enquanto um jazz estridente de meados de 1950 e batidas de swing iniciam a festa. Os móveis do salão foram arrastados para os cantos, criando uma pista de dança improvisada. Diretamente na frente do saguão de entrada, há uma escadaria enorme com corrimão de aço que leva ao mezanino do segundo andar, dando vista para toda a sala principal.

— Esse lugar parece uma praça de alimentação de shopping — comenta Mike, me fazendo rir. O sorriso dele fica contido de novo.

No mezanino, os pais de Theo desaparecem atrás de duas portas de correr. No breve momento em que as portas ficam abertas, dá para ver estantes de livros que vão do chão ao teto. Eles acenam uma última vez e as portas se fecham.

Na cozinha, Astadourian e o Clube Queer se reúnem ao redor de um baquete de pastinhas, frios e picles. Cole odiaria. Atrás da ilha, numa mesa de café da manhã que fica num cantinho, há uma vista para o quintal luxuoso: um pátio amplo de cascalho com meia dúzia de cadeiras em volta de uma fogueira; mais à frente, uma piscina olímpica, com luzes que refletem o azul sereno nas árvores que disfarçam a grade de ferro, e à esquerda da piscina, a joia mais preciosa do sr. Galligan: uma garagem enorme com dez automóveis antigos, que compõem sua coleção.

— Meu pai iria pirar — diz Mike, boquiaberto. Como ele se assumiu recentemente, nunca tinha vindo à casa da família Galligan antes. — Posso tirar umas fotos...?

As mãos dele tocam a maçaneta da porta da varanda e Theo, Lucy e Astadourian sussurram:

— *O alarme*.

Mike afasta as mãos rapidamente, como se tivesse encostado numa cobra.

— Foi mal...

Em e eu trocamos olhares enquanto bebericamos o champanhe de criancinha. Ah, óbvio, eu me sinto *muito* seguro.

Entre comes e bebes, Lucy, curtindo estar a metros de distância de Theo, pergunta para mim:

— Você acha que ele vai aparecer?

Theo dá de ombros.

— Bem, esse é o plano do Dearie, né?

Reviro os olhos. Theo não consegue se segurar — sempre acabando com o moral de todo mundo.

Nossos olhares passeiam pela cozinha. Encaro Astadourian, e ela dá de ombros.

— Presumi que você estava esperando algo assim — diz, diplomática. — Não posso confiar em você, Frankie, mas posso confiar na sua habilidade de ser você mesmo.

O silêncio toma conta. De repente, ninguém parece mais tão confiante assim.

Cada pessoa aqui escapou da morte diversas vezes hoje e, agora, nos trancarmos numa casa enorme parece uma armadilha para nós, e não para o assassino, como se a ideia fosse muito melhor quando ainda estava no papel.

— Isso aqui tá parecendo *A máscara da morte rubra* — afirma Theo. Todos encaram elu sem entender e, meio sem graça, elu explica: — Gente rica dando festa numa casa trancada enquanto a morte corre solta lá fora.

Lucy nem pestaneja antes de replicar:

— De quem quer que seja essa casa de rico, a coisa está prestes a pegar fogo.

Theo faz beicinho. A lua de mel acabou.

Pelo menos elu ainda tem a Em puxando elu para um abraço de ladinho. Nem tudo está perdido.

— Tá todo mundo estressado — falo, analisando o grupo exausto. — Mas não existe um jeito seguro de escapar disso. Somos alvos dele e essa festa é uma armadilha, então *será* arriscado. Mas um monte de gente morreu, e acho que só nós somos capazes de dar um fim a tudo isso.

Ao meu redor, todo mundo parece com o ânimo renovado.

Dentro de minutos, o Clube Queer retorna para o salão principal a fim de arrasarmos na pista de dança, e nossos corpos — cheios de adrenalina e medo — liberam semanas de energia acumulada. É um frenesi de movimentos. Theo e Em, finalmente juntos, rodopiam como especialistas em dança de salão. Elus se beijam, com muito mais paixão do que o beijo de noivado de Theo e Lucy que, enquanto isso, dança sozinha e feliz, com os olhos fechados enquanto balança de um lado para outro segurando uma bebida. Astadourian fica ao nosso redor, com um pratinho de queijo em mãos — seu único trabalho é não tirar os olhos da gente.

Mike, porém, surpreende com seus movimentos. Enquanto o jazz ritmado toca, ele comanda a dança, segurando minhas mãos e me balançando para longe e depois para perto. A força dele carrega tanta confiança. Seus pés são tão ágeis. O suor faz os cabelos dele grudarem na testa e me pergunto mais uma vez o que o fez escolher usar camisa de gola rolê. De qualquer forma, ele segue imbatível.

Ele me gira mais rápido, me afastando e me puxando para perto continuamente.

SUAS NOITES SOLITÁRIAS ACABAM AQUI 321

— Não sei o que estou fazendo! — grito quando ele me balança para longe mais uma vez.

Ao me trazer para perto, Mike cola os lábios ao pé do meu ouvido.

— Só confia e me acompanha.

Sigo seu ritmo e, por um momento, minha mente se esquece do assassino. Ela se esquece do meu passado inteiro. Cada memória horrível e complexa voa para longe, como se tivesse acontecido com outra pessoa.

Mike é novidade. Estou dançando com ele e isso não tem nada a ver com assassinatos, meu ex, minha culpa... Neste momento, um futuro sem mortes se materializa diante dos meus olhos.

Consigo sentir. E a sensação é tão poderosa que me assusta ter que a deixar passar.

Quando a música termina, Mike me puxa para perto uma última vez e eu não perco a chance. Agarro seu rosto barbado, puxo-o com força e o beijo. Para valer. A sensação é o completo oposto do beijo da live. Beijo ele de novo, com mais urgência, pressionando minha mão contra a curva das costas dele, sua camisa molhada de suor.

Mike solta um suspiro e se afasta.

Ao nosso redor, uma nova música animada começa e as pessoas continuam dançando, sem perceber que Mike e eu paramos. As luzes em tons violeta refletem nos olhos grandes e cintilantes dele.

— O que foi isso? — indaga ele.

— Eu ter te beijado?

— Isso foi... pra valer?

Meu sorriso se abre lentamente.

— Sim.

Mike fica boquiaberto por um momento, antes de murmurar algo que ele não queria de fato dizer:

— Eu te amo.

Sem nenhum controle sobre meu rosto, pisco várias vezes, muito surpreso. De algum modo, o encanto foi quebrado. Não era minha intenção, mas Mike sabe que algo mudou porque ele parece assustado. Como se, de repente, estivesse pelado diante de uma multidão.

— Brincadeira. Eu...

— Mike...

— Merda. — Ele parece aterrorizado. — Já volto.

— Peraí!

Mike desaparece como um desenho animado sumindo numa nuvem de fumaça. Abrindo caminho pela pista, ele agarra o ombro de Theo, que está sarrando com a Em, e pergunta:

— Onde fica o banheiro?

— Lá em cima, à esquerda — responde Theo, sem prestar atenção de fato.

Então descubro que Mike não é rápido apenas na pista. Antes que eu consiga alcançar Theo, Mike já está subindo a escadaria de praça de alimentação de shopping.

— Mike, espera! — grito, tentando me sobrepôr à música, e corro escada acima atrás dele.

Não posso deixá-lo sozinho.

— Frankie, não se separe do grupo! — berra Astadourian de algum lugar lá embaixo.

Sei que não deveria sair correndo sozinho, mas preciso trazer Mike de volta. Nós dois chegamos ao patamar da escada ao mesmo tempo, e eu o agarro pelo suéter encharcado. Ele já está chorando.

— Me deixa! — implora ele.

— Não posso te deixar sozinho! — replico.

Puxando o braço, Mike se liberta de minhas mãos. Num murmúrio exasperado, ele confessa:

— Eu não deveria ter dito aquilo. Nem sabia o que estava fazendo! Sou novo nisso. Não sei o que dizer quando estou com outro garoto. Por favor, só esquece aquilo.

— Eu gosto de você! Mike, por favor, volta lá pra baixo comigo e vamos conversar. Gosto *mesmo* de você.

A respiração frenética dele se tranquiliza e ele esboça um sorriso. Acho que consegui.

Mas então o sorriso dele desaparece.

— Dearie…?

Sigo o olhar dele e vejo as portas de correr da biblioteca, onde os Galligan tinham entrado. Uma corda grossa — forte o bastante para prender um barco a uma doca — fora amarrada ao redor das maçanetas.

Quem fez isso?

Subimos o restante dos degraus em transe. Mike estende a mão e toca a corda, então me dou conta de que estamos fora do campo de visão de todo mundo lá embaixo. E estamos sozinhos.

De repente, a porta atrás de Mike é aberta com um estrondo.

O Sandman Sorridente marcha em alta velocidade com um fio de arame farpado em suas mãos enluvadas e, antes que qualquer um de nós consiga reagir, envolve o colar afiado no pescoço de Mike.

— NÃO! — grito, enquanto o Sandman Sorridente aperta o fio.

Mike dá um tapa na mão do assassino, mas — usando apenas o colar — o Sandman Sorridente ergue o garoto no ar. Os pés de Mike se balançam enquanto ele grunhe e tenta gritar.

— NÃO!!! MIKE!!! — berro, correndo em direção a eles.

Desesperado, bato nos braços, nas mãos e na máscara do assassino até ele soltar Mike. Com um baque horripilante, o garoto cai com o rosto virado para o chão, imóvel.

As noites solitárias de Mike acabam aqui.

CAPÍTULO TRINTA E QUATRO
Cole

Se tem uma coisa que aprendi com *Suas noites solitárias acabam aqui* é que Mr. Sandman não deixa para trás nenhuma evidência que não quer que seja analisada.

Tudo o que encontramos foi porque ele quis que encontrássemos. Era assim que Ray operava, e temos que aceitar que o aprendiz opera do mesmo jeito. A única forma de desmascarar o Sandman Sorridente é olhar para fora da imagem que ele criou. Foi assim que descobri a identidade de Ray: eu deveria ter me deixado consumir pela carta de Claude, pela minha incriminação, pela intimidação do FBI e por como ser condenado pela minha sexualidade me levara até ali.

Porém, só precisei analisar um pouco a situação e perceber que eu ainda não tinha sido aceito em Columbia quando Claude foi morto.

A imagem construída agora mostra Justin como o aprendiz. Ao me incriminar, o Sandman Sorridente vem silenciosamente guiando o Clube Queer — Dearie e eu inclusos — em direção a ele. Afinal de contas, Justin foi o último a ser visto com Grover e saíra correndo antes de o corpo ser encontrado; não estava com o grupo em Mooncrest quando recebemos as mensagens; ficara todo esquisito durante o confinamento, e todo mundo na casa dele fora massacrado. Não só isso: desde que parei de ficar com Justin, ele vem maquinando uma vingança silenciosa contra mim.

Quem quer que o Sandman Sorridente seja, ele me quer atrás das grades tanto quanto quer o Clube Queer morto. Mas como Leo me disse: *nunca é quem eles dizem que é.*

O suspeito — o que o Sandman Sorridente quer que a gente veja — é Justin, e é por isso que não acredito que seja ele.

Kevin também não acreditava e por isso morreu — então as respostas só podem estar no necrotério.

Sob as luzes fluorescentes horrorosas, a sra. Dearie analisa as fotografias dos cadáveres de Gretchen e Grover e as fotos de Grover ainda vivo, depois do primeiro ataque. Dedos, pescoços, feridas, corpos frios e rostos sangrentos… Quem quer que seja o aprendiz, ele tem a mão firme e poderosa para praticar atos tão violentos. Mãos firmes e mortais implicam uma alma vazia.

Outra pista que confirma minha teoria.

Benny segura um frasco de amostras de sangue — provavelmente meu, de quando Grover e Justin me atacaram durante a sessão de cinema. O sangue foi encontrado embaixo das unhas de Grover. Astadourian estava usando as amostras como provas contra mim. Irrelevantes.

Será?

Enquanto folheio os exames descartados de Kevin, a sra. Dearie começa a enviar um monte de mensagens, provavelmente para Astadourian. Me sento num banco ao lado de Benny, atrás de uma mesa cheia de frascos. Suspirando, ele coloca as amostras de sangue em seus lugares e apoia a cabeça sobre meu ombro, e eu deposito um beijo em seu cabelo. Tenho muita sorte de ter tantos garotos cacheados em minha vida, dispostos a trocar afeto.

— Tô tão triste pelo Kevin — diz Benny. — Demoraram tanto para encontrar ele. Meu maior medo é que um dia seja eu, encontrado num apartamento triste...

Antes que eu consiga tranquilizar meu gatinho, dizendo que ele terá uma vida longa e cheia de pessoas fabulosas, a sra. Dearie se vira bruscamente. Ela se inclina, logo abaixo de uma lâmpada de teto, e nos encara.

— O apartamento dele não era triste — afirma ela. — Só ficou triste porque havia um homem morto lá dentro. Eu já estive lá milhares de vezes em noites de jogos, jantares e festas de Halloween, e sempre havia *muitas* risadas. — A sra. Dearie enfatiza cada palavra. — Ele tinha suas noites solitárias, mas todos nós temos. Isso não nos torna pessoas tristes. — Ela balança a cabeça. — É tudo projeção. As pessoas veem um homem gay solteiro, que apesar das piadas de todo mundo era muito jovem e feliz, e usam seus preconceitos, seus próprios medos ou qualquer outra merda para preencher as lacunas e inventar uma história sobre ele que não tem nada a ver. Todos nós somos solitários e ao mesmo tempo não somos. — Com uma força incendiária no olhar, a sra. Dearie encara Benny. — Você vai ficar bem.

Até eu fiquei melhor depois dessa.

Que saudade de ser fã número um de Mary.

Ela tem razão. Isso não tem *nada* a ver. Por que é o Mr. Sandman que decide quem é solitário? Dois Flopados fofoqueiros, um viúvo, um gatinho no armário, uma bibliotecária feliz e divorciada, um solteiro bonitão e o pai do Justin, que poderia até ser solitário, mas duvido que seja por isso que está no necrotério...

Tudo começou com Grover e Gretchen recebendo aquelas mensagens. Por quê? Depois de cinquenta anos sem nenhum assassinato, por que esses dois? Na época, quando Dearie e eu fomos acusados de enviar as ameaças de morte, achei que era tudo inventado, só para chamar atenção. Infelizmente eu estava errado e tive que assistir ao Sandman de verdade voltar com

SUAS NOITES SOLITÁRIAS ACABAM AQUI 327

tudo, mas talvez tenha deixado um detalhe vital passar despercebido: eu sou Cole Cardoso e nunca estou errado.

O banco range sobre o chão do laboratório enquanto dou um salto em direção à sra. Dearie.

— Os corpos de todas as vítimas ainda estão aqui? — pergunto.

Ela me observa atentamente, como se soubesse que acabei de descobrir alguma coisa.

— Todos exceto Gretchen, Claude e Paul. Eles já foram enterrados.

— O corpo de Grover ainda está aqui?

— Sim.

— Me mostra.

CAPÍTULO TRINTA E CINCO
Dearie

Mike está morto, estirado no mezanino. Não tem para onde correr.

O Sandman Sorridente me puxa pelos ombros e me dá uma cabeçada. Meu crânio borbulha feito refrigerante cheio de gás e eu vejo estrelas. Tento correr, mas uma dor profunda atinge minhas costas.

Ele me cortou feio, como se eu fosse um pedaço de carne.

Não tenho tempo nem para gritar antes que ele me empurre em direção ao parapeito do mezanino. Minha coluna bate com força no metal e a dor excruciante se espalha pelo meu sistema nervoso. O assassino avança, e com a força que me resta, aplico o golpe oficial dos baixinhos.

Rasteira.

Mais surpreso do que machucado, o homem mascarado cai e minhas pernas cedem sob meu peso. Caído sobre o carpete e ofegante, a alguns passos do corpo de Mike e do assassino, junto forças para gritar:

— ASTADOURIAN! ELE TÁ AQUI!

Passos apressados sobem as escadas, e minha visão fica nítida o suficiente para avistar Astadourian saltando o último degrau. Ela grita meu nome enquanto o assassino se levanta e corre em sua direção, então A.A. mira sua arma no homem mascarado...

Porém, as portas da biblioteca atrás de nós balançam com força, contidas pela corda que prende os Galligan lá dentro, e o barulho assusta Astadourian antes que ela consiga atirar. Aproveitando a deixa, o Sandman Sorridente a agarra pelo pescoço com uma das mãos. Com a outra, ele segura a mão dela que empunha a arma, direcionando a mira para o teto enquanto ela dispara. Os resíduos do teto caem sobre os dois.

Lá embaixo, os convidados, até então desavisados, gritam e correm para a porta da frente. Dentro de instantes, todos saem em debandada pela noite de River Run. Em trinta segundos, o alarme vai disparar e minha mãe saberá que estamos em apuros.

Mas será tarde demais.

— ABRA A PORTA! — grita o sr. Galligan, de dentro da biblioteca. As batidas na porta são violentas o bastante para fazer Theo subir as escadas como um foguete.

— Mãe! Pai! — berra elu.

Theo, que há poucos momentos estava se acabando de dançar, percebe tarde demais o que está acontecendo. Elu avista Astadourian se debatendo contra a força do Sandman Sorridente. Com um empurrão forte, o assassino a joga para trás, na direção de Theo, e elus caem escada abaixo, um degrau de cada vez.

No topo da escadaria, o assassino observa a queda. Ninguém faz barulho.

Pela casa, a voz eletrônica do sistema de segurança faz a contagem regressiva para o alarme: *Vinte e sete, vinte e seis, vinte e cinco...*

Enquanto me contorço no chão, a dor se espalha pelas minhas costas e sinto algo molhado e quente escorrer do ferimen-

330 ADAM SASS

to. Não sei se foi o corte profundo ou o golpe na minha coluna, mas estou desfalecendo.

Tirando os gritos agoniados por trás das portas da biblioteca, a casa está praticamente em silêncio, exceto pela playlist de jazz, que mudou para músicas românticas mais lentas dos anos 1960 e 1970. "You'll Never Find Another Love Like Mine", de Lou Rawls, faz um eco sinistro pela casa, calma como aquelas musiquinhas de elevador.

O Sandman Sorridente continua a observar Astadourian e Theo do topo da escada, distraído.

Vou acabar com essa merda. *Agora.*

Num pico de adrenalina, esqueço minha dor e ataco o Sandman Sorridente, que se vira quando o atinjo na cintura. Ele me dá um soco no ombro, mas não sinto nada. Só tenho uma chance.

Com um berro, dou um salto e a gravidade faz o resto.

O assassino cai contra o parapeito, os pés no ar, antes de despencar. Minha força vai embora rapidinho e volto para o chão.

Não vi onde ele caiu — mas ouvi. Um estalo. Um grito de agonia. E, então, um baque surdo contra o chão. Ele deve ter caído com força, bem no recosto do sofá.

Dezessete... dezesseis..., o sistema de segurança segue contando.

Meu modo de sobrevivência bate com tudo. Não paro para olhar Mike — não há mais nada que eu possa fazer. Muito menos para libertar os Galligan — eles só vão atrapalhar. Só penso em uma coisa:

A arma de Astadourian.

Treze... doze...

Com as costas latejando de dor, me arrasto até a escadaria agarrando o corrimão com os braços enfraquecidos, e desço engatinhando o mais rápido que consigo.

Dez... nove...

SUAS NOITES SOLITÁRIAS ACABAM AQUI 331

Ao pé da escada, Astadourian e Theo se misturam em um emaranhado de membros, que só consigo distinguir quando me aproximo. Theo, imóvel embaixo de Astadourian, geme de dor com os dentes ensanguentados.

— Não consigo... me mexer...

Seis... cinco...

— Frankie... — murmura Astadourian, grunhindo de dor, com o punho virado no ângulo errado.

Não tenho tempo para me sentir aliviado por estarem vivos, então começo a procurar o revólver pelo chão — mas nada.

— Sua arma — sussurro. — Cadê?

Astadourian choraminga ao tentar se mover, e então fica imóvel novamente.

— Ele... pegou.

Dois... um...

As luzes do alarme piscam acima das portas enquanto um alarme estridente toma conta do ambiente, abafando a voz de Lou Rawls. Aquilo só intensifica minha dor. E então, das sombras atrás da escadaria, o Sandman Sorridente emerge, mancando sobre a perna direita... e apontando a arma para minha cabeça.

Nunca vou saber se ele ia puxar o gatilho.

Atrás dele, Em e Lucy surgem com um atiçador e uma pá de carvão, e um borrão de cabelos pretos e platinados voam enquanto golpeiam o Sandman Sorridente. Ele grunhe e perde o equilíbrio; até tenta mirar a arma, mas Em bate na mão dele com força e a arma cai. Em seguida, Lucy acerta a máscara de bronze com a pá, provocando um estalo.

O Sandman Sorridente cambaleia para trás e cai contra a escada.

— Pega a arma! — grita Lucy.

Mas ela está ao alcance do Sandman Sorridente, e ele já está se movendo.

— Não dá tempo! Corre! — exclamo, e Em e Lucy me ajudam a levantar.

Agora de pé, correr volta a parecer possível, então nós três saímos porta afora, até o gramado.

De repente, um tiro é disparado.

Assustades, nós nos abaixamos, e ouvimos vidro se estilhaçando.

Ninguém foi atingido.

O gramado da frente é circundado por um caminho de pedras, que de um lado leva até a piscina e, do outro, à enorme garagem. Nas casas dos arredores, todas as luzes estão acesas, mas ninguém sai para ajudar. Afinal, esse não é o tipo de vizinhança em que as pessoas buscam saber o que está acontecendo na casa ao lado. Mas, estacionada na calçada, a van preta do FBI — onde os agentes Jurgen e Manfredi estavam fazendo guarda — está à vista.

— O FBI tá lá. — Aponto, correndo em direção ao automóvel. — Eles estão armados.

Ágeis, Lucy e Em chegam lá antes de mim. Ainda estou a alguns passos de distância quando Lucy bate contra os vidros escuros do carro.

— Sandman tá dentro da casa! — grita ela.

— Abre a porta, cacete! — berra Em, e puxa a maçaneta assim que eu as alcanço.

Então, os homens do FBI despencam na calçada com olhares vidrados e gargantas dilaceradas.

AI, QUE MARAVILHA!

Em e Lucy se esgoelam de tanto gritar enquanto saltam para trás, se desviando dos cadáveres. Porém, não tenho tempo, energia ou disposição para gritar. Sei que o Sandman Sorridente está atrás de nós e que vai aparecer em breve.

— Entrem na van! — sussurro, empurrando Em e Lucy em direção à porta aberta. Mas as duas resistem, se recusando a passar por cima das vítimas. — Entrem logo e tranquem a porta!

— Quê?! — questiona Lucy.

Com a dor do ferimento nas minhas costas se intensificando a cada respiração, vocifero:

— Entrem na van e TRANQUEM A PORTA. Encontrem alguma arma ou as chaves. Liguem para minha mãe. Chamem uma ambulância e sumam daqui!

Temos poucos segundos para agir.

— Meu Deus — grunhe Em, estremendo enquanto passa por cima do corpo de Jurgen.

Antes de segui-la para dentro do carro, Lucy me lança um último olhar desesperado. Assim que ela empurra os pés de Jurgen para fora da van e fecha a porta, Em dá partida.

Estou sozinho.

Ótimo.

Ninguém mais vai se machucar. Exceto eu. Mas, até aí, qual é a novidade?

Porém, o único jeito de me certificar de que ninguém mais vai se ferir é pegando o Sandman Sorridente. Então o rosto doce de Mike surge em minha mente. "Eu te amo." Teria sido um crime dizer "eu te amo" de volta? Ele estaria vivo. Tudo o que aquele garoto queria era…

Mas aí meu coração perde o compasso. Já sei para onde ir.

Para a garagem.

Cambaleio pelo caminho de pedras em direção à piscina nos fundos. Quando chego ao portão, de soslaio avisto o assassino parado à porta. A máscara de bronze reflete a luz suave.

Muito bem. Me segue, seu lixo.

Corro cada vez mais rápido, atravessando o pátio de cascalho e a fogueira. Olhando para a piscina enorme à minha frente, cogito jogá-lo lá dentro e afogá-lo.

Não. Quero conversar com ele, saber quem ele é.

Mais à frente, a garagem surge em meu campo de visão. É um com um mini-hangar escuro, com um telhado alto e em forma de redoma, chegando quase à mesma altura do sótão.

334 ADAM SASS

Em menos de trinta segundos, estarei lá dentro. É lá que meu encontro com o último Sandman vai começar. Em meio ao som da minha respiração e dos meus grunhidos, noto os passos dele atrás de mim.

Ele está perto. Arrastando a perna ferida, machucado e abalado pela queda, por mim, por Em e Lucy, ele se aproxima cada vez mais.

Quando finalmente alcanço a garagem, me encolho perto da porta dos fundos. As luzes dos sensores de movimento piscam e enchem o espaço com uma iluminação suave e quente. Fileiras de veículos de luxo são iluminadas sob holofotes individuais. Carros de corrida vintage. Motocicletas. E, para minha terrível surpresa, o pai de Theo tem até um Batmóvel — o conversível, do programa de TV dos anos 1960.

Não acredito que meu último pensamento será: "Esse é o Batmóvel de verdade?".

Enquanto passo pelos carros, minha cintura esbarra no capô de um Dodge Charger branco. Com uma nostalgia nauseante, reconheço o carro de *Corrida contra o destino*, um suspense dos anos 1970 a que Cole e eu assistimos em Mooncrest. Bato a mão no carro quando meus joelhos cedem e caem com tudo no chão de cimento. Perdi muito sangue e a adrenalina está indo embora. Quanto tempo mais vou aguentar?

Quando caio no chão, a porta principal da garagem desliza, revelando a calçada da entrada da casa — provavelmente estou a seis ou sete carros de distância de lá —, um caminho bem longo que leva direto para a rua. Em uma das festas de verão de Theo, o pai dele comentou que, sempre que tinha vontade, interditava aquela rua só para poder correr com os carros da coleção dele, assim podia sair voando com os automóveis ou estacionar na garagem em velocidade máxima. Na época, Cole achou isso tão legal…

Mas quem abriu a porta da garagem?

—Acha que vai conseguir escapar? — pergunta uma voz abafada, logo atrás de mim.

Uma risada escapa da minha boca.

— Não, acabou pra mim.

Rastejando até me sentar, me recosto, ensanguentado, no Charger e apoio meu celular em cima do para-choque. Queria ter tido tempo para ligar para Cole... ou para minha mãe... mas sei o que preciso fazer.

O Sandman Sorridente se aproxima mancando, a perna tremendo enquanto ele se move. A máscara de comédia grotesca me encara.

— Mostra seu rosto — digo.

— Nossa, já tá pedindo foto do rosto? — questiona ele, rindo. — Ainda não descobriu quem eu sou?

— Tenho um palpite — respondo, embora a verdade (caso eu esteja certo) esvazie minha alma e acelere minha mente e meu coração. — Mas, ainda assim, deixa eu dar uma olhadinha.

Durante toda essa provação, desde o momento em que começou, das mensagens que Gretchen e Grover receberam até este exato momento, fui cercado por uma carnificina projetada para que ele me pegasse sozinho...

A verdade me atinge, mas minha habilidade de confiar nos meus instintos foi destruída. Cole consegue seguir a intuição e se sentir empoderado ao acreditar nela. Já eu me tornei um Flopado inseguro. Nunca que eu diria o nome do Sandman Sorridente sem ver seu rosto antes. Me conheço bem.

O assassino arranca a máscara e a joga aos meus pés.

Meu Deus. Eu estava certo.

CAPÍTULO TRINTA E SEIS
Cole

Agora me diz: quando um mistério deixa de ser mistério?

Quando você não quer saber a verdade.

A mente é capaz de performar vários truques de mágica para nos proteger de verdades terríveis. Por muito tempo, provavelmente desde o surto de Leo Townsend, suspeitei que o Sandman Sorridente era um de nós. Não apenas qualquer pessoa do clube. Alguém próximo. Alguém de quem gostávamos — ou, até mesmo, amávamos —, e meu medo era descobrir que encarar a verdade sobre nosso velho amigo seria muito mais difícil do que sobreviver a ele.

A sra. Dearie caminha por uma parede cheia de gavetas do necrotério, doze no total, cada uma contendo uma vítima do Sandman. Se isso não parar logo, eles vão precisar de um necrotério maior. Ela segue as anotações de Kevin para localizar a gaveta com o cadáver de Grover, e sua mão para sobre a alça.

— Tem certeza de que quer fazer isso? — pergunta ela. — A situação está bem feia.

— Se Cole disse que vai conseguir solucionar o caso, vamos nessa — diz Benny, quase dando cambalhotas de ansiedade. Ele toma a frente e puxa a gaveta com um brilho determinado no olhar, e ela desliza como a bandeja de um forno, revelando um saco preto que embrulha o corpo feito uma batata assada envolvida em papel-alumínio.

A sr. Dearie suspira.

— Agora é só abrir.

Apoio a mão de maneira reconfortante nas costas de Benny enquanto a sra. Dearie lentamente abre o zíper do saco. Nos aproximamos e encontramos meu inimigo, a garganta dilacerada, bochecha, dentes e maxilar inchados, e o cabelo loiro manchado com sangue seco. Analiso o corpo de Grover até as pernas e na mesma hora avisto o que estou procurando, confirmando minha teoria.

A coisa que Kevin achou e que o fez morrer.

Surpreendentemente, descobrir a verdadeira identidade do Sandman Sorridente não me deixa devastado. Meus batimentos cardíacos continuam calmos. Estou energizado. Provar que estou certo sempre causa esse efeito em mim.

— Sem autópsia — digo, olhando para o peitoral liso do cadáver. Nenhuma incisão em "Y" foi feita.

— Kevin ia fazer isso ontem — explica a sra. Dearie.

— Mas o assassino o pegou primeiro. — Viro Benny na direção das pernas de Grover. — Viu alguma coisa?

Ele e a sra. Dearie se inclinam para olhar mais de perto. Em poucos segundos, Benny encontra o que encontrei. Ele arregala os olhos e se vira, assustado demais para falar.

— Cole…

— O que foi? — pergunta a sra. Dearie.

A adrenalina atravessa meu peito como se eu estivesse permanentemente nos últimos dez segundos de um jogo empatado.

— Precisamos encontrar o Dearie agora — falo. — Vocês estão perdendo tempo procurando pelo Justin.

Ela nem pestaneja.

— Justin não é o assassino?

Balanço a cabeça em negativa e solto uma risadinha triste. Então olho para o corpo, para nosso colega de classe.

— Quando Astadourian ameaçou acabar com a minha vida naquele flagrante ridículo, eu disse a ela que algumas pessoas não saberiam identificar abuso de verdade nem se estivessem sentadas ao lado do abusador.

O rosto dela, embora bronzeado, empalidece.

— Como assim?

Seguro a mão de Mary, que está congelando mesmo com as luvas cirúrgicas.

— Todos os assassinatos foram planejados para me manter longe de Dearie. Ele está em perigo, já está há um bom tempo. Você sabe do que estou falando, não sabe?

Uma lágrima desce pelo rosto dela.

A sala fica quieta, partículas de poeira congelam no ar. Todos esperam minha cartada final. Chega de suspense. Chega de fugir das verdade horrorosas.

— Apenas uma pessoa que ainda está viva poderia estar presente em todos os assassinatos — afirmo. — Que poderia ter pegado Gretchen de surpresa no corredor. Que poderia estar na noite de cinema com Grover. Que sabia que eu estava ficando com Paul. Que não estava no colégio, então poderia facilmente matar Kevin, a sra. Drake e o pai do Justin. — Meus olhos se enchem de lágrimas também, mas preciso manter a cabeça no lugar por Dearie. — Só uma pessoa seria capaz de fazer tudo isso para isolar Dearie das pessoas que o amam e que poderiam protegê-lo. Capaz de me *matar*.

— Quem? — questiona a sra. Dearie, desesperada.

— Benny, mostra pra ela.

O garoto, com a mão no peito, toca a coxa do cadáver, pálida e sem pêlos… e com uma tatuagem de trevo.

— Esse é o corpo do Justin — diz ele.

CAPÍTULO TRINTA E SETE
Dearie

É Grover. Ele está vivo.

O assassino por trás da máscara de comédia sempre foi Grover. Seu cabelo cor de palha está amassado por causa da máscara. Hematomas marcam suas bochechas pontudas. Não tenho ideia se foi pelo golpe de Cole ou pela queda do mezanino. Ele continua bonito, mas... muito mais frio. Suas feições possuem uma beleza gélida, que chega a ser assustadora sob a luz forte da garagem.

É claro que continua vivo. Provavelmente era óbvio para todo mundo, menos para mim.

Será que fui o último a descobrir? Será que essa investigação toda foi uma encenação em meu benefício, para me fazer enxergar a verdade? Que Grover é um abusador. Que meu ex matou pessoas e eu ignorei os sinais.

Se eu tivesse sido forte o suficiente para encarar esse fato, talvez muitas pessoas ainda estariam vivas.

Na garagem de Theo, sob os holofotes implacáveis, o rosto do meu ex me faz lembrar de tudo. Todas as memórias estilhaçadas do término, espalhadas e desordenadas, finalmente se juntam em uma imagem nítida da nossa vidinha miserável juntos.

"Você é meu?", perguntou ele, com doçura.

Não. Não foi assim que ele falou.

Tento relembrar… estávamos na minha cama, agarradinhos. Eu tinha acabado de brigar com Cole por causa de Nova York — meu melhor amigo estava indo embora sem me contar. Nos dois meses de namoro com Grover, aprendi a não mencionar o nome de Cole na frente dele, mas naquela ocasião eu estava triste e deixei escapar. E então a transformação de Grover foi instantânea. Meu namorado doce e fofo se transformou numa criatura aterrorizante.

"Você é MEU", rosnou ele.

"Eu sou seu", concordei, desesperado para acalmá-lo.

"Você NÃO É dele. Não quero escutar esse nome de novo. Ele quase me matou!"

"Ele não fez isso…"

"Você NUNCA acredita em mim! Sempre fica do lado dele em vez do meu, que sou seu NAMORADO."

PAFT! Grover atirou o próprio celular contra meu guarda-roupa. Me encolhi de medo como uma tartaruga. A violência de Grover nunca era direcionada a mim, mas sempre a algo próximo. Muito próximo.

"Ele nem te ama!", gritou Grover, alto o bastante para arranhar as cordas vocais. "EU TE AMO! EU! Cole ficou cinco segundos sem sua atenção, então ele decidiu te abandonar, o MELHOR AMIGO dele, e ir para Nova York. Você tem IDEIA de como soa PATÉTICO toda vez que defende ele? Sério!"

Eu estava chorando demais para conseguir responder.

"Tudo bem", disse Grover, me puxando contra o peito dele. Embora estivesse furioso momentos antes, o coração dele não estava acelerado. Ele estava calmo. Por algum motivo, aquilo só me fez chorar ainda mais. "Tá tudo bem, Dearie… Dearie, Dearie…" Ele

pressionou os lábios contra minha orelha, e eu quis gritar pela minha mãe, mas isso só o deixaria mais irritado. E Grover finalmente estava me abraçando de novo. Talvez só tenha perdido a paciência. "Dearie, o Cole não é seu amigo. Ele é uma piranha. E um abusador. É tudo o que existe de errado na nossa comunidade; toda vez que damos um passo à frente, pessoas como Cole nos puxam para trás. Ele me atacou. Acho que isso tudo foi um plano do universo para que eu pudesse abrir seus olhos para o quanto ele também está te machucando.

"Eu...", tentei dizer alguma coisa, mas tudo o que tinha na ponta da língua eram mais palavras em defesa de Cole. E, por mais verdadeiras que fossem, eu não poderia dizê-las sem invocar o lado sombrio de Grover.

"Você está finalmente se tornando uma pessoa boa, Dearie", disse ele, me chacoalhando de leve para me animar. "Sempre que está com o Cole, você age como um babaca, mas isso está mudando conforme você passa mais tempo comigo. Você vai ver. Vamos nos formar, e Cole vai te esquecer depois que for para Nova York. Ele vai começar a usar drogas, pegar alguma doença..."

"Para." Empurrei-o para longe de mim. A expressão nos olhos dele mudou muito rápido, de carinhosa para furiosa e, por fim, magoada. Fui tomado por uma pontada de coragem; sabia que se não agisse no mesmo instante, nunca mais conseguiria. "Quero terminar com você."

Ele sorriu. Por que diabos sorriu? Será que sabia que aquilo daria início a toda essa violência? Será que estava torcendo por isso?

"Terminar comigo? Nossa, que LEGAL", *respondeu Grover. "Isso vai pegar superbem pra você e pro Cole. Quem vai ficar do seu lado? As pessoas* GOSTAM *de mim de verdade. Eu sou o queridinho de todo mundo. Você é só uma vagabunda com cara de cu. Quem mais vai sentir sua falta além da sua mãe e daquela maricona do melhor amigo dela?"*

Grover estava fazendo tanto barulho. Por que minha mãe não escutou? Por que ela não foi me salvar?

342 ADAM SASS

De repente, ele sacou uma faca. Eu nem sabia que ele tinha uma. A lâmina era curta e o cabo era de madeira. Grover não me ameaçou com ela — só a colocou gentilmente na palma da minha mão e fechou meus dedos ao redor do cabo. Era pequena e pesada. Segurando meu punho, ele levou a lâmina até o próprio pescoço, em direção às cicatrizes que tanto amava.

"Me mata", ordenou ele. "Se você me deixar, o Mr. Sandman vai me pegar e dessa vez ele não será bonzinho. Se for pra morrer, quero ser morto por alguém que eu amo."

"Grover...", murmurei, tentando não chorar.

"Para de choramingar e ME MATA!*" Ele segurou meu punho trêmulo, posicionando a faca.*

"Você não vai morrer!" Minha voz estava embargada, meio estrangulada pelo nó na garganta e pelas lágrimas. Me recusando a fazer aquilo, soltei meu braço das mãos de Grover e joguei a faca sobre a cama.

Grover não gritou de novo. Ele apenas pegou a faca e o celular quebrado, balançou a cabeça e perguntou: "Você é feliz, Dearie? Porque você não tem ideia do que acabou de começar."

Posso até ser a última pessoa a descobrir que Grover é o assassino, mas, de certo modo, também fui a primeira.

Essas memórias são tão terríveis, tão distantes de tudo o que eu acreditava ser possível, que meu cérebro escondeu todas num cantinho escuro do meu subconsciente. Mas agora elas voltaram.

Na garagem de Theo, me sento sobre o cimento gelado, minhas costas machucadas e cortadas apoiadas contra o Dodge Charger branco. Como uma assombração, Grover continua ali de pé, vestindo um macacão verde-militar, botas pesadas com solas sujas e um sorriso calmo e malicioso no rosto. Sua barba rala e dourada brilha sob a luz.

— Oi, amor — diz ele, fazendo beicinho. — Tá bravo?

Meu primeiro impulso é dizer algo tranquilizador, tipo, "Meu Deus, não!". Em vez disso, dou uma respiração demo-

SUAS NOITES SOLITÁRIAS ACABAM AQUI 343

rada e dolorida. Preciso mantê-lo falando o máximo de tempo possível.

— Estou... desapontado — respondo.

— Quando você descobriu que era eu?

Dias, semanas e meses de névoa mental se dissolvem, me trazendo lucidez como uma chuva de primavera.

— No término — admito. — Ou agora. Ou antes. Ou depois. Não sei. Você estava morto e eu ainda suspeitava de você. Mas é tudo tão óbvio agora. — Meu peito pulsa com respirações descompassadas e furiosas. — Eu devia saber que você é um mentiroso manipulador. — Rio de mim mesmo. — Devia ter escutado Cole. Devia ter chamado Mike pra sair...

— O *falecido* Mike Mancini — adiciona Grover.

Determinado, afasto os pensamentos sobre aquele garoto lindo.

— Todo mundo achou que era coincidência ou azar o fato de nenhum membro do Clube Queer ter conseguido chegar a tempo naquela reunião. Mas você planejou tudo.

"Você pediu para Mike e Justin te encontrarem na cafeteria. Se certificou de que Benny estivesse escutando enquanto você o deixava de lado, assim ele desistiria de ir à reunião. Então Gretchen enviou a mensagem que tirou Lucy e Theo de lá. Foi ideia sua?"

Ele assente.

— Em era recém-chegada nas reuniões — continuei. — Por isso só ela estava lá, além de mim e do Cole. Então, com todo mundo fora do caminho, Ray coletou nossas digitais, e você encontrou e matou a Gretchen. Ela ficou surpresa?

— Sim, mas eu falei que era por uma boa causa — responde ele, animado. — Por você.

— Então você mesmo se enforcou com o colar de arame farpado. Como você sabia que aquilo não iria te matar?

— Prática. Toda vez que eu ia para Mooncrest, testava num boneco com Ray.

— Você tem sorte de a mãe do Cole ser uma cirurgiã tão boa. — Dou ênfase ao nome do meu amigo. Grover recurva os lábios como um cão raivoso. — Você sabia que eu ia terminar com você? Ele coça a nuca.

— Sabia que, enquanto Cole estivesse por perto, cedo ou tarde isso iria acontecer. Então você precisava de mais um lembrete do quanto eu era importante.

— Você pensou em tudo mesmo. — Minha visão está desfocada. Apoio a cabeça no para-choque, mas tomo cuidado para não me mexer muito. Sei o que está em jogo aqui. — E forjar sua própria morte… você amou essa ideia só porque sabia que isso ia me deixar infeliz e fazer com que eu me sentisse culpado, né?

Grover sorri.

— Não deu pra resistir. Queria ver como você reagiria à minha morte.

— Ficou satisfeito?

Ele sorri mais uma vez.

— Você se importa mesmo comigo.

— Então você arrumou uma briga em público com Cole. Você e Justin arranharam ele, para que os dois tivessem o sangue dele embaixo das unhas. Você mandou Justin fazer isso também? Ele faria qualquer coisa por você, não faria? Ele só queria ser desejado por alguém. Além disso, ele tinha acesso ao Cole de um jeito que você não tinha. — Rememoro a invasão do Sandman Sorridente à casa de Cole para plantar provas. — Justin conseguiu a chave da casa dele pra você.

Grover assente.

Meu estômago se revira ao encarar todos esses fatos, mas preciso continuar falando.

— Então, quando me afastei de você em Mooncrest, você saiu correndo e Justin te seguiu para ajudar. E você matou ele.

Grover suspira vagamente.

— Justin deu muito mais trabalho que a Gretchen. Ele demorou um tempão pra morrer.

SUAS NOITES SOLITÁRIAS ACABAM AQUI **345**

— Você trocou de roupa com ele, correu até o carro dele no estacionamento para que eu te visse e pensasse que era ele, e depois... o quê? Pra onde você foi? Ficou dirigindo ao redor do cemitério?

— Voltei pra tenda de lanches e quebrei os dentes de Justin com uma pedra para que as pessoas não o identificassem. Afinal, como Cole disse sem o menor dó, ele era só outro gay branco, alto e loiro, então ninguém ia notar a diferença logo de cara. Daí vi você e os outros chegando à tenda. Seu grito foi tão bom! Cheio de amor...

Mordo o lábio para segurar o choro. Tudo isso foi por atenção — pela *minha* atenção.

Suspirando, meu ex puxa a arma de Astadourian. Prendo a respiração, mas ele mantém a arma ao lado do corpo, abaixada. Por enquanto.

— Vocês correram pra procurar ajuda — diz ele. — Aí, vesti a máscara do Sandman e esperei nas sombras até todo mundo chegar. Justin estava irreconhecível. E aquela bichona velha e triste do Kevin chegou nele primeiro e não notou nada.

— Kevin não era uma bichona velha e triste — retruco.

— Ele era *patético*! Sempre enchendo nosso saco com aquela história de nunca ter tido um namorado no ensino médio. FAÇA-ME O FAVOR. A mesma coisa vai acontecer com Cole. PIRANHAS jovens se tornam VELHOS solitários. Você deveria me agradecer por te salvar daquela vida. Eu te ofereci algo PURO e DURADOURO. — Ele se encolhe com uma lembrança dolorosa. — Antes de a gente ficar junto, toda semana Theo vinha me contar sobre o mais novo garoto de Tucson que você tinha mamado ou ou pra quem tinha enviado nudes. Doentio! Eu precisava fazer algo para te parar.

Minha respiração acelera e minha fúria começa a ferver.

— O corpo é MEU — rosno. — Não pertence a você, Grover.

— Nossa, eu faria *tanta* coisa se fosse bonito como você! — Os lábios de Grover tremem. — Você é um desperdício!

346 ADAM SASS

Estou tão perto dele... Quero pular no pescoço dele, mas posso levar um tiro se fizer isso. Preciso. Manter. Grover. Falando.

— Kevin descobriu tudo sobre Justin, não foi?

Grover solta uma risada amargurada.

— Eu e minha birra com tatuagens. Assim que ele viu aquele trevo horroroso do Justin, soube que era o garoto errado. *"Nunca faça uma tatuagem"*, costumava dizer Grover. *"Ou nunca mais vou conseguir olhar pro seu corpo do mesmo jeito."* Ele sempre sabia quando passava dos limites porque, imediatamente, ficava todo carinhoso. *"Você já é perfeito assim, não precisa de mais nada."*

Controle total sobre meu corpo — esse sempre foi o principal objetivo de Grover.

A fúria borbulha em meu peito.

— Você fez tudo isso por minha causa? — pergunto.

Grover abre um sorriso acolhedor.

— Cole destruiu sua autoestima. Sim, foi *por sua causa*. Não se acha digno disso tudo?

Sinto um impulso imediato de me levantar e pegar meu celular, mas então lembro que não posso me mexer.

— Matar pessoas *queer*? Aterrorizar todo mundo? Nos fazer achar que estávamos *morrendo* por sermos *queer*? Não, não sou digno disso!

Grover assente, com uma pontada de tristeza.

— Vou ter que trabalhar mais um pouquinho na sua autoconfiança.

Sigo escorregando cada vez mais contra o para-choque do carro. Toda vez que tento me endireitar, a dor golpeia minha coluna.

— Agora, qual é o plano, gato? — questiono, lutando contra a agonia. — Seu plano antigo era que Ray e Cole morressem, sendo registrados na história como os dois assassinos. E depois? Eu me apaixonaria por você? Nós ficaríamos juntos pra sempre?

Grover ri, me explicando com calma como se eu fosse uma criancinha boba:

— Isso é uma versão bem reducionista, mas sim.

Reducionista.

Só rindo mesmo. Todas essas mortes e cá estou eu minimizando as coisas.

— Quais são as NUANCES que eu deixei passar?

Grover se agacha à minha frente, quase colando o nariz no meu. De perto, eu esperava que a expressão dele fosse assustadora, diferente — como se eu reconhecesse algo novo e terrível, mas, para meu desespero, ele parece exatamente como o Grover de sempre. O mesmo Grover fofo e sorridente — só que agora está dizendo uma coisa desumana atrás da outra.

— Vem comigo — sussurra ele. — Nossa vida já iria mudar depois da formatura, de qualquer forma. Você já ia perder o Cole, de qualquer forma. Podemos ir para qualquer lugar que você queira no mundo, amor. A gente pode ser quem a gente quiser. Fazer o que a gente quiser. Juntos.

Então me beija. A saliva dele tem gosto de leite azedo, e eu me seguro para não cuspir. Magoado, ele se afasta ao perceber que estou com nojo.

— Se você não vier comigo, eu mato o Cole — ameaça Grover. — Mato sua mãe. Não vou nem me dar ao trabalho de usar o arame farpado, deixar bilhetinho… Eles só vão morrer, *pá, pá, pá.* — Ele sorri. — Você pode salvá-los. Mas, se continuar sendo egoísta, se continuar apegado assim ao que quer em vez de se abrir para a possibilidade de uma vida comigo, aí… todo mundo vai morrer.

Balanço a cabeça enquanto Grover olha para mim de cima.

Ele quase conseguiu se safar — jogando a responsabilidade de todas as mortes em cima de mim, que, como um babaca egoísta, nunca o amei o suficiente ou do jeito certo. Um grande circo, como Cole sempre alertou.

Grover é um abusador mentiroso e não dá para confiar em nada do que ele diz.

Seu rosto se contorce de raiva.

— Ninguém além de você me viu depois da minha morte de mentirinha. Ninguém pode me parar.

— Você tem razão — concordo, sorrindo. Ele retribui o sorriso. — Mas não *toda* a razão.

— Ah, é? — Ele morde o lábio de um jeito adorável, todo curioso para saber sobre o que essa criancinha boba está falando. Bem, essa criancinha aqui tem uma surpresa do caralho esperando por ele.

— Dá uma olhadinha nas suas notificações.

Grover semicerra os olhos. Como se estivesse se sentindo encurralado, ele dá um passo para trás e pega o celular. Ele vem nos monitorando esse tempo todo pelas redes sociais — e me rastreando desde que estávamos juntos —, então imaginei que teria um celular à disposição. Encarando o aparelho, ele arregala os olhos. Sei exatamente o que está lendo: *FrankieDearie iniciou uma transmissão ao vivo*.

Cinco minutos atrás, apoiei o celular — no para-choque do Charger — com a câmera virada para a frente, comecei uma live e usei a cabeça para esconder o telefone de Grover.

Chocado, ele ergue o olhar e, então, eu me jogo para o lado, finalmente revelando a transmissão ao vivo com um monte de espectadores.

Ele olha diretamente para a câmera.

— *Todo mundo* viu que você está vivo — digo.

Enquanto Grover treme de raiva, uma fera familiar até demais tomando conta do corpo dele, eu recupero o equilíbrio e me levanto do chão.

— Senhoras e senhores, eu não prometi o chá revelação do assassino? Aqui está ele, Grover Kendall. *Ao vivo e a cores, em carne e osso*. Espero que alguns de vocês tenham gravado essa vídeo-confissão como prova. — Meu ex e eu nos encaramos, uma batalha demorada prestes a ter início. — Quero ter algo salvo pro Grover se lembrar de mim.

A expressão dele é tomada pela mágoa e por uma fúria assassina. Mas, num piscar de olhos, seu comportamento tranquilo retorna, calmo e apavorante.

Quando Grover fica calmo, é aí que o bicho pega.

— Oi, gente! — cumprimenta ele, sem desviar o olhar de mim. — Não fechem a live ainda porque tenho mais uma surpresa. — Ele ergue a arma que roubou de Astadourian. — Vocês vão me ver matar o Dearie.

CAPÍTULO TRINTA E OITO
Cole

Corro com Julieta em direção a River Run. A sra. Dearie vem atrás, muito perto de mim. Ela tenta passar um rádio para a agente Astadourian ou qualquer um dos agentes na casa da família Galligan, mas ninguém responde. Meu medo é estarmos muito atrasados.

Decido não pensar nisso porque estou dirigindo rápido demais para tirar a mente da estrada por um instante sequer. Alertamos todas as viaturas para direcionarem a busca por Justin à River Run, mas está todo mundo muito longe. Tudo depende de mim, de Benny e de sra. Dearie — se é que ainda dá tempo de fazer alguma coisa.

Saberemos em breve. Estamos a segundos da casa de Theo — mas e depois? Grover está fazendo Dearie de refém, e não tenho ideia de como mantê-lo a salvo.

Ao meu lado, com o cinto de segurança tão apertado que ele deve estar sem circulação, Benny segura dois celulares com as mãos suadas de tanto medo — o meu, com a sra. Dearie no viva-voz, e o dele, conectado à live de Dearie.

Não sei como Dearie descobriu o segredo de Grover sozinho, mas estou muito orgulhoso por ele finalmente estar encarando essa terrível verdade.

No geral, não acredito em como foi fácil fazer Grover contar tudo. Mas aí lembrei que o grupo de Flopades fica fraquinho quando recebe um pingo de atenção — e foi assim que eu *soube* que Grover mandou aquelas mensagens do Sandman para si mesmo, tudo por uma necessidade doentia de atenção. Quando estou certo, não há nada que prove o contrário, afinal *sempre* estou certo.

Mas agora ele está apontando uma arma para Dearie. E não existe a menor chance de eu perder meu melhor amigo hoje, não por causa de Grover, nem por qualquer outro motivo.

Meu coração acelera tanto quanto o motor do carro, mas uma certeza tranquila domina minha mente: *vou chegar lá a tempo*.

E, como já falei, estou sempre certo.

Enquanto corro pelas ruas da vizinhança cheia de árvores e postes, os carros desviam de nós. Eles abrem caminho sem problemas para a sra. Dearie com sua sirene policial, mas não para um adolescente pilotando um Bicha-Móvel vermelho-cereja. Muitas pessoas buzinam, especialmente quando nos aproximamos de River Run, minha querida vizinhança elitizada. Como sempre, a entrada do bairro grita privilégios e hostilidade — uma barreira de muros, porões de aço e postos de segurança. Então estou muito empolgado para levar o caos aos meus vizinhos engomadinhos.

O guarda a postos na entrada deve ter escutado a sirene se aproximando, porque ele já abriu o portão para que pudéssemos entrar em velocidade total. Desacelero só um pouquinho para não raspar o fundo do carro no quebra-molas que leva ao reduto de minimansões de River Run. No centro do condomínio, há um parque, e as casas se destacam como pregos numa roda. Quanto mais ao norte um imóvel fica, mais rico o proprietário é. Eu moro perto do parque, mas Theo vive na parte mais nobre — no extremo-norte, que faz fronteira com o country clube. Numa das festas que Theo deu um tempo atrás, fiquei obcecado pela entrada da garagem do pai delu, que parece uma pista de corrida, e agora consigo imaginar a garagem com nitidez: quatro ruas ao norte, no final de uma rua comprida, quinze casas ao fundo, a garagem sem saída de Theo…

Onde a vida de Dearie está por um fio.

A sra. Dearie encosta ao meu lado e desliga a sirene. Não quero invadir a casa de Theo sem permissão. O filho é dela; quem dá as ordens é ela.

— *Precisamos chegar mais perto da casa* — diz a sra. Dearie pelo alto-falante do celular, que Benny segura com a mão trêmula. — *Não dá pra esperar por reforços. A garagem principal está aberta, então posso entrar de mansinho e avistar Grover.*

Balanço a cabeça de um lado para outro.

— Você acha mesmo que consegue se aproximar o bastante antes que ele atire no Dearie?

Ela dá um suspiro trêmulo.

— *Não tem outro jeito. Preciso acreditar que tem mais agentes a caminho. O Frankie conseguiu distrair Grover, então talvez a gente consiga pegá-lo de surpresa.*

Uma surpresa.

Apoio o queixo na mão, suando frio. *Pensa, gay.* Como em várias partidas de basquete acirradas, estratégias diferentes para a vitória começam a passar pela minha mente. Em todas elas, conseguimos pegar Grover, mas nenhuma me dá cem por cento de garantia de que o Dearie ficará a salvo.

Então uma ideia ruim (mas muito sexy) invade meus pensamentos, fazendo meu estômago se revirar.

Vocês não queriam uma reviravolta?

Olho para Benny, o garoto mais lindo do mundo, segurando os dois celulares nas mãos como se fosse um garçom de lanchonete. Seus lábios, geralmente brilhantes, parecem ressecados e machucados. Está tentando segurar a onda, mas vou precisar chateá-lo uma última vez.

— Se Grover descobrir que está sendo gravado, ele vai esperar pela polícia — sussurro. — Mas não por mim.

— Você tem um plano? — pergunta Benny, dividido entre o pânico e o alívio.

— Infelizmente, sim. — Me aproximo, puxo ele pela nuca e beijo seus lábios. Emocionados, nós dois sorrimos, e acaricio a bochecha dele. — Você confia em mim?

Com o queixo tremendo, ele responde:

— Pro meu azar, confio.

— *Ai, meu Deus!* — A voz de Mary ao telefone nos interrompe, e Benny dá um salto.

Não precisamos esperar para saber do que ela está falando, pois no celular de Benny, que reproduz a live de Dearie, o rosto do Grover de repente toma conta da tela. Ele olha diretamente para a gente, possesso.

Grover levanta a arma.

— *Vocês vão me ver matar o Dearie.*

Perco o ar. Não temos mais minutos, e sim segundos.

Uma sombra passa pelos carros atrás de Grover, mas ele não se vira. Não vê a figura se aproximando.

— Quem é? — pergunta Benny.

E de repente a sombra — uma terceira pessoa — pula em direção ao assassino.

CAPÍTULO TRINTA E NOVE
Dearie

— **Solta a arma!** — grita alguém, nas sombras atrás de um Corvette azul.

Em seguida — no momento em que achei que uma bala iria atravessar meu coração —, uma pessoa de preto ataca Grover. Um garoto de… gola rolê. Sorrio, esperançoso e apavorado, enquanto Mike Mancini — que, de alguma maneira, continua vivo — esmurra Grover. Porém, meu ex é mais alto e mais forte, e não tem dificuldade alguma em se livrar de Mike.

Meu salvador cai no chão com um baque, mas isso não o detém. Tomado por uma fúria animalesca, ele salta de novo na direção de Grover. A garagem imensa é tão escura — e Mike está possuído por uma energia tão caótica — que Grover reage tarde demais.

Ele aponta a arma…

Corro até os dois, sentindo dor a cada passo…

Mas Mike o ataca antes que ele possa atirar. Numa pontada de dor na coluna, meus joelhos cedem, e eu bato o quadril no capô do Batmóvel. Mike é um frenesi de braços e pernas, socando e estapeando Grover, mas, com um rugido aterrorizante, Grover dá um soco no maxilar do Mike. No milésimo de segundo em que Mike fica desnorteado, as mãos grandes de Grover encontram o pescoço dele.

— *Como você ainda está vivo, porra?!* — rosna Grover para Mike. Também estou curioso. Aquele arame farpado foi enrolado no pescoço de Mike com tanta força que Grover o ergueu no ar. Mas não há uma gota de sangue nele.

Nossa resposta chega rapidamente quando Grover puxa a gola rolê para expor o pescoço de Mike.

— Ai, meu Deus! — Grover e eu dizemos ao mesmo tempo.

Por baixo da gola, que ele passou o dia inteiro usando, há uma tira larga e grossa de couro marrom, presa como uma coleira. *Minha nossa!* Meu menino é tão precavido.

— *Seu otário* — exclama Grover, rindo maleficamente. — Você é tão *idiota!*

— Deixa o Frankie em paz! — berra Mike, fora de si.

Grover solta uma risada cruel.

— Você usou uma coleira no seu encontro com o *meu* namorado. Sua puta safada! — O som do gatilho ecoa pela garagem. — Agora você vai morrer!

POW!

— MIKE! — grito enquanto ele uiva de dor.

Grover empurra Mike para longe e ele cai com um baque. Segurando uma ferida ensanguenta no quadril, Mike se contorce no chão, arfando e choramingando.

Chega de me preocupar só com minha segurança. Vacilante, cambaleio do meu esconderijo atrás do Batmóvel para alcançar Mike. Coloco a mão sobre a dele enquanto ele pressiona a ferida. Precisamos estancar o sangramento.

Ele esboça um sorrisinho, agradecido.

— Não acredito que você está bem — murmuro.

— Não por muito tempo — diz Grover.

Mais uma vez o som do gatilho ecoa pelas paredes de metal da garagem, e Mike e eu congelamos. Então, lentamente, eu me viro para olhar. Parado diante do Charger branco, de costas para a porta aberta da garagem, meu ex mira a arma na minha direção, pronto para atirar.

— Oi, gente! Espero que vocês ainda estejam assistindo — fala Grover para a audiência da live, que continua rolando.

— Eu sou o novo Mr. Sandman e vim tirar a vida do Frankie Dearie, a pessoa mais solitária do mundo.

Atrás de Grover, vejo alguém no fim da pista da garagem... *minha mãe.*

Mas não tenho espaço para criar esperanças. Meu único pensamento é como sinto muito por ela ter que assistir a isso.

Enquanto pressiono o ferimento de Mike, caio na real. Minha mãe chegou tarde demais.

Do chão, Mike faz carinho na minha mão com o dedo mindinho. Não estou sozinho.

Resignado, fecho os olhos.

— Grover! — grita minha mãe.

Espero pelo tiro, mas ele não vem. Então abro os olhos e vejo Grover se afastando, caminhando em direção à porta da garagem. No fim da pista, minha mãe aguarda, sozinha. Sem reforços.

O pânico toma conta do meu coração. Ele vai atirar primeiro nela; depois, em mim. Afinal, ele não tem nenhum escrúpulo.

Por um momento, Grover olha para trás, apontando a arma e sorrindo.

— Se você pegar a arma, vou atirar na sua cara.

— Entendi — responde minha mãe, com muita calma, erguendo as mãos em sinal de rendição. — Já até me acostumei a ver meu filho sendo feito de refém hoje.

Grover ri.

— Pena que perdi a cena com o Ray. Mas tudo bem, eu tinha outros planos.

O sangue de Mike encharca nossas mãos, que permanecem juntas. Se minha mãe está tentando ser racional com Grover, boa sorte... Mas ao menos ela nos deu um tempo vital!

— Consegue se mexer? — sussurro para Mike.

Assentindo, ele se apoia nos braços e eu o ajudo a se levantar, então seguimos lentamente até as fileiras de carros. Será que conseguimos nos esconder atrás deles antes que Grover perceba? Meu coração nem ousa bater.

— Mas o que é isso? — grita Grover para minha mãe. — Vai tentar negociar a vida do Dearie?

— Se você estiver disposto... — diz ela.

Grover ri, e meu estômago se revira diante do som. Ela está mesmo brincando com a sorte — mas, para o bem de todo mundo, ela não pode deixá-lo fugir!

Por fim chegamos atrás do Batmóvel, escondidos nas sombras, e Mike perde a força. Eu o guio até o chão, colocando-o delicadamente no concreto como se ele fosse uma bonequinha de porcelana.

Caso Grover esteja determinado a nos matar, isso não nos dará mais do que alguns segundos, mas pelo menos minha mãe poderá atacar bem rápido para nos ajudar.

— Olha... — fala minha mãe. — Vamos pensar numa solução em que todo mundo saia com vida.

Ao lado das rodas do Batmóvel, Mike e eu nos encaramos, encharcados de suor. Grover solta um grunhido.

— Mary, você não tem a *menor ideia* de quem seu filho é. Depois que eu matar o Dearie, quero que você se lembre disso: ele era uma piranha. Um cuzão que não se importava com ninguém.

Mordo as bochechas, tentando segurar as lágrimas. Grover quer que eu acredite que sou uma pessoa horrível a qualquer custo, só para que eu decida namorá-lo como punição. Mas sei que sou e *sempre* fui uma pessoa boa.

— Ele se importava com você — replica minha mãe.

— Porque eu o *obriguei* a se importar! — berra Grover. — Você nunca parou pra pensar que eu não fiz isso tudo pro Dearie gostar de mim, e sim que *precisei* fazer isso tudo só para superar um garoto impossível?

Por que minha mãe não está armada? Acaba logo com ele!

Grover tentou matar a mim e Cole. E matou Kevin, Paul, Justin e a sra. Drake. Acima de tudo, matou Gretchen — que acreditava ser a melhor amiga dele —, tudo para me fazer sair com ele. Esse garoto não tem mais salvação, não.

Estou cansado de ouvir os delírios dele!

— Você não vai matar o Frankie — afirma minha mãe, com uma calma que tem pitadas de raiva.

— Ah, é? — esbraveja Grover. — Por que não?

— Porque o Cole tem uma coisa pra te dizer.

CAPÍTULO QUARENTA
Cole

"Cole tem uma coisa pra te dizer."

Esse é o sinal. Dearie já está em segurança, fora do alcance de Grover. Então piso no acelerador com força enquanto seguro o freio de mão. Desde que ganhei Julieta, aos dezesseis anos, sonho em correr por essa rua.

Hoje, esse sonho vai se realizar.

A sra. Dearie está de pé na ponta da entrada da garagem — um pouco para o lado, para que não haja nada bloqueando o caminho. Meu alvo está bem ali.

O motor de Julieta retumba como um trovão pelo bairro vazio. *Minha bebezinha, não sei se você vai sobreviver a isso, mas temos uma missão importante a realizar pelo meu melhor amigo.*

Ao meu lado, Benny se agarra ao banco e mal consegue controlar a respiração.

— Última chance de desistir.

— Nem pensar, querida — bufa ele. — Eu te contei minha visão: a gente vai parar esse cara juntos.

Arregalo os olhos, emocionado ao lembrar aquilo. Ai, meu Deus, Benny previu *mesmo* tudo aquilo. Porém, agora não tenho tempo para processar essa informação, então a guardo para mais tarde.

— Três, dois... — O velocímetro atinge um ponto em que não tem mais volta.

Benny fecha os olhos.

Finalmente solto o freio de mão e Julieta dispara como um foguete.

Tudo ao nosso redor passa num borrão enquanto a casa de Theo se aproxima, o rugido do motor se sobrepondo a todos os outros sons. Contando com o fator surpresa, deixei os faróis apagados para não denunciar minha chegada. Vai ser um tiro no escuro. E eu preciso acertar.

Benny bate nos joelhos.

— Vou morrer salvando um gay branco!

Uma risada ecoa do meu peito.

— Não pense que estamos salvando um gay branco — grito por cima do barulho. — Pense que estamos matando *outro* gay branco!

— ISSO JÁ AJUDA!

Benny e eu gritamos juntos, mas meu berro se transforma num grito de guerra.

A casa continua a se aproximar. Tudo se move rápido demais, mas a adrenalina me faz seguir sem parar e, no momento em que entramos na pista longa e reta até a garagem, só tenho algo em mente: Dearie.

Meu melhor amigo. Meu comparsa. Nossas línguas coloridas de pirulito. Nossos passeios de kart. Nossa Paradinha do Orgulho. Dearie salvando minha vida. E todas as memórias que ainda criaremos juntos...

No rádio de Mary, a voz debochada de Grover ecoa:

— *Você acha que vou querer falar com o* Cole? *Jurou! Não tenho nada a dizer praquele via...*

Dá um oizinho pra isso aqui, viado, penso enquanto ligo os faróis no máximo.

Já estamos na metade da pista da garagem quando Grover surge em meio à noite, de pé no meio da entrada, cercado de carros cintilantes. Ele protege o rosto contra a luz de Julieta. Mas ninguém escapa dela.

Acertamos Grover como se fosse um animal já morto na beira da estrada. O corpo dele gira pelo ar e atinge o para-brisas, que se estilhaça com o impacto. Então puxo o freio de mão.

Depois, tudo vira um borrão. O carro dá um giro completo no chão, mas não capota — nem atinge os outros carros. O pai de Theo se certificou de que todas essas belezinhas ficariam a salvo das piruetas que ele fazia aqui. Por um segundo, o silêncio preenche o interior de Julieta, e Benny e eu balançamos com o movimento brusco do carro.

Quando o som finalmente retorna, é uma mistura de gritos agudos e barulho de colisão e pneus.

E então a tranquilidade reina.

CAPÍTULO QUARENTA E UM
Dearie

Em menos de quinze minutos, River Run se transformou num mar de viaturas e ambulâncias. Felizes com o fim do perigo, os vizinhos ricaços de Cole e Theo aparecem em suas varandas para observar e filmar o caos. As pessoas em estado mais grave são prioridade: Theo e agente Astadourian, felizmente conscientes, são colocades em macas e levades ao hospital o mais rápido possível. Os helicópteros da emergência agitam os gramados como um tornado, fazendo voar as placas de NÃO PISE NA GRAMA e uma cegonha de cartolina com os dizeres "É UMA MENINA!".

Enquanto tudo isso acontece, uma equipe atende Mike e estanca seu sangramento, depois o enfiam numa ambulância. Num frenesi, arrancam a coleira de couro ao redor do pescoço de Mike, revelando hematomas escuros deixados por Grover, que aplicara muita pressão na traqueia do garoto ao erguê-lo no ar. Depois, colocam uma máscara de oxigênio sobre a boca de Mike, e eu acompanho a maca, meus dedos entrelaçados nos dele até o momento em que fecham as portas do automóvel.

Cada segundo passa como um sonho — lento e irreal.

Me sinto fora do meu corpo. Meus traumas físicos dançam de mãos dadas com os emocionais, que estavam ali desde sempre, apenas escondidos para que eu pudesse me concentrar no que era mais urgente: desmascarar e deter Mr. Sandman. Meu ex-namorado. Ainda bem que meu confronto com Grover ficou gravado. Será muito importante relembrar como as coisas aconteceram, como tudo se desdobrou e como ele realmente fez eu me sentir. Porque — como Cole costumava dizer — sempre que eu pensava qualquer coisa ruim de Grover, minha mente dava uma cambalhota e me forçava a dizer algo bom sobre ele.

Nem sempre posso confiar na minha memória, mas posso confiar na gravação.

No fim da pista que dá na garagem, Benny está empoleirado na traseira de uma ambulância, ainda todo fofo com seu short curto e óculos grandes. Um socorrista ergue o dedo e pede para o garoto acompanhar com o olhar. Ele deve estar bem, porque o homem dá um tapinha rápido no ombro dele e vai embora. Então Lucy e Em se aproximam e todos se abraçam.

Ainda tão distante de mim mesmo, sinto uma vaga sensação de alívio por ver todo mundo bem.

— Frankie, vem cá… — chama minha mãe, com a voz distorcida como se estivesse embaixo d'água, embora esteja ao meu lado.

Gentilmente, ela toca os cortes e machucados nas minhas costas, acariciando a parte dolorida onde Grover me empurrou contra o parapeito. A dor vem com tudo e meu corpo estremece. Então ela me empurra até uma fileira de socorristas na calçada, mas eu finco os pés no chão, me recusando a sair do lugar.

— Preciso ver ele — digo, me virando.

Relutante, minha mãe me guia até a garagem, uma cena de crime cheia de policiais, socorristas e agentes andando ao redor dos carros de luxo. Cole finalmente teve a oportunidade de correr com seu carro aqui e ele foi impecável. Todos os carros colecionáveis permanecem intocados. Já Julieta não teve tanta sorte, coitada. Seu para-choque está caído, quebrado e ensanguentado, e uma nuvem de fumaça escapa do capô amassado. O para-brisas está pulverizado.

O corpo de Grover fez isso tudo.

O agente Jackson se ajoelha para recolher evidências ao lado do Batmóvel, a alguns passos dos escombros de Julieta. Usando pinças, ele levanta a máscara de comédia do Sandman e a coloca num saco plástico, provavelmente para mandar para o armário de provas do FBI até "desaparecer misteriosamente" e ressurgir sendo vendida on-line.

Nos fundos da garagem, quatro socorristas se empenham na missão quase impossível de colocar Grover numa maca. Por incrível que pareça, ainda está vivo. Em choque, ele apenas encara o vazio, piscando com delicadeza, enquanto o colocam sentado na maca — parece estar tentando processar o que aconteceu. Ao lado dele, sentado no capô de um carro de corrida amarelo e preto dos anos 1970, está Cole. Sua testa está sangrando, mas ele está cem por cento concentrado em observar Grover, como se montasse guarda.

Meu melhor amigo.

Ele percebe minha presença e nós sorrimos um para o outro. Abrindo os braços, Cole me acolhe em um abraço gentil. É tão bom ser abraçado por alguém em quem confio. Aos poucos, retorno para meu corpo. Sei que voltar à realidade será aterrorizante, mas, neste momento, a única coisa que importa é o abraço de Cole.

— Eu devia ter sacado que era ele — sussurro. — Foi tudo culpa minha...

Cole não diz nada, apenas me acalenta gentilmente enquanto passa os dedos pelos meus cabelos. Momentos depois, minha mãe, Cole e eu nos aproximamos dos socorristas ao redor de Grover, que treme sem parar. Mesmo vivo, ele não tem mais como machucar a mim ou mais ninguém.

Um dos enfermeiros puxa minha mãe para um canto e sussurra:

— O pulso dele está muito fraco.

— Faça o que puder — murmura ela em resposta.

— Ele não vai conseguir nem sair da garagem.

Grover vai morrer a qualquer momento.

Apoio a cabeça no ombro suado de Cole e nós sorrimos para Grover. Chorando em silêncio, ele nos observa. Muito bem. Fico feliz de saber que nós seremos a última coisa que ele vai ver.

— E aí, Flopado — cumprimenta Cole. — Sei que você queria muito matar a gente, mas parece que não vai rolar. O Flop dos Flops! Você deve estar morrendo de vergonha. — Grover grunhe, e Cole pressiona o dedo contra os lábios dele. — Não, não. Poupe sua energia.

— Grover — digo, sorrindo. — Você estava certo sobre outra coisa: agora você vai *mesmo* convencer o mundo inteiro de que Cole te matou. — Uma risada leve toma conta de meu melhor amigo. — Somos *tão* malvados.

— Malvados demais — concorda Cole.

— Rapazes, pra trás — pede uma socorrista, nos afastando enquanto prende os braços de Grover.

Em obediência, damos um passo para trás e outro para a esquerda, ficando mais perto do rosto dele. Mas algo mudou — ele está sorrindo.

— Qual é graça? — pergunto.

Grover se encolhe, e nós nos aproximamos. Finalmente, ele fala com uma voz fraca e embargada:

— Eu venci…

— Como?

Ele fixa os olhos vermelhos e cheios de ódio em mim.

— Você… nunca vai me esquecer…

Sinto um calafrio diante daquelas palavras. Ele sempre sabe o que dizer para me torturar. Depois de tossir uma última vez, as pernas de Grover começam a tremer descontroladamente, e nós nos afastamos enquanto os socorristas se prontificam ao redor dele. O corpo todo dele treme por mais alguns segundos... Até parar.

Minhas pernas cedem e Cole e minha mãe me seguram, evitando minha queda. Preciso de um médico. Por que não entrei numa ambulância? Por que tive que voltar aqui para vê-lo morrer? Para ouvir suas últimas palavras? Qual é o meu problema?

Sério, qual é o meu problema?

— Ele me machucou — murmuro nos braços deles.

— Eu sei — dizem os dois.

Meu ex-namorado matou um monte de gente. Ele me manipulou, abusou de mim, me separou de minhes amigues e, quando nada disso foi suficiente para ficar comigo, tentou me matar.

Essa é a verdade da qual venho fugindo há semanas.

Bem, não tem mais como fugir. Minhas forças acabaram.

Mas, parafraseando Britney Spears, amanhã estarei mais forte.

VEM AÍ, A CONTINUAÇÃO SURPREENDENTE
QUE NINGUÉM PODERIA PREVER

SUAS NOITES SOLITÁRIAS FINALMENTE ACABARAM:
ASCENSÃO E QUEDA DE MR. SANDMAN

Uma sequência inesperada para o documentário mais bombástico do ano, com novas cenas e entrevistas exclusivas! Uma lenda do gênero *true crime*, Peggy Jennings ressurge da aposentadoria para acompanhar os chocantes e devastadores últimos dias do Mr. Sandman original, Ray Fletcher, e de seu jovem pupilo, Grover Kendall, e as vítimas corajosas que finalmente deram um fim ao massacre que atravessou e devastou gerações.

Por que Ray recrutou Grover? Ou será que foi o contrário? Como um garoto perturbado descobriu que seu vizinho amigável era o monstro da TV?

Uma coisa é certa: ficar sozinho voltou a ser seguro.

EPÍLOGO (PARTE I)
Cole

Estou de volta à sala 208 pela última vez.

Três semanas atrás, o mundo descobriu o que eu já sabia havia anos: Grover Kendall era um puta de um babaca. E, como os massacres de Mr. Sandman finalmente acabaram, o diretor liberou a festa de formatura, que está acontecendo agora no ginásio, a quatro salas daqui. A música pop atravessa as paredes, mas escutamos bem pouco, algo próximo a como estamos sentindo a alegria ao nosso redor ultimamente — apesar de estar lá, sua presença é ínfima.

Quando o semestre começou, o Clube Queer tinha dez pessoas. Agora, somos sete.

Sete copos de plástico com ponche batizado se encontram num *tim-tim* simbólico.

Em, com um vestido justo prateado, da cor de seu cabelo, veio com Theo, que terá que usar cadeira de rodas até se recuperar da queda. Combinando com o vestido, elu usa um terno preto com alguns detalhes prateados e uma gravata-borboleta prateada, casualmente desfeita ao redor de seu colarinho.

A agente Astadourian sobreviveu com fraturas similares às de Theo, no pulso, clavícula, queixo, tíbia e duas vértebras. E obviamente ficou feliz demais em se mandar dessa cidade.

Indo ao baile sozinha, Lucy surpreendeu todo mundo com um vestidinho vermelho e um *fascinator* com pena combinando na cabeça. Meu par, Benny, vestiu o terno de casamento do avô e está arrasando: azul-celeste dos pés à cabeça, sapatos brancos perolados, camisa cheia de babados e uma *bolo tie* presa por um broche de safira. Para não ficar para trás, escolhi botas de couro sintético imitando pele de jacaré, terno de alfaiataria vermelho sem camisa por baixo e um monte de colares turquesa sobre meu peito nu.

Graças à fisioterapia — e ao Grover, que atirou na parte mais carnuda do quadril dele —, Mike já se recuperou. Nesta noite, está vestindo um terno tradicional todo preto, com lantejoulas pretas na lapela para dar um toquezinho gay. Apesar de ainda estar meio rouco, Mike não tem mais nenhum hematoma no pescoço. Ao lado dele, seu par — Dearie — veio combinando, vestindo um blazer preto, com um lírio dourado para decorar; por baixo, ele usa um top preto bem justo em vez de camisa, além de botas de salto largo, sombra azul-escura nos olhos e anéis prateados de caveira em cada dedo.

No geral, todo mundo serviu.

E, por mais bizarro que pareça, fui eu quem chamei o grupo para cá. Eu que, meses atrás, mal via a hora de dar adeus a esse grupinho. Só fui entender agora, tarde demais, que o problema não era o clube, e sim Grover. Ele manipulou e separou todo mundo, nos mantendo isoladas e nos fazendo odiar umes ês outres. Afinal, era como ele se sentia sobre si mesmo, e acreditava que assim faria Dearie — extremamente lindo e gentil — entrar em sua vida.

A solidão *queer* é curada pela nossa comunidade. Então, para deixar Dearie sozinho, Grover tentou acabar com isso. Mas até nisso ele falhou, como sempre acontece quando alguém tenta separar a comunidade *queer*.

Ergo meu copo para fazer mais um brinde. Já homenageamos Gretchen, Justin, sra. Drake, Paul, Claude, Kevin e todas as vítimas de Ray e Grover. Mas preciso sugerir mais um.

— Eu, hum... adoro falar, mas isso aqui é difícil de dizer.

Minha voz falha. Esse pensamento horrível está ganhando forma na minha mente a noite inteira — o fim da minha era ao lado de Dearie. Por que não existe uma máquina do tempo? Preciso de mais tempo! Olho nos olhos de todo mundo, sem me demorar demais em cada pessoa porque, se fizer isso, vou pensar em como nunca mais as verei e vou cair no choro.

— Eu só... — continuo, com um nó na garganta. — Só queria pedir desculpa.

— Pelo quê? — pergunta Benny, acariciando minha mão.

Encaro Dearie mais do que deveria. Merda.

Somos amigos para sempre. Nada vai nos separar. Amigos para sempre.

— Nosso tempo está acabando — digo, piscando para afastar as lágrimas. Theo olha para mim com mais gentileza do que nunca. Em segura o próprio colar e também parece conter as lágrimas. Não vou poder conhecer melhor aquelas pessoas, pois perdi a chance de fazer isso. Finalmente, as lágrimas descem como um rio rompendo uma represa. — Ai, merda... Não quero ser a pessoa a fazer isso... mas vou copiar uma cena de filme, porque sou dessas. — Respiro fundo. — Desculpa, pois esse tempo todo... — Meu queixo treme. — Esse tempo todo, nós poderíamos ter sido amigues.

Então caio no choro. Por sorte, todes estão se acabando de chorar. Não, se acabando, não — se *renovando* com... bem, talvez não seja *amor*, mas afeto. Fechamos o círculo, abrindo só um pouquinho para a cadeira de Theo entrar, e curtimos a presença umes dês outres. Esse grupo de Flopades jogou um feitiço em mim, só pode. Não aguento mais essa bobajada!

O abuso de Grover nos uniu, mas não nos define. Ele tinha razão — não iremos nos esquecer dele, mas esse não é o ponto. Aquele garoto foi nosso primeiro alerta para mantermos nossa comunidade unida e prestarmos atenção a qualquer coisa que tente destruir isso.

Neste momento, sete corações não sentem nem uma gota da solidão que já sentiram antes.

Ume de cada vez, o grupinho retorna à festa, até só restar Dearie e eu na sala. *Amigos para sempre*. Ele sorri para mim, observando meu rosto molhado pelas lágrimas — uma cena rara —, e belisca meu mamilo. Surpreso, dou um pulinho para trás, gemendo de dor. Bem, pelo menos serviu para me tirar do transe em que eu estava.

— Manteiguinha derretida — provoca ele.

Solto um grunhido.

— Nem vem! Foi só a bebida.

— Você ama o grupo de Flopades, né? — insiste ele. Respirando fundo, reviro os olhos. Dearie se aproxima, mais lindo e tranquilo do que nunca, e me puxa para perto. Nos encaramos, olhos nos olhos; conheço aqueles olhos melhor do que os meus. — Aquelas lágrimas eram por mim? — Desvio o olhar, triste. Quando volto a encará-lo, Dearie continua a me olhar atentamente. — Você sabe que a gente vai continuar se falando todo dia, não sabe?

Caramba, como meu coração vai aguentar isso?

— Ele roubou nossos últimos meses juntos. E eu *odeio* ele por causa disso — digo, fungando.

Dearie assente, contendo a emoção.

— Sim. Eu também odeio ele. Mas nós vamos criar novas memórias, juntos e com outras pessoas. — Ele dá um soquinho no meu ombro. — Ei, se anima, bicha! Você *acabou* com aquele viadinho pão com ovo.

— Verdade. — Fecho os olhos, saboreando a lembrança. — Acabei com ela mesmo.

Conforme nossa risada vai cessando, a festa nos chama de volta.

— Nossos acompanhantes estão esperando — digo, e estendo o braço para Dearie, que engancha o dele no meu.

— Você e Benny vão tentar...?

— Namorar à distância? Não. Até sugeri, mas, no fim das contas, parece que me namorar é estresse demais.

Dearie finge surpresa.

— Mentira!

Dou de ombros.

— Vamos manter contato e ver no que dá. Mas, por enquanto, Benny tem *muito* a explorar por aí — falo. Dearie ri e se apoia em mim enquanto andamos pelo corredor escuro, a música pop ficando cada vez mais alta. — É sério! As pessoas que se preparem. Ele vai ser o novo gostosão de Tucson.

Dearie suspira.

— Pois é, Mike e eu também não vamos durar muito.

Assinto.

— E você tá de boa com isso?

— Tô. Só... preciso de um tempo antes de começar qualquer coisa séria com outra pessoa. Preciso processar um monte de coisas, e Mike e eu conversamos sobre isso. Se a gente tentar um relacionamento à distância, ele vai se sentir sozinho, e eu vou sentir a necessidade de agradar e acabar tomando as mesmas decisões horríveis de sempre.

— Nossa, quanta sabedoria! Mas ainda precisamos arrumar uns bofes pra você de vez em quando.

Dearie sorri.

— Ah, Mike e eu vamos continuar transando até eu ir embora.

— Essa é a minha garota! — exclamo, e ele me dá o maior apertão do mundo.

Entrelaçando nossos dedos, Dearie e eu balançamos os braços em silêncio corredor abaixo — *amigos para sempre, amigos para sempre...* —, provavelmente pela última vez. Quando abrimos as portas do ginásio, somos recebidos pelos nossos pares, nosses amigues e uma onda de música animada. Nada mal para o fim da minha era em Stone Grove.

Dearie e eu perdemos alguém próximo — eu perdi Ray e ele perdeu Grover —, pessoas que eram muito importantes para nós, mas não tínhamos como continuar a viver sem desmascarar a influência destrutiva delas e nos livrar delas para sempre. No fim das contas, o luto que sentimos por eles foi bem doloroso, apesar de serem assassinos. Sentíamos falta das pessoas que *achávamos* que os dois eram, as pessoas confiáveis que um dia acreditamos que eram.

Mas, esta noite, não há mais nada que possamos fazer além de dançar.

Dearie e eu até roubamos as coroas de Reis do Baile para que, embora este seja o fim, a gente possa ter nossa última dança da vitória. Enquanto abraço meu melhor amigo na pista de dança, esqueço o resto do mundo e imploro ao universo para que esse sentimento dure para sempre.

E o universo responde: *Agora é com você, Nova York.*

EPÍLOGO (PARTE II)
Dearie

A formatura passa como um borrão, e o verão também. Estávamos tão focades no fim do ano letivo que esquecemos que ainda tínhamos dois meses pela frente antes de irmos cada ume para um canto. Dois meses embaixo dos cobertores de Mike. Dois meses vendo Cole correr por River Run no Batmóvel do pai de Theo. Dois meses observando Benny despertar um lado de Cole que eu jamais fui capaz, e vendo Cole ser gentil com outro garoto além de mim e fazer cafuné nele...

Sinto um misto de emoções, mas precisava acontecer. Cole tem amor demais para dar.

Em julho, minha mãe se aposenta da carreira de detetive de uma vez por todas; a busca por Mr. Sandman a levara a lugares obscuros aos quais nunca mais queria voltar, e esse foi o empurrãozinho de que ela precisava para recomeçar do zero. Depois de meu pai e de Kevin, era hora de começar um novo capítulo em sua vida. E então, ela recebe a família de Kevin, vinda da Califórnia — um grupo de amigos meio ursos —, para prestar homenagens a ele e limpar o apartamento. Ele não tinha um testamento nem nada do tipo, então minha mãe e os amigos dele dividem os pertences entre si, guardando-os com carinho. No fim, ela fica com os jogos, as taças de vinho e a urna com as cinzas da gata, que agora fica ao lado das urnas de Kevin e de meu pai, sobre nosso aparador. Ele estará sempre ali, em nossa casa.

No fim de agosto, nos despedimos de Theo, que vai estudar em Stanford, mas não sem antes deixar a presidência do Clube Queer para Em, que agora está no segundo ano. A garota fica lisonjeada, mas não parece muito interessada. Deixa o clube antigo morrer! A próxima geração de pessoas *queer* solitárias do Colégio Stone Grove vai se encontrar, e uma nova comunidade nascerá naturalmente — quem sabe de uma maneira bem mais saudável do que da última vez.

Na semana seguinte, Lucy vai para a Universidade de Austin, onde vai estudar engenharia e ver sua energia maravilhosa e esquisita ser abraçada numa escala muito maior.

Depois, ainda na mesma semana, Cole e eu nos despedimos dos nossos "mais ou menos" namorados, Benny e Mike, que vão alugar uma casa perto da universidade pública nos arredores de Tucson. E talvez acabem se pegando. Afinal, estamos fora do ensino médio, num mundão de possibilidades.

Já na casa deles, nós quatro passamos uma última noite bem sexy (mas muito triste) antes de nos separarmos definitivamente.

Quando por fim vou até a casa de Cole para me despedir, as mães dele me dizem que ele não está se sentindo bem e que não vai sair de casa. Então me entregam um envelope lacrado escrito DEARIE, uma carta de despedida, e eu vou embora desapontado, apesar de saber que Cole está dando seu melhor.

Meu trem para Los Angeles sai hoje, e o voo dele para Nova York é amanhã.

Optei pelo trem porque quero admirar o planalto uma última vez antes de partir.

Sem nenhum alvoroço de despedida, minha mãe me leva até a estação, vestindo uma regata larga branca e calça cáqui, como uma heroína de filmes de ação dos anos 1990 — a aposentadoria lhe cai muito bem. Já nos despedimos um milhão de vezes hoje: no café da manhã, colocando as malas no carro, saindo do carro, caminhando até a bilheteria... Mas agora parece que é para valer. Na plataforma de trem, ela me abraça e cheira meu cabelo.

— Frankie — murmura ela, ainda me abraçando. — Você vai encontrar a pessoa certa, no lugar certo e na hora certa. — Assinto com o rosto enterrado no ombro dela, sentindo saudade das mãos de Mike e do abraço de Cole. Se afastando um pouco, minha mãe olha para mim, exalando tranquilidade. — Você ainda está se descobrindo. E vai se encontrar por aí. — Ela aponta para o horizonte, em direção ao meu destino. — E, seja lá quem for a pessoa certa, ela está esperando por você.

Emocionados, nos despedimos e dizemos "eu te amo" um ao outro.

Encaro o trem, uma lata fervendo sob o sol de verão da cidade, e me desanimo.

— Só achei que... — murmuro. — Achei que ele estaria aqui...

Minha mãe sorri, apertando meus ombros.

— Você conhece o Cole.

Conheço mesmo. Já foi difícil para ele se abrir daquele jeito na formatura, imagina *isso*...

Depois de guardar minha bagagem, eu me sento ao lado da janela num vagão meio cheio. Em uma última despedida, minha mãe acena enquanto o trem começa a se mover cada vez mais rápido, até ela desaparecer junto com a estação. Por fim, Stone Grove desaparece e o deserto nos cerca com seu planalto glorioso. Finalmente estou deixando Grover para trás. Ele vai continuar comigo, óbvio, mas sua voz ficará tão distante que mal vou conseguir ouvir.

Ele está onde merece estar: nas sombras.

No trem, a solidão chega com tudo, mas não tento evitá-la. Apenas a cumprimento como se fosse minha bestie. Não há nada a temer; sou só eu olhando para meu reflexo. E estou gostando cada vez mais do que vejo.

Pouco tempo depois, me sinto pronto para ler a carta de Cole. Meus dedos tremem tanto que quase a deixo cair. Ansioso, abro o envelope, que tem apenas um cartão branco dentro, e leio as últimas palavras de Cole para mim:

Oi, migo.

Só isso? Viro o cartão, procurando por mais, porém não tem nada. Era tudo o que ele tinha a dizer?

A fúria começa a borbulhar em meu peito. Achei que Benny tinha dado um jeito naquela cabecinha oca! Achei que Cole faria algo especial. Achei que...

Mas, de repente, Cole Cardoso surge e se joga no assento ao meu lado, muito sexy em uma jaqueta marrom e com os cabelos pretos novamente.

— Sou péssimo com cartas — diz ele. — Mas sou ótimo falando, então cá estou eu!

Boquiaberto, fico sem palavras diante daquela surpresa, a felicidade explodindo dentro de mim.

— *Mas e Columbia?* — pergunto, sem fôlego, esperando que ele conte que aconteceu algo terrível com o *campus*.

Mas Cole apenas dá de ombros.

— Desisti.

— Você tá indo comigo? Mas o que você vai fazer em Los Angeles?

— O que sempre faço: arrasar. — Ele dá uma piscadela.

Reviro os olhos.

— Porra, bicha, tô falando sério. O que você vai fazer?

Ele gesticula, como se estivesse procurando as palavras certas.

—A UCLA me aceitou de novo. Sabe como é, o astro que derrotou o Mr. Sandman e tal…

— Você matou um, e eu matei outro.

—A dupla dos sonhos! Enfim, posso me matricular oficialmente na primavera, mas convenci eles a me deixar fazer um teste para o outono. Até lá, vou ficar na casa do meu pai e, sei lá, começar a filmar umas paradas. — Ele sorri de novo, parecendo mais vulnerável desta vez. — Com você… como meu protagonista?

Só consigo sorrir.

— Cole…

— Você está começando uma jornada só sua! Continuo de acordo com aquela nossa conversa sobre fazer novos planos, separadinhos.

— Não precisa ser tão separadinhos assim — replico, entrelaçando nossos dedos sobre o recosto de braço do trem. Aperto a mão dele, tomado por um pensamento maravilhoso. — Sabe quem iria *odiar* saber que você fez isso?

— GROVER — dizemos ao mesmo tempo.

Apavorado ao pensar naquele garoto de novo, Cole franze o cenho.

— A gente não podia deixar ele nos separar — declara Cole, os olhos brilhando. Ele me dá um soquinho no ombro. — Sabe a primeira coisa que a gente pode fazer em Los Angeles?

— O quê?

— Tatuagens!

Suspirando, agarro o antebraço dele.

— Eu ADORARIA isso, e o Grover ODIARIA.

— Eu sei! — Cole enfia a mão no bolso da jaqueta e tira um bloquinho de papel e duas canetas. — Vamos desenhar as tatuagens que queremos, aí a gente gruda no banco da frente.

— Pra quê?

— Pra gente se acostumar a olhar para elas. Porque vão durar a vida inteira.

Esse momento devia ser uma tatuagem, pois quero que ele dure para sempre...

Depois de muita conversa, Cole e eu finalmente ficamos quietinhos.

Enquanto deixamos o planalto para trás, fazemos desenhos bobos e rimos juntos, a caminho de nosso destino, um lugar onde não existem noites solitárias.

AGRADECIMENTOS

Este livro – que originalmente se chamava _Dearie_ — levou quase o mesmo tempo que meu primeiro _thriller, Surrender Your Sons,_ para chegar às livrarias. Na verdade, comecei a escrevê-lo para me distrair do processo infernal que foi tentar vender meu livro de estreia. De primeira, nem sabia o que _Dearie_ seria, e só fui seguindo o fluxo — dois amigos, próximos como namorados, dirigindo pelo deserto rumo a um cinema que ficava num cemitério, fumando e conversando sobre a vida, cercados por história de sexo, morte e status social.

Sabe como é, coisa de gay.

Nem tinha uma história de fato — só sabia que, ao fim da noite, eles descobririam um corpo. Enquanto esperava interminavelmente para vender meu primeiro livro, mergulhei neste mundo sombrio, com uma vibe de David Lynch, que era moderno mas se fundia ao ar descolado da década de 1950 nos Estados Unidos. Cheio de gracinhas e gays enfrentando o terror do desconhecido.

Muuuuito atual.

No entanto, uma história que reúne um monte de ideias aleatórias não se transforma do nada em um livro. Para isso, é necessária muita ajuda e, ao longo dos anos, muitas pessoas me apoiaram nessa jornada, seja criativa ou pessoalmente.

Em primeiro lugar, agradeço a Eric Smith, que me contratou com *Surrender You Sons* sem saber que receberia uma história inacabada com um deserto assustador e meio *noir*. Obrigado por levar meus personagens para o lugar certo! À minha editora, Kelsey Murphy, obrigado por ser o lugar certo! Dearie e Cole passaram por muitas mudanças e ajustes antes de a história finalmente funcionar, mas, quando isso aconteceu, o resto só fluiu.

A Michael Bourret, obrigado por aguentar o tranco ao chegar no meio deste projeto.

A Monica Loya e Kaitlin Yang, obrigado, respectivamente, pela ilustração e design de capa tão lindo que de imediato puxa os leitores para este mundo sombrio.

Aos meus leitores sensíveis, David Nino, Rick Capone, Russell Falcon e Terry J. Benton-Walker, obrigado por confiarem em mim e por fazerem sugestões tão certeiras sobre Cole e Benny, que ajudaram a transformar *Suas noites solitárias acabam aqui* numa história sensível e respeitosa com pessoas não brancas, para que todos possam aproveitar cada momentinho dela.

A David, espero que você confie ainda mais em mim, agora que cumpri minha promessa de manter Benny vivo!

A Russell, obrigado por me fazer parar de comprar roupas em lojas de departamento e por me encorajar a ser um gato, não um rato.

A Terry... o que posso dizer que ainda não foi dito? Obrigado por fazer parte da minha vida. Ao longo da minha jornada, conheci muitos Coles, mas você é aquele que ficou.

Aos meus leitores beta, Caleb Roehrig, Tom Ryan, Kevin Savoie, Phil Stamper e Ian Carlos Crawford, obrigado por me emprestarem suas mentes brilhantes para que este livro fosse o melhor possível. Caleb, adoro nossas conversas sobre sermos ~gays idosas~, e muitos desses debates acabaram entrando no Clube Queer. Tom, você me ensinou o método Spielberg de criar uma cena em prosa, e meu trabalho nunca mais foi o mesmo depois disso.

Às minhas queridas amigas de longa data, Cat Griffith e Rebecca Kirsch. Becky, é tudo por você, Damien! Isso tudo começou como uma historinha com filmes no cemitério, e meu amor por cinema ao ar livre só existe graças aos nossos anos juntos curtindo no Hollywood Forever — seja num filme com piquenique ou num passeio de fim de semana ao redor das pedras. Sim, este livro é assustador por sua causa! Cat, minha amiga mais corajosa: obrigado por compartilhar seus momentos mais difíceis (e sua casa) comigo enquanto eu terminava de escrever. *Noites solitárias* leva melhores amigos à beira do abismo e os faz rir da cara do perigoso — exatamente como fazemos, amigaaaaaa.

À minha família, obrigado por apoiar meu amor pelo cinema desde sempre. Felizmente, nunca precisei assistir escondido aos filmes de suspense e terror que inspiraram este livro, pois vocês confiavam em mim e me compreendiam.

Por fim, ao meu marido, Michael Russo-Sass, e nossos bebês, Marty e Malibu, obrigado por serem a luz da minha vida — desde o dia em que encontrei vocês, nunca mais tive uma noite solitária.

Este livro, composto na fonte Fairfield,
foi impresso em papel Lux Cream 70g/m² na gráfica Coan.
Tubarão, Brasil, junho de 2024.